Baldur Airinger

AF295264

Gott macht Urlaub.

Wegen Corona vorübergehend geschlossen!

Humorvoll-tiefgründiger
Fantasy-Roman

**Die Welt retten…kann man machen –
muss man aber nicht.**

Baldur Airinger

Achtung!

Die hier geschilderten Rettungsmaßnahmen sind nicht zur
Nachahmung empfohlen.
Etwaige Verletzungen oder Schäden liegen außerhalb der Ver-
antwortlichkeit des Verfassers.
Bei Risiken und Nebenwirkungen konsultieren Sie einen Arzt
oder Apotheker!

© **Baldur Airinger 2021**
Herstellung und Verlag: BoD - Books on Demand,
Norderstedt
ISBN: 978-3-7534-2698-3

Für Thomas Lindsay und Boudi, Marianne, Karlheinz, Willi.
Für Monika, Hubert, Johanna, Klaus, Rainer und Hannelore.
Für Heribert, Ottfried, Angie und für Thomas Hohensee.
Für Dennis! Für Viola und Markus! Für Manfred Bruer!
Für Ben, Paul, Sophie, Celina, Joy und Zekia B..
Für Bettina und Agnes.
Für Angelika, Ralf, Jessica, Brigitte, Andreas, Gabi, Carmen T. und Sandra.
Für Helma Katrin Alter!! Für Herrn Dr. Mohr!
Für Gina und Laura! Für Nina und Fina! Für Silvia und Jana!
Für Nicole, Rike und Jennie!
Und für alle, die sich gegrüßt fühlen!!

Für alle Menschen aus Düsseldorf-Hamm, die ich kenne und möglicherweise noch kennen lernen werde!
Für Lydia und alle von den Gartenzentren, für TÜV Rheinland.
Für eine gewisse besondere Gemeinschaftspraxis in Düsseldorf-Hamm, für die Menschen dort, die ich in mein Herz geschlossen habe!

Und für das ganze HKZ.

Self-Management

„Hi! Ich bin Jesus!

Draußen ist es kalt geworden und nun werden wir wieder zwischen Arbeit und Abendessen in Geschäfte hetzen oder per Online-Bestellung hastig Sachen für unsere Leute kaufen.

Zumindest die meisten von uns. Handys. Tablets. E-Books. Und sonst noch was für'n Kram. Aber was hat das alles mit Weihnachten zu tun?

Wer weiß, was Advent bedeutet und was am Sonntag, den Ersten Advent gefeiert wird?

Und jetzt meckert nicht und sagt, Jesus hätte nix mit dem Koran zu tun! Guckt mal rein in den Koran, da werdet ihr meinen Namen öfter finden, als den Namen Mohammed.

Na, macht nix, denn in Wahrheit bin ich Mohammed und bin eine Wiedergeburt von Jesus.

Was? Glaubt ihr nicht?

Ist nicht schlimm, ich mach doch nur Spaß!

Hey, Leute! Gott kauft auch bei Aldi ein!

Entspannt euch und kommt mal zur Ruhe, denn dafür ist Corona ja da. Man soll sich nicht damit infizieren, man soll die Maßnahmen befolgen und zu sich selbst finden. Und keine Leute in der Bahn verseuchen. Dafür gibt's jetzt schicke Masken.

Was denn, mich habt ihr immer angesteckt, weil ihr einfach rumgehustet und genießt habt in der Bahn. Nix „Ich nieß' brav in den Ellenbogen!", das musste ich euch erst mal beibringen, obwohl das bisschen Achtsamkeit so logisch ist!

Die einfachsten Sachen muss man euch beibringen, ihr seid wie Kleinkinder, ich schwöre!

Und wenn mein Buch sich hier gut verkauft und ich von dem Geld meine Rechnungen bezahlen und meine Schule für Achtsamkeit gründen kann, dann ist das gutes Self-Management!

Kannst auch Selbstorganisation sagen, ist das gleiche.

Selbstorganisation ist zum Beispiel die Frage, ob du lebst, um zu arbeiten, oder arbeitest, um zu leben.

Ob du vor lauter Terminen noch dein Leben merkst. Deinen Atem fühlst. Deinen Herzschlag spürst.

5

Es kann die Frage sein, ob ich wie eine Helikopter-Mutter über dem Terminplan meines Kindes kreise, weil ich eine gute Karriere oder quatsch, was sag ich, natürlich eine Top-Karriere für mein Kind haben will, weil ich unterbewusst die Komplexe meiner Eltern und Großeltern übernommen habe und die jetzt an meine Kinder und Enkel weitergebe.

Und die dann an ihre Kinder und so weiter und so weiter.

Wir Urchristen haben das früher Erbsünde genannt.

Aber weil der Begriff nicht schön klingt, nennen wir es jetzt systemisches Familienmuster. Ist das gleiche. Klingt nur hübscher.

Gemeint sind wir in beiden Fällen immer selbst.

Das steht fest.

Seit einiger Zeit besuche ich eine Fortbildung für Erwachsene.

Innerhalb dieser Zeit, als ich nach der Schule nach Hause kam, aß, lernte und mich anschließend zu Bett begab, hatte ich einige interessante Träume. Die will ich Euch nicht vorenthalten.

In einer Fortbildung für Erwachsene trifft man auf ganz verschiedene Menschen.

Die einen verfügen über eine gewisse Grundversorgung, so wie ich, besitzen wenig, sind aber zufrieden, froh, trotz einiger Schwierigkeiten, die ihnen begegnen und im Grunde glücklich.

Dafür, für diese tägliche Portion an Glück, arbeite ich täglich sehr aufmerksam und achtsam. Nicht mit meinen Händen, sondern mit meinem Herzen.

Es ist eine Arbeit in meinem Inneren.

Begonnen hat sie auf dem Meditationskissen. Mittlerweile trage ich sie fest in meinem Herzen und trage sie in die Welt hinaus.

Es ist mir sogar schon passiert, dass andere Menschen dies bemerken und mich darauf ansprechen.

Darüber freue ich mich. Dies geht mir sehr zu Herzen.

Andere Leute gehen mir auch zu Herzen und zwar indem sie täglich ringsum Saures verteilen.

Durch die innere Stille, innere und äußere Ruhe, die ich mir antrainiert und angearbeitet habe durch Kontemplation und regelmäßiges Meditieren erkenne ich schnell, dass ich nicht gemeint bin, wenn Menschen voller Hass, Anspannung und Verachtung sprechen.

Aus ihnen spricht nur der Zustand, in dem sie sich befinden: Hass, Anspannung und Verachtung.
In Wahrheit, das erkenne ich auch, kommen diese drei Zustände aber von tiefer liegenden inneren Situationen.
Die Leute arbeiten hart, haben viel Stress, sorgen sich viel um ihre Kinder, sie wollen vertrauen, dass in allen Problemen bereits die Lösung verborgen liegt aber dies gelingt nicht immer, es muss erst geübt werden.
Nur in der Stille findet, wer nach der Wurzel des Leides sucht.
Nur wer ein Problem als solches erkennt und sich Schwierigkeiten eingesteht, sucht nach Lösungen.

Man muss Vertrauen haben.
Doch viele Menschen sind so voller Angst, voller Ärger, Anspannung und Hass, voller Fragen, für deren Beantwortung sie kaum Zeit finden, dass ich überlege, ihnen einige Worte zu sagen. Bisher habe ich es nicht getan
Der richtige Zeitpunkt muss da sein, in dem mir die Person vorbehaltlos ihr Bewusstsein öffnet, mir ihre Aufmerksamkeit schenkt und sich eingesteht, dass sie jetzt in diesem Augenblick etwas von mir lernen kann.
Wenn dieser Moment gekommen wäre, würde ich die Person darauf aufmerksam machen, dass mir aufgefallen ist, dass sie oft von Gott spricht.

„Gott hat es bestimmt so gewollt, dass…," oder „Gott möchte bestimmt, dass…," höre ich diese Person sagen und ich mag es jedes Mal sehr, wenn sie auf diese Art von Gott spricht, denn es ist eine respektvolle Weise des Sprechens, die mir zeigt, dass diese Person Gott achtet.
Auch wenn ich nicht den Eindruck habe, von dem Menschen vor mir als der Mensch, der ich bin, geachtet zu werden, so empfinde ich dennoch Achtung in den Worten der Menschen, wenn sie über Gott sprechen.
Die Achtung ist da. Ich kann sie spüren. Sie wird nur eben nicht mir gegenüber angewendet, sondern Gott gegenüber.

Gott sagt, du sollst ihn in deinem Gegenüber erkennen.

Gott sagt, Du sollst Gott, also sie oder ihn, in dem Wesen, in dem Menschen, der Dir gegenüber steht, erkennen.

Du bist so sehr voller Arbeit, voller Aufgaben und Ziele. Du bist viel zu beschäftigt, um Gott in Deinem Nächsten zu erkennen.

Wenn Du mir gegenüber stehst und ich Deine Worte als lieblos, freudlos und unachtsam empfinde, glaube ich zu spüren, dass Du, wenn Du mit mir sprichst, weder Liebe, noch Freude, noch Achtung empfindest.

Aber es ist Gott, die vor Dir steht. Auch wenn ich transsexuell bin und gern als Mann angesprochen werde, so kannst Du Gott nennen, wie Du magst.

So, wie ich hier vor Dir stehe, frage ich Dich:

„Erkennst Du mich?"

Es war krass aber eines Morgens wachte ich auf und erinnerte mich an meinen Traum, den ich in den sehr frühen Morgenstunden hatte. Ich erwachte und erinnerte mich, dass ich geträumt hatte, ich wäre vom Kreuz abgenommen worden und hätte noch gelebt.

Aber mein Puls war so flach, mein Herzschlag so gering, dass sie mich alle für tot hielten.

Sie hatten ja noch kein EKG, kein EEG in der Antike und weder einen Notarzt, noch Rettungssanitäter.

Hätten die Römer über die Mittel der heutigen Medizin verfügt, hätte ich ihnen meinen Tod nicht vorgaukeln können.

Warum werden eigentlich immer die Juden für Jesu Tod verantwortlich gemacht, und nicht die ollen Römer?

Ich meine nicht die von heute, die tolle Lieder singen und köstliche Pizza backen, nein, ich rede von den Römern, die noch Latein sprachen. Die alten Römer eben. Die haben Jesus abgemurkst. Nicht die Juden. Hey, locker bleiben! Das ist kein Grund für Zoff.

Juden sind nicht doof. Die werden nicht ihren eigenen Messias um die Ecke bringen. Sie werden ihn nicht erkennen. Gut. Aber sie werden ihn nicht töten. Das taten die Römer, die, welche Brian Latein beibrachten. Übrigens meine Lieblingsszene, wo Brian 100 mal oder so an die Wand schreiben soll:

„Römer, geht nach Hause."

Der Film kann einem schon zu denken geben.

Vielleicht habe ich ja von „Das Leben des Brian" geträumt.

Ich erkannte allerdings, das ich mich selbst im anderen Menschen erkennen soll. Ich weiß nicht, ob der Brian in dem Film das auch erkannt hat.

Nach diesem Traum an einem Sonntagmorgen, an dem ich ausschlafen konnte, begriff ich, dass ich alle meine zwischenmenschlichen Probleme auf diese Art lösen kann, indem ich mich selbst im Anderen erkenne.

Meine Frage, die ich mir selbst stelle, muss dann nur lauten:

Ich selbst bin es, die oder der dort vor mir steht. Was habe ich dann für ein Problem und warum beleidige ich mich?

Und indem ich mich so dermaßen in die Person, die mich anschimpft, hineinversetze, indem ich zu Empathie werde, auch, wenn die Beleidigungen weh tun, dann spüre ich auf einmal, dass hinter dieser gemeinen Art nur auch sehr viel Leid steckt und Angst.

Leid und Angst habe ich auch.

Wie kann ich einen Menschen verurteilen, der die selben Gefühle hat, wie ich? Ich spüre also auf einmal die Sorgen des Anderen, als wären es meine Sorgen.

Auch wenn ich weder Liebe, noch Freude oder Achtung spüre, die mir entgegengebracht werden, werde ich diese Gefühle finden, wenn ich selbst ganz zu der Person werde, die mir in diesem Moment begegnet.

Ihre Not wird zu meiner Not. So kann ich erkennen. Nun kann ich verstehen. Mit meinem Herzen. In diesem Moment.

„In diesem Moment".

Das hat doch auch Roger Cicero gesungen.

Dieser Moment. Nur der ist wichtig.

Denn nur in diesem **Jetzt** geschieht das Leben.

Nur im gegenwärtigen Augenblick geschehen alle Begegnungen.

Nur im **gegenwärtigen** Moment kann ich erkennen.

Nur **jetzt** kann ich verstehen.

Ich habe einen langen Weg hinter mich gebracht, um das zu begreifen.
Dann habe ich geträumt, Kaspar Hauser zu sein und in dem Moment, wo die Klinge in Kaspars Körper dringt, wechsele ich im Traum die Perspektive und werde zu seinem Mörder.
Die Perspektive wechseln. Selbst zu Jesus werden. Gekreuzigt werden, ohne meine Feinde zu hassen, ohne meine Kreuziger zu verachten.
Wenn ich mich beleidigt fühle, selbst zum Beleidiger werden.
Nur so kann ich verstehen.
Nur so kann ich in der Liebe bleiben. In meiner Allverbundenheit. Das klingt kompliziert.
Sicher ist es einfacher, schlicht zu denken, der Typ oder die Tussi mir gegenüber ist einfach doof.
Meinem Verstand mag das genügen.
Meinem Herzen reicht das nicht.

Und ich hatte eben diesen Traum, dass ich selbst mein Gegenüber bin und wenn ich ganz mit ihr oder ihm verschmelze oder wie eine Person auch immer bezeichnet werden will, dann spüre ich hinter Hass, Ärger, Stress und Wut alle Liebe, alle Nöte, alle Ängste und so begegne ich mir im Anderen selbst, denn auch ich habe Ängste, Liebe, Wut und Nöte.
Ängste, Nöte, Freude, Kummer, Sorgen, Leid sind im Grunde unpersönlich, denn wir alle haben sie. Wir teilen als Menschheitsfamilie all unsere Gefühle, Emotionen, Freuden, Sorgen, unseren Kummer und unser Glück miteinander, denn es ist unpersönlich.

Wir empfinden es alle in unserem Herzen.

Ich hatte noch einen Traum.
Ich träumte, Gott wäre in uns allen wiedergekommen und hätte ihr oder sein oder wie auch immer wir es bezeichnen, Gott oder Allah oder Maha Karuna oder JHWH hätte alles eigene Bewusstsein aufgeteilt und auf uns alle verteilt.

Die Steine bekamen etwas, denn sie konnten zwischen warm und kalt unterscheiden. Die Pflanzen bekamen etwas, denn sie konnten zwischen warm, kalt, hell und dunkel unterscheiden.

Die Tiere konnten zu all dem noch zwischen satt und hungrig unterscheiden und wir Menschen können zwischen dem BVB und Schalke '04 oder Fortuna '95 unterscheiden oder zwischen Esprit und La Coste.

Und Gott selbst schickte seinen erstgeborenen Sohn auf die Erde und der wurde viele Männer und Frauen, dann spielte er Game of War mit anderen Königen. Er wurde ein weiser Lehrer der Menschen. Und er kam auf die Welt als Jakob, Sohn des Isaak. Auch als König David aus dem Alten Testament. Später dann als Buddha. Dann als Jesus. Dann als Mohammed. Später als einige Könige, anschließend als eher einfacher Typ und naja der letzte Name steht noch aus, da will ich nicht vorgreifen.

Solche Sachen träume ich.

In dem Traum geb es keinen Grund, dass sich Religionen untereinander streiten.

Alle fünf großen Weltreligionen sind Eins, wurde mir da bewusst. Sie sind die Manifestationen des Werkes einer einzigen, wandernden Seele.

Diese Seele wandert nicht nur durch die Welt, sie wandert auch durch die Zeit. Tun wir ja alle. Nur eben im kleineren Rahmen.

Oder besser gesagt: Wir sind uns nur dieses kleineren Rahmens bewusst.

Und aus Scherz, also nich, dass ihr euch jetz kloppen wollt oder noch schlimmer, mich kloppen wollt, ich bin nur Autor und ein vielleicht etwas verrückter Geschichtenerzähler, tu ich jetzt ma so, als wär ich selbst Gott und wär als Gott auf die Welt gekommen und kennte alle Geheimnisse, auch das von Corona und schaute nicht mehr durch einen trüben Spiegel und würde erkennen, wie ich erkannt worden bin, denn ihr erinnert euch vielleicht an Glaube – also Vertrauen, Hoffnung, also Zuversicht und Liebe. Die Liebe ist die Größte unter ihnen.

Dieser Gott ist wütend, dass ihr die Erschaffung von Corona irgendwelchen Menschen, Verschwörern zuschreibt und nicht ihm, dem Allmächtigen. Beziehungsweise ihr, der Allmächtigen. Gott ist enttäuscht. Und Gott hat Angst. Gott hat Angst, bei all den Medien, Handys und Apps, zu denen ihr täglich betet, von euch vergessen worden zu sein.
Ein Handy ist auch nur ein moderner Ersatz für Gott.
Oder Allah. Oder JHWH.

Das gibt jetzt vielleicht Stoff für Diskussionen.
Sie dürfen jetzt gern miteinander diskutieren oder sich in Ruhe unterhalten. Leute, aber hört auf mit dem Blutvergießen und findet Frieden.
Erkennt JHWH, Allah, Gott oder die Göttin, erkennt Buddha, der von sich selbst nie gesagt hat, dass er ein Gott ist, in eurem Nächsten und in Euch selbst!
Findet zueinander. Erkennt Euch selbst im Anderen!
Und viel Freude beim LESEN!!"

Diese Worte der Erkenntnis schrieb der Autor, Luke Arlington in sein Notizheft um Ein Uhr morgens kurz vor Weihnachten 2020. Die Rauhnächte hatten begonnen. Sie, die Zeit der inneren Einkehr, beginnt schon für mich am ersten Advent, genau gesagt, Anfang Dezember, gestand Luke Arlington sich ein und nahm einen Schluck Kaffee.
Einmal habe ich sogar Menschen, vor denen ich große Angst hatte am Arbeitsplatz, weil ich sie, außer dem Chef – Ehepaar, als kaum achtsam empfand, meist ohne Empathie, ohne Mitgefühl, da schenkte ich jedem von ihnen zu Weihnachten ein Büchlein über „Weihnachten aus Buddhistischer Sicht" oder das „Dhammapada".
Dazu Schokolade, eine Dankeskarte dafür, dass es sie gab und einen Tannenzweig mit einer kleinen Christbaumkugel. Die Diabetiker bekamen zwei Christbaumkugeln.
Selbst danach wurde ich von der Ersatzköchin als „Harz-IV-Empfänger" und „Schmarotzer" beschimpft.
„Aber mein Buch hast du gern genommen, nichtwahr?", das hätte ich ihr sagen sollen.

Aber ich schnitt gerade Obst zurecht und war noch müde, ich war mitten bei der Arbeit, es war etwa neun Uhr morgens. Ich war seit drei Uhr wach.

Das Dhammapada hat Recht. Danke, dass ihr meine Worte doch aufgeschrieben habt, so kann ich mich heute wieder an meine alten Wahrheiten erinnern: Nur achtsam reagieren!

Sie sind alte Wahrheiten und sie sind neue Wahrheiten, weil sie immer noch stimmen. Weil sie immer noch Gültigkeit besitzen, nach 2500 Jahren. Unser Wesen hat sich eben nicht verändert. Auch nicht nach so langer Zeit.

Was das Dhammapada ist? Wofür habt ihr eure Handys? Wofür gibt's Bruder Google? Findet's selbst raus!

Wie soll ich mich heute den Menschen nähern?

So überlegte Luke Arlington in seiner neuen Bude und kaute auf seinem Bleistift herum. Na, nicht was ihr jetzt vielleicht denkt. Ich meine einen echten Bleistift.

„Ich weiß was!", entfuhr es ihm, „ich werde abwechselnd mal in verschiedene Charaktere schlüpfen.

So habe ich es auf meiner Seelenreise sowieso getan aber für das Buch, das ich schreibe, werde ich Rebecca, Larissa, zugleich Sherlock Holmes und Dr. Watson oder auch mal Columbo sein."

Der Detektiv verließ also den Raum und schloss die Türe hinter sich. Für einen Moment herrschte Stille. Man hätte eine Micro-SD-Card zu Boden fallen hören können.

Wenn sie denn gefallen wäre. Aber sie fiel nicht und der Columbo erinnerte sich daran, dass er etwas vergessen hatte.

Er kam ganz simpel noch mal rein. Gerade als der Film bei Youtube von einer kurzen Werbung unterbrochen wurde!

Och, das nervt echt. Aber ich bin einfach zu geizig, um die 15 Euro im Monat zu bezahlen. Stimmt der Preis eigentlich noch oder ist er schon wieder gestiegen? Dieses endlose Wirtschaftswachstum ist total widernatürlich. Merkt ihr das nicht?

Also Columbo kommt noch mal rein.

„Ach, tut mir leid. Störe ich? Ich hab da etwas übersehen.

Self-Management. Was hat dieses Kapitel jetzt mit Selbst-Management zu tun?", fragte er ins Publikum, „mit der Fähigkeit, sich selbst zu regulieren, seinen Schlaf-Wachrhythmus, die Klamotten, Moneten, was tun, wenn man mal krank ist, was tun, wenn man angegriffen wird.

Nicht mit Waffen. Verbal. Oder mit doofen Blicken. Getuschel. Gemurmel. Wenn man sieht und hört, zwei Leute stecken die Köpfe zusammen, reden leise, kichern mit zu gemeinen Grimmassen verzogenen Gesichtern, leise, aber du hörst, dass sie deinen Namen nennen und du weißt, dass sie, ohne dich direkt anzusprechen, über dich reden.

Das ist immer eine schwierige Situation für mich gewesen. Als Kind. Heute jedoch erkenne ich allmählich, dass diese Flüsterer und Kicherer im Grunde Angst vor mir haben. Sie würden mich gern anquatschen aber sie trauen sich nicht."

Ja. So war das. Arlington nickte sich selbst bestätigend zu.

Ich wurde als Kind immer gemobbt. Wegen meiner Neurodermitis. Ich habe 40 Jahre Selbsthass gehabt.

Klingt komisch, is aber so.

Eine Frau in meinem Kurs sagt mir immer, ich soll mich nicht so wichtig nehmen. Hab ich 40 Jahre lang gemacht, mich nicht wichtig genommen. Was hat's mir gebracht?

Nur noch mehr Depressionen.

Wie ich zu mir selbst stehe, meine Selbstachtung, mein Selbstvertrauen, meine Selbstsicherheit, sind alles, was ich habe.

Ich bin mein Werkzeug. Ich bin mein einziges Werkzeug in meinem Leben. Mein Geist und mein Wille, meine Wünsche und Sehnsüchte sind meine Werkzeuge. Und wo kommen die alle her? Aus meinem Herzen. Also ist mein Herz über die Jahre zu meinem Kompass geworden. Zu meinem einzigen Kompass.

Mein Herz ist mein Navi.

Dort wo mein Herz ist, ist auf der Karte dieser umgedrehte Tropfen, der meinen Standort anzeigt. Ob ihr's hören wollt oder nicht: Ich selbst bin der Nabel meiner Welt. Nur eben achtsam.

Und ich gestehe Anderen zu, dies für sich selbst auch zu sein.

Wenn jeder an sich selbst denkt, wird niemand vergessen.

Ich denke jetzt an mich selbst. Ich bin ganz und vollkommen bei mir selbst. In mir selbst.

Ich beherrsche mich selbst und lasse nicht über mich herrschen, weder durch den Wetterbericht, noch übers Handy oder über die Medien. Schon gar nicht von Mode. Mein Herz ist mein spirituelles Zentrum.
Mein Herz ist mein kosmisches Zentrum."

Als der Detektiv dies gesagt hatte, sah er sich noch einmal im Raum um. Seine Augen weiteten sich und er erkannte die Faszination des Augenblicks.
„Nie wieder werden wir hier sein," begriff Columbo, verabschiedete sich von den Leuten am Set und verließ den Drehort.

So notierte es Luke Arlington, der Schriftsteller, mit Bleistift in sein Notizbuch, trank den letzten Schluck Kaffee und legte den Bleistift beiseite.

Vorübergehend geschlossen!

„Boh, wie viele Zeichen soll ich euch eigentlich noch geben, bevor ihr die EINE Wahrheit versteht und akzeptiert, dass ihr EINE MENSCHHEIT seid?", brüllte er zornig in den leeren Raum in der Wohnung, in die er gerade neu umgezogen war.

Von der Diakonie hatte er sich einen alten, billigen Stuhl gekauft. Der war zwar nicht teuer, zwei Euro Fünfzig, aber ihm bedeutete er sehr viel. Er sah aus wie das Sitzmöbel, welches damals vor seinem Schreibtisch stand, in seiner Kindheit, vor fast vierzig Jahren.

Nun war sein ehemaliges Kinderzimmer leer und dieser eine Stuhl, vier verchromte Beine aus runden, recht dünnen Edelstahlrohren ruhen auf kleinen schwarzen Gumminoppen, schwarze, mit Kunstleder bezogene Sitzfläche und Lehne, schlicht, charmant, klassisch und einfach, stand mitten im weiß tapezierten Raum.

Zeitlos.

Ohne Armlehnen.

Second Hand natürlich. Als ein Gott, der sich reinkarniert hat und jetzt unter die Menschheit mischen will, ohne groß aufzufallen, musste er möglichst viel und oft mit den Leuten in Kontakt gehen. Er hatte gelernt, *mit* den Menschen zu arbeiten und nicht gegen sie, wenn sie nicht hören wollten, wie er meinte.

Die Eheleute aus der Schweiz, die hier in Hamm auf dem Aderkirchweg seit drei Jahren in der Wohnung seiner Kinderzeit in einem Mehrfamilienhaus im ersten Stock gewohnt hatten, bekamen über die Schwester der Frau plötzlich unverhofft Zuwachs.

Nachdem Sigi und Mary, Carins Schwester, lange um ein Kind gekämpft hatten in Luzern. So hatte das junge Ehepaar Räto, Urs und Carin aus Düsseldorf, die nun zu ihrer Schwester, der glücklichen frisch gebackenen Mutter, zurück wollte, einen guten Grund, wieder in die Schweiz zu gehen und das Paar kaufte sich dort ein Haus.

Die Wohnung auf dem Aderkirchweg war nun wieder zum Vermieten freigegeben.

Durch Drohnentechnologie in Verbindung mit Fotomechanik und Elektronik kann man heutzutage ein kleines Vermögen verdienen, Carin entwarf die Drohnen in ihrer Firma und Urs leitete die Konstruktionsabteilung des Unternehmens, das jetzt eben von Deutschland wieder in die Schweiz auswanderte.

So ein Zufall, dachte Luke und grinste verschlagen, während er die Arme vor der Brust verschränkte und auf dem einzigen Möbelstück in seinem alten, leeren Kinderzimmer Platz nahm.

Wie damals, als er noch ein Mädchen war, zumindest auf dem Papier, in der Öffentlichkeit und in seiner Schulklasse, blickte er aus dem großen, weiß umrahmten Fenster über die weiten Felder Düsseldorf Hamms in die Ferne bis zu den hellen Häusern am Horizont, auf die jetzt die Sonne schien. Wie so oft, als er hier im Dorf die Grundschule besuchte.

Sein Kinderzimmer lag straight in Richtung Osten.

Als seine Familie in diese Wohnung eingezogen war im Jahr 1976, war Luke zwei Jahre alt. Eigentlich sollte er Felix heißen. Aus dem Felix wurde dann ganz schnell eine Sabrina. Als seine Eltern mit dem Baby Mitte der Siebziger hier in Hamm einzogen, hieß das kleine neu geborene Baby Sabrina.

Als das Mädchen in Hamm eintraf, war sie zwei.

Wie Sabrina zu Luke wurde, dazu kommen wir noch.

Später.

Luke atmete einige Male tief und bewusst durch.

Seine ganze Kindheit spielte sich vor seinen Augen ab.

Geboren war er im Jahr 1974, an einem Sonntag, ein klarer, verschneiter, klirrend kalter Wintertag. Im Hochwinter voller Sonne und strahlend blauem Himmel. Luke war Wassermann.

Als erstes erinnerte er sich an das alte Bauernhaus aus marodem Backstein, welches sein bester Abenteuerspielplatz war, weil es direkt nebenan lag.

Düfte von altem Heu, Hühnern, Pferdemist und Ochsenkarren waren längst verflogen, als die damalige Sabrina so etwa drei, vier, fünf Jahre zählte. Nur die alten, halbrunden und schmiedeeisern verzierten kleinen Fenster bescherten dem Kind eine Ahnung von einer Zeit, die es vergessen hatte.

Vergessen musste, da es jetzt in der Mitte des zwanzigsten Jahrhunderts lebte, nicht am Beginn.

An den Beginn des letzten Jahrhunderts konnte er sich auch noch erinnern, aber da war schon etwas mehr Anstrengung nötig, ein richtiges Er – INN – ern musste da geschehen, wollte er in seinem Herzen darinnen forschen, was ihm an Hall und Schall, Duft, Geruch und Rauch aus seinem letzten Leben geblieben war. Er war ein Mann damals. Das fühlte er deutlich.

Wisst ihr, das war so:

Heute habe ich ein Kind. Ich habe eine Tochter. Ich liebe meine Tochter und sie ist sehr schlau, sie sagt, sie hat mehr als zehn Persönlichkeiten. Das klingt vielleicht ein bisschen verrückt, ist es aber nicht.

Nun, ich bin, was das Verrücktsein angeht, auch nicht ohne. Schon so um 600 nach Christi Geburt nannte man mich „Schwätzer! Sterngucker! Verrückter Dichter".

Einige der Bürger in Mekka nannten mich so. Ich hatte zu dem einen Gott gefunden, der in meinem Herzen wohnt. Ich war ein Sotapanna geworden. Ein in den Strom Eingetretener. Ich hatte erkannt, dass ich selbst der Schöpfer meines Karma bin, meines Schicksals und dass daher alles, was mein Schicksal ist, von mir und durch mich selbst kommt. Wie das geht?

Nun, das ist ganz einfach: Niemand hat Verantwortung für alles, was mir in meinem Leben geschieht, außer ICH.

Und so gelangte ich mit Gott in Inneren Frieden. Ich selbst habe mich ergeben. Ich habe mich dem Willen Gottes hingegeben.

So sind die Worte Schalom – Salem – Islam – auch sehr ähnlich und bedeuten immer Frieden: Den Frieden mit Gott. Sich Gott hingeben. Sich mit Gott vereinen. INNEREN FRIEDEN!

Das ist die wahre Bedeutung des Wortes ISLAM!

Als ich David war lebte ich als Junge als Schafhirte, als ich Mohammed war, lebte ich als Junge als Schafhirte.

Ja, so war das, erINNert sich Arlington. In seinem Herzen!

In dem Augenblick kommt ihm eine Idee, ein Kaffee wäre jetzt genau richtig. Einige Tassen und Löffelchen hatte er schon in seine neuen „vier Wände" hinauf geräumt und auf dem leicht staubigen Boden abgestellt.

Gedankenverloren bemerkt er, während er sich von seinem Sitz erhebt und langsam durch die frisch erstandene Wohnung schlendert, dass der alte Türstopper, der ihm als kleines Mädchen immer seltsam vorkam, der – Luke räusperte sich – aussah, wie ein dicker, kurzer Gummipimmel aus dunkelbraunem Hartgummi, sich immer noch rechts unten vor der Wohnungstür, etwa einen Meter vom Eingang entfernt befindet. Der alte dicke Pimmel ist immer noch da, denkt Luke, grinst teuflisch und trabt leichtfüßig die helle Treppe hinunter durch die Haustüre aus Aluminium und Glas, die kleine Treppe und dann zum Wagen. Hier findest du immer einen Parkplatz, nur auf der Straße beim Einsteigen aufpassen musst du.

„Usser Schtroot!", das haben die Hammer früher gesagt, in den 1980er Jahren, als Sabrina hier den Aderkirchweg entlang zur Grundschule ging. Achtung vor Matsch von den Treckern der Dorfbauern und vor den rasenden Hammern, den Leuten, die hier im Ort wohnen!

„Unsere Straße!", das kann jetzt auch Sabrina sagen.
Aus dem Kofferraum ihres alten PKW, eines Toyota Corolla, Baujahr 1991, der schon die eine oder andere Beule hat und von Sabrinas – pardon – Lukes zügigem Fahrstil Zeugnis ablegt, holt sie – oder er – nun eine Elektro- Kaffeemaschine, einfach aber praktisch plus eine Packung Kaffeepads einer Biofirma. Wohlfühlen kann so einfach sein.
Auto zu und schnell wieder ab ins Haus, denkt Luke und will die kleine Treppe rauf zur Haustür, doch die hat er vergessen, zu arretieren und, wie Luke als Schriftsteller nun einmal von der zerstreuten Sorte einer ist, natürlich den Schlüssel stolz in der neuen Wohnung gelassen! Der Wagen war noch offen geblieben von der Hinfahrt zum Haus.
Fängt ja gut an, denkt er und ärgert sich. Wütend schaut er auf die Kaffeemaschine. Die Seminarleiterin gestern an der Schule seiner Fortbildung hatte ihm geraten, ruhiger zu werden und mit eigenen Fehlern gelassen umzugehen. Der junge Mann schaut sich um und nimmt Platz auf der Treppe.

Mich selbst annehmen, wie ich bin, hilft Anderen, sich auch anzunehmen, wie sie sind, erinnert er sich.

Ich will rauskriegen, wie die Hochhäuser am Horizont heißen. Ich will wieder rein in meine Wohnung. Ich hasse es, Mensch zu sein. Ohne Körper kann ich mich mühelos durch Wände bewegen, doch die Seminarleiterin sagte mir gestern noch:

‚Sei dankbar für deine Versagensmomente! Sie sind echte irdische Erfahrungen und bringen dich den Leuten näher, setzen dich mit ihnen gleich. Du bist wie sie, du darfst sein, wie sie, hast du dir das nicht gewünscht? Lerne, um Hilfe zu bitten, das verbindet dich mit deiner Außenwelt und du kannst den Charme spielen lassen, den du schon in deinem letzten Leben besaßest.'

Super, dachte Luke. Er hatte keinen Bock, Leute anzusprechen, doch er musste es tun, es gab keine andere Möglichkeit.

Nach einer Weile und einem kalt gewordenen Hintern gab er sich einen Ruck, klemmte die Kaffeemaschine fest unter den Arm, hielt die Pads griffbereit, um damit zum richtigen Zeitpunkt herum wedeln zu können und suchte sich eine Türschelle seiner Wahl. Dabei wurde er wieder ruhig und lächelte.

Glücklich stellte er fest, dass die Klingel noch genau die selbe war, wie vor vierzig Jahren.

Und es stand auch noch immer *ein* Name darauf: Benders! Dort wollte er klingeln. Schellte zwei mal. Nichts. War ja klar.

Sei dankbar für deine Schmerzen! Super Ratschlag, ehrlich, gehört zu den Top Ten meiner meistgehassten Situationen! Enttäuscht von dem Misserfolg las er mit von Wut gezeichneten Gesichtszügen die anderen Namen auf den Klingelschildern.

Leuchtenrat. So hieß ein weiterer Bewohner des Hauses auf der langen Straße in dem kleinen Ort.

War das nicht der Name einer meiner alten Klassenkameraden? Wie cool, wenn ich hier in Hamm wohne und während meiner langen Schreibphasen mal 'ne Pause brauche, kann ich mich mal auf die Socken machen und heraus finden, wen ich von meiner Grundschulzeit hier wieder finde.

Von 1980 bis 1984 bin ich hier in Hamm zur Schule gegangen. Mein Vorhaben dürfte nicht schwer zu schaffen sein.

So mach' ich es, vorausgesetzt, ich komme dieses Jahrhundert noch mal in meine neue Wohnung rein, dachte Luke und schellte bei Leuchtenrat. Als er sich richtig gegen die Haustüre lehnte, aus Langeweile und Ungeduld, versteht sich, wurde der elektrische Türöffner betätigt und die Türe öffnete sich von selbst so schnell, dass Luke fast mit der Kaffeemaschine im Arm ins Haus hinein gefallen wäre.

Er stolperte die Treppe hinauf zur Wohnungstüre ihm gegenüber. Seine Wohnung stand noch sperrangelweit offen, Gott sei Dank, bemerkte er schmunzelnd und wieder viel besser gelaunt. Der junge Schriftsteller stellte seine Maschine in die Tür. Frau Leuchtenrat erschien in ihrem Flur und bevor sie etwas sagen konnte, strahlte Luke sie über den Mund- und Nasenschutz hin an und wedelte mit der Packung Kaffeepads in korrektem Abstand vor der maskierten Nase der Dame herum.

„Guten Tag, ich bin gerade frisch eingezogen, danke, dass Sie die Haustür geöffnet haben, ich hoffe, ich habe Sie nicht gestört. Darf ich Ihnen zum Dank eine Tasse Kaffee anbieten?"

Die Frau in Pantoffeln und Bademantel zog den Mantel enger um den Körper und konnte nicht anders, als zurück zu lächeln, weil ihr all das wie ein Überfall erschien und sie keine Zeit hatte, zu reagieren.

„Ja, nein, vielleicht später, das ist nett, aber ich bin auf dem Sprung zur Arbeit. Ist das Ihr Auto da vorne? Schauen Sie mal, der Blaue? Er steht etwas weit in der Garageneinfahrt. Wenn sie den kurz ein Stück nach vorn fahren könnten?"

„Gern."

„Aber denken Sie diesmal an ihren Schlüssel!", gab ihm die Frau mit auf den Weg. Sie war Mitte Fünfzig, leicht angegrautes, hell gelocktes Haar, füllig, gemütlich, sympathisch.

Diesmal klappte alles und nach der Auto-Verstell-Aktion war Luke bald endlich wieder sicher in seiner Wohnung.

Als die Frau zur Arbeit gefahren war, begann er, den Schall in seinem alten Zimmer zu nutzen und seine Lieblingslieder zu singen, so kräftig, dass es noch das laute Brummen der Kaffeemaschine übertönte.

Als er viele alte Erinnerungen herauf geholt hatte aus seinem Herzen und dem Hinterstübchen seines Herzens, schöne und schmerzhafte, hängte er ein großes Schild an die Außenseite seiner Wohnungstür. Diesmal mit Schlüssel in der Hand.

Anschließend kam er wieder herein und setzte sich zu der Tasse Kaffee, die neben seinem Sitz auf dem Boden stand.

Ein kleiner Becher mit ein Wenig heißem, duftendem Getränk kann in einer leeren, etwas klammen, ausgekühlten Wohnung mit drei Zimmern nebst Küche, Diele, Bad so einen starken, angenehmen Duft verbreiten, dass sich hier auch Fremde direkt heimisch fühlen würden, bemerkte er gedankenverloren, in sich gekehrt und lächelte zufrieden.

Jetzt, in der Corona – Zeit, im Lock – Down, hatte er beschlossen, die Zeit der Abgeschiedenheit für sich selbst zu nutzen, wie ein alter Einsiedler. Das hatte er im Internet erklärt und über alle seine Kanäle gepostet. Ich genieße den Rückzug. Ich konzentriere mich auf mich selbst. Kontemplation nennt man das und es soll gut tun, is' gut gegen Stress.

Julien Bam.

Der machte es ähnlich und bekam auch ein Video von Luke.

„Super Video, Julien Bam", damals noch unter dem Pseudonym „Konrad Klein".

Als Gott muss man erst schauen, wie man sich am besten gibt, ohne die Leute zu sehr vor den Kopf zu stoßen. Und dennoch seine Botschaft rüber zu kriegen. Nicht so einfach!

Gleich werde ich mir die Wohnung in Ruhe ansehen und meine Erinnerungen hoch kommen lassen.

Ich möchte mich neu ordnen und eine gesündere Einstellung gewinnen. Mit diesen Gedanken fielen ihm die letzten Ereignisse wieder ein.

Letzte Woche hatte er Kontakt zu allen jüdischen Gemeinden in NRW aufgenommen, niemand hatte etwas zu sagen zum Thema „Moschiach", keiner wusste, was mit dem Begriff gemeint war. Moschiach ist ein jüdisches Wort für Messias.

„Sie sind hier im Sekretariat gelandet," erklärte ein junger Herr aus Dortmund am Telefon, „wenn sie religiöse Fragen haben, müssen Sie sich an einen Theologen wenden."

„Der Herr Rabbiner meiner Stadt ist nicht zu erreichen," teilte ich dem Mann am anderen Ende der Leitung mit.

„Wie heißt er denn?"
Luke nannte den Namen.

„Da kann ich Ihnen nicht weiter helfen, tut mir leid."

„Danke, schönes Wochenende!"

Das kommt davon, dass ich mit den Leuten nicht von Angesicht zu Angesicht kommuniziere, dachte der beinahe ausgebrannte junge Schriftsteller desillusioniert, weil er den Mann nicht hatte überzeugen können.
Naja, wenigstens können sie mich durchs Internet nicht kreuzigen und mir keine Nägel in die Füße und meine Hände schlagen oder Lanzen in die Seite bohren um zu gucken, ob ich noch zucke.
Die waren damals nicht sehr feinfühlig, die Römer. Richtig sadistisch, echt! Hätte ich mich damals daran erinnert, dass ich mal Buddha war und damals eine Lehre von der Erlösung vom Leid erfunden habe, den achtfachen Pfad, hätte ich sie zu einem Achtsamkeitstraining geschickt.
Oder wenigstens in einen guten Kurs für Akupunktur. Die Römer haben das einfach nicht verstanden mit der Akupunktur. Das kommt davon, wenn man chinesische Bedienungsanleitungen falsch ins Lateinische übersetzt. Leute, Nadeln! Keine Nägel!!
Luke war verdammt zornig, im nächsten Augenblick stieß er ein dämonisches Lachen aus, atmete tief durch und trank einen Schluck Kaffee.
Dass diese Nägel ein Hinweis auf die uralte Chakrenlehre sind, hat auch keiner kapiert bisher! Schon wieder wird Luke ärgerlich und denkt dann aber schnell:

„Ich vergebe ihnen, denn sie wissen nicht, was sie tun. Noch nicht." Er schaut aus dem Fenster, während er weiter spricht:
„Und ich schaue nicht auf Eure Sünden, sondern auf den Glauben meiner Kirche und schenke Euch nach meinem Willen Einheit und Frieden".

Ich habe mich entschieden, meine alten Regeln zu leben, die freundliche Rede und das mitfühlende Handeln gehören dazu, aus meiner Zeit, als ich Buddha war. Also darf ich den einzelnen Leuten nicht böse sein, obwohl mir keiner der Menschen in den jüdischen Gemeinden in ganz NRW erklären konnte, ob der Moschiach nun noch kommt oder nicht, ob es vielleicht doch Jesus war, oder, ob diese ganze Erzählung über einen jüdischen Messias nur ein jüdischer Witz eines lustigen Erfinders eines alten Bibeltextes war.

Ich muss zugeben, ich bin schon ziemlich enttäuscht und frustriert, gestand sich Luke ein und erkannte, dass er aufgrund seines mangelnden Erfolges bei den Menschen sein Selbstwertgefühl verloren hatte.

Naja. So schlimm kann das ja nicht sein. Wenn ich nicht mein Idealgewicht habe, kein Smartphone besitze und keine einzige App, kräht da kein Hahn nach. Mein Gott – dann hab ich eben kein Selbstwertgefühl. Das ist auch schwer für mich, seitdem ich weiß, dass das „Ich" eigentlich nur eine Illusion ist.

Doris Dörrie hat Recht, wenn sie den Charakteren in ihrem Film „Erleuchtung garantiert" folgenden Text in den Mund legt:

„Wir können die Illusion überwinden, dass es ein ‚Ich' gibt, das von ‚dem dort' getrennt ist."

So geht der Text doch, oder? Schon mal gesehen, den Film?

Natürlich wusste Luke Arlington, dass er nicht der Einzige war, der Grund zur Unzufriedenheit hatte.

Wegen Corona war das halbe System zusammengebrochen, in Deutschland, wo er sich momentan befand und nicht nur die Nachrichten verfolgt, sondern auch die Angst und Unzufriedenheit der Leute am eigenen Leib gespürt und mit eigenen Ohren gehört, mit eigenen Augen gesehen hatte.

Er hatte Mitgefühl mit den Menschen, die ihre Läden, Restaurants, Hotels schließen mussten, weil niemand mehr diese Einrichtungen besuchen durfte. Er empfand die Sehnsucht der Kinder mit, die ihre Freundinnen und Freunde in der Schule vermissten. Er teilte das Leid der Menschen, die morgens und nachmittags mit ihm in der Straßenbahn saßen und erzählten, dass eine Person aus der Familie an Corona erkrankt war und heftige, beängstigende Symptome des COVID-19 Virus zeigte.

Er selbst gab sich einen Ruck: Luke, sagte er zu sich, du ärgerst dich über die Uneinsichtigkeit der Menschen.

Das ist, als würdest du von Erstklässlern erwarten, morgen das Abitur zu machen.

Ihr fragt Euch, wo Corona her kommt.

Wir haben es gemeinsam erschaffen. Alle zusammen. Mit unseren unbewussten Wünschen, Sehnsüchten, unserem Ärger, unserem großen Erfolgsdruck dieses lieblosen, kapitalistischen Systems, unter dem wir unbewusst leiden.

Ihr erschafft lieber aus Angst Abwehrsysteme, als eurem Nächsten mit liebendem Herzen zu begegnen.

Ihr projiziert all eure Schuldgefühle, Ängste, eure Hoffnungen, Wut und Trauer, eure Absichten und Sehnsüchte lieber auf ein Wesen, das ihr Gott nennt, als eure Eigenverantwortung einzugestehen.

Ihr erschafft euch lieber einen Gott, als selbst gnädig zu sein.

Jetzt muss Gott eben gnädig sein. Ohne Gott gibt es keine Gnade, weil ihr es nicht sein wollt.

ICH aber will gnädig sein.

Als ich Asasel war, die erste Emanation Gottes, da habe ich mich selbst erschaffen aus meiner Liebe und aus meinem Willen heraus. Doch ich wollte mich nicht vor euch verneigen. So erschuf ich eine eigene Welt: Euch.

Nun hab ich euch am Bein. Ich darf aber nicht sagen, ihr seid mir ein Klotz am Bein. Ich muss euch sehen, wie die kleinen Kinder im Kindergarten meiner Tochter früher, die sich an den Beinen der Erzieherinnen geknubbelt haben. Die konnten kaum laufen vor lauter Kindern am Bein, die Erzieherinnen.

Ich bin auch so eine Erzieherin. Ich muss es mir nur immer wieder bewusst machen. Ihr könnt nichts dafür, dass ihr mich nicht erkennt. Ihr seid ja noch klein. Aber gerade dann müsstet ihr mich doch erkennen. Vielleicht seid ihr ja gerade in der Pubertät.

Ja. So muss es sein. Meine Menschenkinder sind nun in der Pubertät. Die erste Trotzphase haben sie hinter sich. Das war die Renaissance. Da habt ihr euch von mir losgesagt.

Er griff zu seiner Kaffeetasse, die noch halb voll und mittlerweile etwas kalt geworden war. Mit einem tiefen Atemzug wendete er seinen Blick über die Felder von Düsseldorf-Hamm.

Der Kaffeeduft stieg ihm in die Nase und ihm wurde bewusst, dass er den Menschen dankbar sein konnte, dass trotz der bedrohlichen Bebauung rings um den Ort Hamm doch der Kern des Dörfchens, die Kirche, Kapelle, der Marktplatz „Am Bleek" – die Bleiche, wie die Hammer Bürger ihren Kirchvorplatz liebevoll nannten, „seine" Straße, auf der er als Kind gewohnt und hier oft mit den Schulkameradinnen und Kameraden gespielt hatte, und vor allem die Felder und Gewächshäuser, die Seele des ganzen Ortes, so geblieben war, wie er es von damals noch kannte.

Die Menschen hatten es geschafft, das Bild des Ortes so zu erhalten, wie er es als Kind verlassen hatte, als die Familie 1984 umgezogen war. Dafür sollte er den Menschen dankbar sein!

Ich bin Euch dankbar, dass Ihr „mein" Düsseldorf-Hamm so gelassen habt, wie ich es als Kind kannte, sagte er leise zu sich selbst.

Ein Gott ist wie ein guter Lehrer.

Er arbeitet, um sich im Grunde letztlich überflüssig zu machen.

Er gibt seinen Schützlingen die Gaben, Fähigkeiten, das Urteilsvermögen und alle Grundlagen mit auf den Weg und übt sie mit ihnen ein, damit sie bald „flügge" werden und den Weg ihres Lebens allein, selbstständig und eigenverantwortlich bestreiten können.

Luke spürte in sein Herz hinein, da war noch etwas, eine Empfindung, ein Rest an Anspannung, den er sich bewusst machen wollte. Er stellte die Kaffeetasse, in der noch ein kleiner Rest, eine Mini-Pfütze, geblieben war, auf den Boden, ging zum Fenster seines ehemaligen Schlafzimmers und öffnete es.

Er erinnerte sich: Im Alter von sechs bis zehn Jahren habe ich hier, glaube ich, nie selbst ein Fenster geöffnet.

Nun ging er zu den weiß gestrichenen Holzfenstern und betätigte den Hebel bewusst, schwang aufmerksam das bewegliche Fensterteil zur Seite, verschaffte sich achtsam Zugang zu der Welt da draußen, hier im Verborgenen, in der Geborgenheit, die er auch der Familie von Urs und Carin Räto wünschte, die seine Wohnung seit 1984 bewohnt und gut behütet hatten.

Er berührte konzentriert die Fensterbank aus Holz, spürte den Luftzug, welcher nun in den Raum strömte und seine Haut, sein Haar berührte.

Danke. Danke, das Ihr Hamm so gelassen habt, sagte er im Stillen zu allen Menschen auf der Welt.

Er hatte gemeinsam mit allen Menschen Corona geschaffen in einem klaren, bewussten Moment, im Herbst des Jahres 2019, als er in der Straßenbahn und bei der Ausbildung vermehrt krank geworden war an der Grippe, weil die Menschen neben ihm immer husteten, niesten, ohne bewusst zu merken, dass sie Andere damit anstecken konnten. Das war damals noch ohne Maske, versteht sich.

Den Menschen schien es völlig gleichgültig zu sein, wo die Aerosole der ausgestoßenen Luft beim Husten und Niesen hin gingen.

Sie röchelten und rotzten einfach so in den Raum und er, Luke, wusste sich nur zu helfen, indem er seinen Rollschal, den er trug, vom Kinn bis hoch über die Nase zog.

Wenn irgendeiner 'ne Grippe hatte, schwupps, dann hatte Luke sie sofort, das war halt so.

Von Aerosolen wussten die meisten Menschen damals noch nichts. Das geschah erst jetzt, durch die Aufklärung über die Ansteckungs-Wege in der Corona-Zeit.

Herzlichen Dank an alle Menschen, die helfen, Corona zu heilen und die übrigen Menschen aufzuklären!

Gott hat eben keine Füße, nur eure Füße, um seine Wege zu gehen. Gott hat keine Hände, nur eure Hände, um sich in Frieden zu umarmen.

Und als ihm dann in der Bahn an dem einen Morgen auch noch eine Frau auf den Fuß trat und als er ihr dies freundlich sagte:

„Sie stehen auf meinem Fuß, merken Sie das?", und die Dame dabei mit Augenkontakt anblickte und diese seine Rede auch verstanden hatte, als er erkannte, dass sie wusste, dass sie auf seinem Fuß stand, aber von dem Fuß erst mal nicht herunter gehen wollte, da fiel ihm auf, dass die Menschen keine Achtsamkeit hatten und er wünschte sich aus vollem Herzen, dass alle endlich achtsam werden und Masken tragen müssen, so wie er!

Sein Schal war eine gute Hilfe und schützte ihn mittlerweile gut in der Bahn vor Ansteckungen mit Adeno-, Erkältungs- und Grippeviren aber in der Schule, dem Ort seiner Weiterbildung, die das Arbeitsamt ihm finanzierte, trug man keine Schals und dort musste er die Menschen oft hart zurecht weisen, wenn diese ihn anhusteten oder ihm in das Gesicht, auf den Kopf oder in den Nacken niesten. Schon mal überlegt, was da ausgestoßen wird an Keimen beim Niesen und Husten?

Er ärgerte sich dermaßen über die mangelnde Achtsamkeit und über die Lieblosigkeit der Leute, dass er und viele, die erschöpft waren und sich Kurzarbeit wünschten zu dieser Zeit, im Herbst 2019, ein energetisches Feld schufen, um die Menschen zur Achtsamkeit zu führen.

Unbewusst natürlich. Absichtslos.

Unbewusst geschaffen habt ihr Corona, wie ihr auch alles andere unbewusst macht. Zum größten Teil.

Advaita Vedanta, das ist die uralte Lehre von der Nicht-Dualität. Gibt es auch in China, dem Land, das ich geschaffen habe aus sieben Königreichen, ich, der König von Chin, erinnerte sich Luke. Nennt sich Daoismus in China, die Lehre von der Nicht-Dualität, dem absichtslosen Schaffen.

Und die Menschen, die nun kurz vor dem Konkurs stehen, leiden und haben schmerzen, die Menschen, die erkrankt sind an Corona, leiden und haben Schmerzen.

Doch das Leben ist Leiden. Und Leiden heißt Lernen!

Das habe ich Euch schon gesagt, als mein Name Gautama Siddharta war. Ja, es gibt sie, die Wiedergeburt, das Leben ist zyklisch wie der Mond, wie der Lauf der Planeten, wie die Jahreszeiten auf der Erde, wie die Menstruation der Frau, wie der Schlafrhythmus der Lebewesen.

Man kann es sich vorstellen, wie Delphinschwimmen: Wenn der Delphin ins Wasser eintaucht, ist es, als ob der Mensch inkarniert, also „Fleisch" wird, sich sozusagen einen „Raumanzug" anzieht, um hier auf der Erde zu leben, zu atmen, zu kommunizieren und Sinne zu haben, mit denen er sich in Raum und Zeit orientieren kann in der Bewegung des Lebens und im Strom der Zeit.

Der Delphin schwimmt weiter und taucht aus dem Wasser auf. Der Mensch legt nach dem Tode oder mit dem Tode seinen feststofflichen Körper ab und taucht ein in ein Dasein ohne Zeit und Raum, es ist Freiheit ohne „Raumanzug", nichts weiter.

Das heißt nun nicht, dass wir den Tod dem Leben vorziehen sollen.

Alle Erfahrungen, die wir auf der Erde machen, sind wichtig, auch das Leid und der Schmerz. Gerade diese Qualitäten des Seins lassen uns unser Leben oft intensiver spüren und „es ist so schön, wenn der Schmerz nachlässt", wie meine Mutter sagt. Recht hat sie.

Erfahrungen machen, lernen können wir überhaupt nur hier auf der Erde, daher sollten wir das Leben nehmen, wie es kommt, denn alles ist im Grunde wertfrei, es ist einfach nur Lernen, auch wenn dies oft gar nicht so einfach ist.

Seid doch froh, die armen Leute in Italien hat das SARS-Cov-2 Virus, also COVID-19, viel härter getroffen, als uns hier.

Wir brauchen nur achtsam zu sein, uns an die Hygiene-Regeln zu halten und gesund und stressfrei zu leben, um die Pandemie gut durchzustehen.

Entspannt Euch. Kommt zur Ruhe!!

Räumt endlich mal euren Speicher, euren Dachboden, euer Hinterstübchen, euren Keller, eure Leichen im Keller auf!

Dazu sollt ihr den Lockdown nutzen: Um euch selbst zu läutern, um euch in eurem Inneren zu erkennen, um euch mit euren

Schattenthemen zu konfrontieren, um außen ruhig und **innen aktiv** zu werden!!!

Bor ey!!

Kapiert das doch mal!!!

Hört endlich auf euren spirituellen Meister: Auf mich: Maitreya!

Was ist denn überhaupt eine Pandemie?

Einige Leute sagen, Krankheit ist unser Karma.

Dann ist eine Pandemie unser aller Karma. So zeigen Pandemien, Weltkriege und andere Katastrophen, von denen die gesamte Weltbevölkerung betroffen ist, dass wir Menschen alle gemeinsam EIN Karma haben, dass wir alle EINE Familie sind, EIN großer sozialer Organismus. Wir können nur noch nicht so leicht Grenzen überwinden wie die winzigen Viren.

Das wäre etwas, was wir mal von den Viren lernen könnten: Grenzen im Geiste überwinden. Grenzen zwischen Völkern. Denkbarrieren überschreiten. Denkbarrieren zwischen Menschen.

Lukes Zorn stieg ihm in den Nacken, doch er gemahnte sich zur Ruhe, schließlich trug er die Welt im Nacken, schließlich hätte er fast seine Kaffeetasse umgeworfen, und erinnerte sich an seine Allmacht und seine übermenschliche innere Freiheit, die ihm alles erlaubte: Vielleicht sich Karneval als Gott verkleiden oder ein Buch schreiben über Gott im Ruhrpott und es einigen Ruhrpöttern schenken. Oder ein paar Kölnern, die lieben doch Karneval!!

Als ich vor etwa 2000 Jahren hier war – nicht in Düsseldorf-Hamm, sondern in einem kleinen hübschen Ort namens Nazareth, da habe ich Euch etwas beigebracht. Zumindest habe ich es versucht, so gut ich konnte und habe alles gegeben.

Ich habe Euch gelehrt, Euch und Euren Nächsten zu lieben und auch Eure Feinde zu lieben.

Ein Feind ist ein Mensch, den wir selbst zu einem Gegner gemacht haben.

Auch heute in der Corona-Situation können wir wieder lernen, vorbehaltlos mit uns und unseren Mitmenschen umzugehen und uns anzunehmen, wie wir sind.

Wenn wir mit uns selbst umgehen wie eine liebevolle, gütige Mutter mit ihrem Kind umgeht, die es freundlich, sanft und verstehend, verständnisvoll immer wieder auf den Weg der Liebe und der Achtsamkeit führt, dann haben wir schon viel geschafft. Leute, warum ärgert ihr Euch über Corona?

Im Grunde seid Ihr doch die viele Arbeit und den Stress leid. Stress ist einer der größten Krankheitsursachen überhaupt. Stress, Kummer und Ärger machen krank. Wir können all dies jetzt ablegen.

Wir Menschen haben im Lock-Down die Chance, zu uns selbst zu finden, in die Liebe zu uns selbst zu kommen. Wir können uns in den Arm nehmen, andere Leute – am besten mit Maske – aber vor allem auch uns selbst. Wer von Euch hat sich selbst schon einmal richtig liebevoll in den Arm genommen?

Ich liebe mich selbst!!!

Das könnt Ihr Euch immer wieder sagen. Ihr könnt ein Ritual daraus machen. So wie ich mich selbst auch gern und oft auf diese Art umarme und morgens und abends meditiere und gern auch mal zwischendurch, könnt ihr Euch Rituale der Liebe erfinden, wie bewusst eine Tasse heißen oder warmen Tee zu trinken, also so, dass die Temperatur für Euch angenehm ist, liebevolle Gedanken zu Euch selbst zu haben.

Sagt Euch:

Ich bin gut.
Ich bin gut so, wie ich bin.
Ich bin Okay.
Ich bin Okay so, wie ich bin.
Ich muss mir nichts beweisen.
Ich liebe mich. Ich liebe mich so, wie ich bin.

Dafür ist Corona da, um Achtsamkeit zu üben.

Und um die Zeit zu einer Zeit der Einkehr zu machen.

Zur inneren Einkehr.

In der Lehre, die ich Euch vor etwa 2500 Jahren gab, als mein Name Gautama Siddharta war, im Dhamma oder Dharma, nennen wir diese innere Einkehr Kontemplation oder Meditation.

In der Kabbalah, von der ich euch vor 3800 Jahren Kunde gab, nennen wir innere Einkehr ebenfalls Meditation und Kontemplation. Diese Lehre hat'n Bart, der reicht bis zu den Füßen, so alt ist sie.

Theresa von Avila und Meister Eckhart haben das schön beschrieben. Und in neuerer Zeit besonders Ayya Khema.

Aber es gibt viele Zeitgenossen, die Euch die Lehre von der Eigenliebe, der Harmonie mit sich selbst und mit der Welt, die Lehre vom bedingungslosen Glück lehren können.

Naja, aber statt dessen nutzt ihr die Zeit, um fleißig Sündenböcke zu suchen für Corona.

Anstatt die Ruhe zu erkennen, das Ruhe- und Heilspotenzial, was in der Situation des Lockdowns liegt, nämlich die Möglichkeit, in die Liebe, zu euch selbst und zu MIR zurück zu kommen, sucht ihr nach Schuldigen und regt Euch auf, erhitzt die Gemüter, schreibt einander Drohbriefe und gehässige Nachrichten in den sogenannten „Sozialen Medien".

Wartet mal ab, bis ICH die sozialen Medien erobere, dann werdet ihr Euch aber umsehen! Meinen Geduldsfaden muss ich in jedem Augenblick neu binden! 3800 Jahre warte ich schon auf euer Erwachen!!

Manchmal frage ich mich, ob das so schlau von mir war, einen „Neuen Bund" mit Euch zu schließen. Ihr habt den Kapitalismus erfunden, betet zwar keine goldenen Kälber mehr an, dafür fleißig Markenhersteller, Medienkonzerne und Mega – Einkaufszentren, in denen Ihr lieber Eure Zeit verbringt, als bei der Inneren Einkehr, wo Ihr Euch, wo Ihr MIR begegnen könnt, in der Stille, in der Ihr meine Stimme hören könnt, zu weilen.

Ihr könnt in der Stille meine Sprache verstehen, wenn Ihr so leise seid, dass weder ein Gedanke noch ein Gefühl unsere Kommunikation des Herzens stört.

Meine Stimme ist die Stille und diese ist die Stimme Eures Herzens!!

Marc – Uwe und das Känguru haben Recht. Kapital ist neutral aber Kapitalismus macht krank.

Wenn ich König von Deutschland wär, würde ich Euch eine Schulform zeigen, die in die Vielfalt an Schulangeboten eingegliedert würde, die es heute gibt. Ganz ohne Zwang. Sie trägt den Namen „Schule für Achtsamkeit und Herzensbildung".

Ihr sucht Ablenkung in den Medien und auf der Arbeit.

Ihr flüchtet dauernd vor Euch selbst.

Wassermannzeitalter geht aber anders!!!

Wie soll ich Euch nahe bringen, dass nach der Holz-, Stein-, Kupfer-, Bronze und Eisenzeit, nach dem Industrie- und Informationszeitalter jetzt eine Zeit der Güte, Zeit der Gnade, Zeit der Herzensbildung, Wärmezeit, wie Joseph Beuys es genannt hat, eben eine Zeit der Liebe, des Heils und des Mitgefühls an der Reihe ist?

Das Wassermannzeitalter ist eine Herzzeit!

Das Herz ist mehr, als eine Maschine, eine Pumpe, ein Motor, wie ihr es achtlos nennt.

Ihr braucht keine Angst davor zu haben.

Niemand will Euch Eure teuren Autos und Mäntel, Eure Handtäschchen, Euer Makeup, Eure Highheels, Eure Superautos und so weiter weg nehmen, denn nur, weil die heutige Zeit nicht mehr Eisenzeit heißt, bedeutet es ja auch nicht, dass wir kein Eisen mehr benutzen. Was glotz ihr so, ist doch so!!

Ich darf einfach nicht so viel von euch erwarten.

Indessen schaue ich lieber aus dem Fenster, blicke über die Felder in die Weite und danke Euch, dass ihr Düsseldorf-Hamm seinen ursprünglichen, dörflichen Charakter gelassen habt.

Und ich bin Euch sehr dankbar, dass Ihr meinen Dom in Aachen so schön renoviert habt im 19. Jahrhundert und dass die Domwache im Krieg ihr Leben aufs Spiel gesetzt hat, um mein Vermächtnis an Euch, meinen Dom, vor Bomben, Granaten und anderen Schäden zu schützen.

Ich muss wohl einfach aushalten, dass Ihr die Welt – noch – nicht mit meinen Augen sehen könnt.

Was unterscheidet denn einen Menschen von einem Gott?

Ich fahre keinen Mercedes, trage keinen Pelzmantel oder eine teure Tasche aus einem Geschäft auf der Kö. Ich schiebe mir auch keine drei Steaks am Tag 'rein, tät' ich auch nicht, wenn ich's könnte, wie gesagt, ich krieg ja Harz IV.

Dafür bin ich Euch übrigens auch dankbar, dass Deutschland ein Sozialstaat geworden ist, obwohl ich damals gegen die noch junge SPD so heftig gewettert hab.

Naja, meine Zeiten als Bismarck sind vorbei. Ich bin nur noch ziemlich dick, aber meinen Humor habe ich mir bewahrt, ich kann über die Sündenbock – Ideen grinsen, die Ihr über Corona und die Welt habt.

Irgendwelchen Mafia-ähnlichen Strukturen, Pharmakonzernen oder Politikern kann man immer gut die Schuld in die Schuhe schieben. Schuldige für eine Tatsache zu suchen, anstatt mal wirklich Verantwortung für das eigene Denken, Reden und Handeln zu übernehmen, das macht ihr schon so lange, dass ich es satt habe, euch weiter zu unterrichten.

Ich glaube mittlerweile, ihr seid lernresistent.

Oder ihr braucht auch einfach mal eine Pause. Genau wie ich.

Aber Sündenböcke zu suchen hilft niemandem weiter.

Das ist nur im ersten Moment leichter als die Situation zu nutzen um Euch zu dem zu machen, was ich bin.

Ein Bodhisattva.

Es stimmt.

Nach der Kreuzigung bin ich zurück nach Indien gegangen.

Ich hab Euch gern den Sündenbock gemacht, aber ich hab den Eindruck, ihr habt nix gelernt. Wenn ihr weiterhin nur Schuldige sucht, anstatt auch mal bei euch selbst zu gucken, werden alle Probleme nur schlimmer, solange ihr nicht die Eigenverantwortung für euch selbst, beispielsweise für euren Körper und eure Gesundheit übernehmt. Lieber zum Arzt rennen als sich selbst besser kennen zu lernen, das seid ihr!

Ihr müsst ja nicht gleich ein Heiliger werden.

Und ein Bodhisattva ist jetzt auch kein Alien, kein Außerirdischer oder so.

Ein Buddha, ein Erwachter ist ein ganz normaler Mensch, so wie ich. Einen Buddha zeichnen nur wenige Sachen aus, in dem er sich von einem gewöhnlichen Menschen – noch – unterscheidet. Einige davon sind: Bedingungslose Liebe. Mitfreude. Mitgefühl. Gleichmut. Ist so was ähnliches wie Gelassenheit. So. Das ist schon alles. Im Grunde.

Ich muss lernen, dass Erlösung nur die interessiert, die es auch wirklich haben wollen. Und das sind halt nur Wenige. Die Mehrheit lenkt sich lieber weiter von sich selbst ab.

Im Punkto Gleichmut könnte ich mich ruhig auch noch etwas üben – ihr seht, wir sind gar nicht so verschieden.

Ich geh' jetzt meinen Frust loswerden, den ich habe.

Ihr wart wie brennende Holzscheite aber wer von Euch ist zu mir zurück gekommen?

Ich bin traurig über Euer fehlendes Feingefühl und äußere dies, indem ich bewusst noch einen leckeren Kaffe trinke und dabei ein Schild an meine Wohnungstüre hänge. Von außen. Diesmal mit Schlüssel. Ich brauche mich nicht über Euch zu ärgern, denn – wie sagen die Japaner oder Chinesen so schön?

„Der Weg ist das Ziel". Keiner ist perfekt. Wir sind alle auf dem Weg. Das muss auch ich mir immer wieder bewusst machen.

Aber trotzdem brauch ich jetzt mal etwas Ruhe.

Luke ging zu seiner Kaffeemaschine und wartete, bis der nächste Kaffee fertig war, sann vor sich hin, während die Maschine brummte und der Dampf des heißen Wassers durch die kühle herbstliche Luft des Zimmers zog.

Ja, es ist wahr, auch er brauchte nach der langen Reise eine Pause. Daher stand auf dem Türschild:

„Gott macht Urlaub.
Wegen Corona bleibt mein Büro
vorübergehend geschlossen!"

Ich brauch 'ne Pause!

Es stimmt. In Wahrheit bin ich gar nicht fort. Ich brauchte nur mal etwas Abstand.

Zwölf Stunden hatte der junge Mann in seiner neuen Wohnung geschlafen. Am Stück. Auf dem Boden. Eingerollt in seine Jacke und eine Decke.

Ich bin hier, um das gleiche zu machen, wie meine Heizung in dieser Nacht – endlich, irgendwann morgens um Drei – ich erinnere mich daran, weshalb ich hier auf der Erde bin.

So wie der Heizkörper dann doch mit einem leisen Brummen, vorsichtigen Ticken und immer lauterem Klopfen mitten in der Nacht beziehungsweise am frühen Morgen endlich angegangen ist und es unter meiner Decke wieder warm wurde, mir die Kälte langsam aus den Knochen wich und mir ein Gefühl der Behaglichkeit allmählich unter die Haut ging, möchte ich mir die Zeit nehmen, die ich benötige, damit ich mich zu erinnern vermag an all meine Aufgaben, meine Erinnerungen anderer Leben. Und an meine letzte, wahre Botschaft, die ich den Menschen verkünden will. Euch verkünden will

Wie viel haben Sie seither von mir gelernt?

Wie viel habt Ihr erkannt? Wahrgenommen?

Im Jahre 1990 schreibt ein Mann in Herne ein Buch mit dem Titel: „Wir in unserer Welt – Die Weltreligionen als Herausforderung". Der Mann heißt Hans Küng.

Solche Bücher, die alle Weltreligionen auf einmal behandeln, gibt es viele und das ist schon mal ein guter Anfang. Denn hier wird etwas betrachtet, das zusammen gehört.

Der Schöpfer hinduistischer Bräuche und Traditionen war ich wohl nicht. Nicht direkt.

Menschen haben das Recht und die Freiheit, so viel zu einer bunten und vielfältigen Welt beizutragen, wie sie möchten. Oft sind es Krieg, Hass, Leid und Zerstörung, die gemacht werden und ab und zu sind auch lichte Momente dabei. Weil wir wiedergeboren werden, haben wir viel Zeit. Mehr Zeit, als wir im allgemeinen denken. Wie nutzen wir unsere Zeit?

Ich erinnere mich, nachdem ich vor einer langen Zeitspanne von meinen Eltern einen Namen erhielt, der heutzutage in Deutschland „Gilgamesch" ausgesprochen wird, dass ich ein Junge in Indien namens Nachiketa war.

Als Gilgamesch verweigerte ich mich der Göttin Ischtar, die ebenso wie ich aus der Einheit von Yin und Yang in die Weiblichkeit gegangen war.

Und weit vorher war ich ein Mädchen, welches in den Tempeln der Heiligen verschiedene Dienste für das Volk oder speziell für die Reichen anbot: Ihren Gesang, ihre Kunstfertigkeit im Tanz und andere Dienste.

Ja, Gott war auch schon eine Hure.

Eine altindische Tempeldirne.

Eine Hure verschenkt sich selbst. Ein Bodhisattva verschenkt sich selbst. Es ist kein Unterschied. Er – oder sie muss nur sehen, dass von ihm beziehungsweise ihr selbst noch etwas übrig bleibt, das wahrnimmt, was geschieht und das Geschehen steuert. Im Advaita ist es gut, dass die betreffende Person dessen gewahr bleibt, dass sie geschehen lässt. Dass sie das Leben geschehen lässt und sich verschenkt.

Dass sie fließt wie Wolkenbilder am Himmel.

Dass sie sich vom Fluss des Lebens tragen lässt, ohne darunter zu leiden.

Wahrnehmung ist überhaupt wichtig.

Einige Menschen sagen, dass verschiedene Leben bei der Wiedergeburt zeitlich aufeinander folgend gelebt werden, weil das eine Leben auf den Erkenntnissen des anderen beruht.

Manche behaupten aber auch, dass alle Inkarnationen gleichzeitig passieren.

Ich glaube, das ist egal, wie man es sieht, wichtig ist, dass wir begreifen, dass wir hier auf der Welt sind, nicht, um Besitz anzuhäufen, Karriere zu machen und dergleichen.

Wir sind hier, um unser liebendes Herz zu üben.

Eine Meditationsmeisterin, Ayya Khema, die 1923 in Berlin geboren ist und 1997 in Bayern gestorben ist, hat gesagt, dass das einzig wirklich Wichtige ist, unser Herz frei zu machen, dass nur noch Liebe darin Platz haben kann.

Wenn in unserem Herzen nichts außer Liebe ist, haben wir unseren spirituellen Weg erkannt.

Wenn wir diesen Zustand bedingungsloser Liebe erreicht haben, ist es an uns, ihn in jedem Augenblick neu zu verwirklichen und zu erhalten.

Darum geht es im Leben.

Einzig darum.

Es gibt mittlerweile viele Geschichten oder Darstellungen von Engeln. Engel werden von den Menschen immer gern klein und niedlich dargestellt.

Wenn ihr mal einen echten Engel zu Gesicht bekommt, also vor allem einen Erzengel, dann erschreckt Euch nicht, denn ein Engel ist ein riesiges, helles, mächtiges Wesen. Ein Bündel an Licht, Energie und Kraft.

Zeit und Raum sind im Grunde unwesentlich für uns. Vor einigen hundert Jahren wurde ja schon gesagt, dass ich zurück kommen werde.

Ich selbst habe es nicht aufgeschrieben.

Klar, als ich voller Stolz und Ehrgeiz in die Welt ging als Wiedergeburt in Gestalt eines Königs, wie damals als Thotmoses, Sanherib, Ramses, Alexander, Oda Nobunaga oder Karl, da war es mir wichtig, dass auch Schriftliches von mir existiert.

Die Vita Karoli wurde nach meinem Tod verfasst und ich danke meinem Schreiber Einhard dafür.

Auch als ich „der Buddha" genannt wurde, wurde nach meinem „Tod" viel nieder geschrieben und der sogenannte Theravada-Buddhismus, in dessen Tradition auch die Ehrenwerte Ayya Khema steht, kann als Quelle der Lehre des Buddha betrachtet werden.

Es gibt schöne und hilfreiche Worte wie das Dhammapada, welches vor einiger Zeit aus den alten Dialekten der indischen Sprache ins Deutsche übersetzt wurde.

Namentlich danke ich hier dem Ehrenwerten Nyanatiloka Mahathera. Auch er steht in der Tradition der Ayya Khema und damit im Theravada. Von ihm existiert eine Übersetzung des Dhammapada ins Deutsche, die ich sehr schätze.

Seitdem ist auch noch Weiteres niedergeschrieben worden, beispielsweise die Erläuterung dessen, wie „der Buddha" sich durch die Zeit auf der Erde bewegt hat, wie ein Schäfer oder manchmal auch ein Schäferhund, der seine Herde auf dem Weg der inneren Einkehr hält, auf dem Weg der Kontemplation, die die Menschen in das Angesicht Gottes führt, was immer das zunächst auch sein mag.

Seit ich erwacht bin, wird in dem Kapitelchen namens „Upaya" in einer Schrift erklärt, sind vergangen eine Zahl von Weltzeitaltern, unermesslich Hunderte von Tausenden. Beständig predige ich das Gesetz, lehre und verwandle.

Zahllose Millionen von Lebewesen veranlasse ich, auf dem Buddhaweg zu gehen und unermessliche Weltzeitalter lasse ich das Nirvana sehen, der ich gekommen bin für die Befreiung der Menschen, mit Upaya, dem geschickten Mittel.

Aber in Wahrheit bin ich nicht erloschen und hinübergegangen.

Beständig bin ich hier und predige das Gesetz.

Ich bin beständig hier und mit meiner überirdisch durchdringenden Kraft veranlasse ich die Lebewesen, die verwirrt sind, dass sie mich, obwohl ich nahe bin, nicht sehen.

Wenn alle sehen, dass ich erloschen und hinübergegangen bin, werden sie weiterhin meine Asche verehren.

Alle zusammen werden Liebe und Sehnsucht im Herzen hegen und sie werden dürsten und suchen nach ihrer inneren Wahrheit.

Wenn dann alle ihre Wünsche und Ansichten geläutert haben und sie mit ganzem Herzen wünschen, den Buddha zu sehen und in ihrem Herzen zu spüren, wenn sie nicht eitel sind und die Belange des Körpers nicht mehr über die Belange des Herzens stellen, dann werde ich mit der gesamten Mönchsgemeinde auf dem Geierspitzberg erscheinen.

Ich werde zu der Zeit zu den Lebewesen sprechen, dass ich beständig hier sei und nicht erlösche.

Ja, erkannte Luke, wer das über mich geschrieben hat, hat meinen Weg richtig und gut verstanden.

Seit ewiger, langer Zeit wandle ich, der ich als Erzengel Asasel mein materielles Dasein begann, hier auf der Erde.

Naja. Das ist schön.

Doch auch ich brauche, weil ich ein Mensch geworden bin, mal etwas Zucker im Kaffe.

Oder Honig. Ahornsirup ist mir zu süß. Als ich in dem Kindergarten meiner Tochter, also dort, wo meine Tochter in den Kindergarten ging, zur Adventszeit hin in der Bastelgruppe mit den anderen Eltern den Weihnachtsmarkt mit vorbereitet habe, war dort eine junge Frau, eine junge Mutter, die auch ihr erstes Kind dort in der KiTa hatte, die mir immer eine Freude machen wollte und mir einen kräftigen Schuss Ahornsirup in den Kaffee goss.

Damals war das lecker, doch mittlerweile merke ich, dass es mir einfach zu süß ist. Honig empfinde ich nicht ganz so süß, doch da gehen die Meinungen eben auseinander.

Das ist wichtig, zu verstehen, Leute, dass es nicht nötig ist, wegen überhaupt irgendetwas in Streit zu geraten.

Jeder Mensch hat das Recht auf seine Meinung.

Wenn der Papagei der Nachbarin abends und auch manchmal mitten in der Nacht, wenn einer von der fünfköpfigen Familie mal aufstehen muss, in seinem lauten singenden Tonfall „Guten Morgen!", ruft, bekomme ich ja auch nicht den Impuls, rüber zu Leuchtenrats zu gehen, Sturm zu schellen und dem Papagei zu erklären, dass man bis höchstens elf Uhr „Guten Morgen" sagt, aber noch nicht beziehungsweise nicht mehr um drei Uhr morgens beziehungsweise nachts.

So ist es auch bei uns Menschen, Leute, es ist nichts persönlich gemeint. Streit lohnt nicht.

Das könnt Ihr Euch gern von mir abschauen, wenn ihr wollt, da habe ich kein Kopierrecht drauf, auf die Weisheit, die jetzt kommt:

Werdet mir ähnlich! Werdet wie ich! Ein Gott – in buddhistischen Kreisen auch Arahat genannt – ist ein Mensch, der mit niemandem mehr in Streit geht. Er kann die Meinung des Anderen so annehmen, so aushalten, wie sie ist.

Kein Copyright! Könnt Ihr ruhig mal nachmachen! Diese Eigenschaft, nicht in Streit zu geraten, ist schon fast alles, was einen Gott von einem normalen Menschen unterscheidet.

Probiert's mal aus! Am Anfang gestaltet sich die Übung vielleicht für manche Leute etwas schwierig aber mit ein Wenig Geduld kommt's schon hin. Ihr habt Zeit.

Wie gesagt, ich bin schon etwas länger hier. Ich bin mir dessen bewusst, dass ich schon etwas länger hier bin. So ist es besser, deutlicher ausgedrückt. Natürlich muss auch ich erst einmal überlegen, wie ich einen Sachverhalt formuliere, damit mich die Leute auch verstehen können, und nicht denken:

„Der alte Depp, was faselt der wieder da?!"

Wenn die Menschen denken:

„Der alte Depp, was faselt der wieder da?", oder wie viele Leute einfach knapp sagen:

„Red' nicht so'n Scheiß" – sorry, aber stimmt doch, Ihr redet gerne so derb – wenn Ihr mich nicht versteht, liegt das wohl an mir.

Ich war nicht in der Lage, mich so zu artikulieren, ich war nicht in der Lage, so zu reden, dass Ihr mich versteht.

Übrigens, ich bin erstaunt, wie sich die sogenannten „Religionen" entwickelt haben.

Da hab' ich wieder mal absichtslos gehandelt.

Wie wir alle jetzt bei Corona.

Es ist das Wünschen, die Sehnsucht aus tiefstem Herzen.

Wir alle gemeinsam haben Corona erschaffen.

Mit unseren unbewussten Wünschen. Ich bin mir meines Schöpfercharakters bewusst und wie steht es mit euch?

Erkennt es endlich! Übernehmt Verantwortung!

Das ist einfach so, dass die Menschheit nicht weiter kommt, wenn sie, wie damals ich das gemacht hab als ich König David war, zu denken: Gott, reinige mich von meiner Ungerechtigkeit und von meiner Sünde säubere mich!

Das finde ich selbst lustig, dass ein Mann, der einst ein Schafhirte war, der dann zum König wurde, dass der selbst vergisst, dass er Gott ist und dann sagt, dann in einem Psalm singt:

„Erbarme dich meiner, Gott, gemäß deiner großen Barmherzigkeit und gemäß deiner großen Menge an Mitgefühl zerstöre meine Ungerechtigkeit".

Hätte nicht einst ein Mann namens Allegri aus diesen und den folgenden Worten, die ich hier nicht genannt habe, ein wunderschönes Chorlied gemacht, hätte ich selbst vergessen, dass ich diesen Psalm damals sang.
Er wurde ins Lateinische übersetzt aus meiner Sprache und nannte sich ab da „Miserere Mei Deus" und ist dann unter anderem von einem britischen Chor gesungen worden und die haben das dann ins Internet hoch geladen und meine Tochter, die mit beiden Beinen in dieser irdischen Welt steht, mit Handy, und allem, was die Leute heute so haben und benötigen, die hat das Lied gehört, sie ist 15 Jahre jung, und hat begonnen, zu heulen, weil es sie so sehr berührt hat.

Also geht mal nach Youtube rein und hört es Euch mal an:
Miserere mei deus Allegri.

Und habt Taschentücher parat.
Die braucht Ihr.
Vielleicht.

Im Internet habe ich noch einen tollen Text über Gott gefunden, der geht so:
„Ich habe keine anderen Hände als Eure Hände.
Christus hat keine Hände, nur unsere Hände,
um seine Arbeit heute zu tun.
Er hat keine Füße, nur unsere Füße,
um Menschen auf seinen Weg zu führen.
Christus hat keine Lippen, nur unsere Lippen,
um Menschen von ihm zu erzählen.
Er hat keine Hilfe, nur unsere Hilfe, um Menschen an seine Seite zu bringen."

Stimmt. Finde ich prima.

Heute findet Ihr – neben dem Gilgamesch-Epos, den Aufzeichnungen über das indische Kamasutra oder den ägyptischen Pharao Marmer, den Waller – König – die ersten Berichte über mich in den sogenannten Upanischaden, einer altindischen Textsammlung.

Hier könnt Ihr mal den Namen „Nachiketa" suchen.

Nachiketa ist ein Name. Es ist der Name eines Jungen, der die Hauptrolle spielt in der sogenannten „Katha – Upanischad".

Als Nächstes tauche ich in der Bibel wieder auf. Dies gibt übrigens einen Hinweis darauf, wie alt – historisch gesehen – die Bibel, das biblische, alttestamentarische Gedankengut eigentlich ist. Ich glaube, sie ist so alt wie die Upanischaden und beides ist so alt, wie die Schrift alt ist.

Mein Name war damals Jakob, ich war der – zweitgeborene – Sohn eines Mannes namens Isaak.

Darüber hinaus geht mal die Pharaonenlisten des Alten Ägypten durch und sucht nach Pharao Thotmoses dem Dritten.

Anschließend findet Ihr mich in der Gestalt des Königs David aus dem Alten Testament in der Bibel wieder. Er hat damals die Geschichte seines Volkes maßgeblich beeinflusst und auch zu Überlieferungen beigetragen, die in verschiedenen Kulturen bis heute erhalten geblieben sind.

Des Weiteren ist dort also „Der Buddha". Diese Formulierung finde ich schade. Ich wollte damals nicht der Einzige Erwachte bleiben und das will ich auch heute nicht.

Lieber wäre mir, Ihr würdet mich nicht „Der Buddha" nennen, sondern „Ein Buddha", denn es gab schon viele Erwachte vor mir und ich freue mich, wenn noch viele nach mir kommen oder jetzt eben in dieser Zeit.

Außerdem freue ich mich sehr, wenn ihr die Kraft und den Wahrheitsgehalt meiner Lehre erkennt, die übrigens keine Religion ist.

Menschen lieben Versicherungen.

Menschen lieben auch Rückversicherungen und Rückbindungen. Rückbindung an den Urgrund. Das sind Religionen.

Sie sind wie eine Versicherung aber sie sind Eins,

Jedenfalls die fünf großen Weltreligionen. Sie sind eine Einheit, wie das Mehl, das Wasser und das Salz nachher zu einem

Brotteig werden und nicht mehr zu trennen sind, es sei denn, man backt daraus Brötchen, aber auch dann bleibt es der gleiche Teig.

So ist das mit den Religionen.

Und, was den Buddha angeht, Buddha heißt schlicht „Der Erwachte". Ich habe damals keine Religion gründen wollen. Ich habe einfach nur begriffen, wie der menschliche Geist funktioniert, habe einige Gesetze und Bedingungen unabhängigen Glücks erkannt. Ich war Gautama Siddharta.

Es gibt sicher noch einige andere Leute auf der Welt, die behaupten, eine Reinkarnation des Siddharta Gautama zu sein.

Wie gesagt, ich streite mich nicht darüber. Ist doch schön.

Dann bin ich nicht allein. Wer sich mit Meditation etwas auskennt, hat sicher schon mal davon gehört, dass in buddhistischen Kreisen Leute meinen, dass ein selbstständiges „Ich" ohnehin völlig überbewertet wird.

Im Grunde sind wir Menschen wie Ameisen.

Wir haben ein Universalbewusstsein. Wir sind mit unseren feinen Sinnen alle miteinander verbunden.

Wir wissen es nur noch nicht. Die meisten von uns wissen das noch nicht. Das ist aber nicht schlimm, denn das wird schon kommen. Wenn die Zeit reif ist.

Der Apfel hängt auch am Baum und tut nicht viel dazu, um zu reifen, außer eben am Baum zu hängen und sich von der Sonne bescheinen zu lassen. So verhält es sich auch mit der inneren Reife. Geschehen lassen. Absichtslosigkeit. Handeln durch Nichthandeln.

So kann Erleuchtungsgeschehen geschehen.

So kann Reifegeschehen geschehen.

Es ist ganz leicht.

Ich habe gesehen, wie Menschen sich immer wieder in Schwierigkeiten verstricken, einfach, weil sie Sachen oder Menschen oder einen Status, Karriere, Ruhm, Anerkennung haben wollen oder weil sie wiederum andere Dinge wie Beleidigung, Beschimpfung, Angebrüllt werden, Armut, Kälte, Krankheit, Tod, nicht haben wollen, also ablehnen.

Wirklich glücklich ist man aber nur, wenn es kaum etwas gibt, was man ablehnt oder haben will.

Wenn man das Leben so nehmen kann, wie es ist und es nichts mehr gibt, was man ablehnen oder haben will, dann kann ein Mensch als „erwacht" gelten, denn dann versteht dieser Mensch, dass alle Ereignisse, die in seinem Leben passieren, einfach da sind.
Absichtslos.
Sehr wahrscheinlich, weil diese Person sie selbst hergewünscht hat.
Unbewusst.

Der Unterschied eines Buddha, eines Erwachten zu einem gewöhnlichen Menschen ist schlicht der Grad an Bewusstheit.
Ich schaffe meine Begegnungen selbst.
Ich bin der Schöpfer meines Karma, meines Schicksals, durch meine unbewussten – oder bewussten Einstellungen, Wünsche, Sichtweisen, Haltungen, Absichten.
Wenn wir dann das Leben nehmen, wie es ist, wie es uns in jeder Situation wieder neu begegnet, dann treten wir sozusagen in den Strom des Lebens ein.
Auf Pali, einem indischen Dialekt, heißt das „in den Strom eintreten" und hat nichts mit Wechselstrom zu tun: ACDC. Die Gruppe ist hier leider nicht gemeint.
Ein Sotapanna ist ein „In den Strom Eingetretener".
Das bedeutet nicht, dass wir den Notarzt holen müssen, weil er einen Stromschlag bekommen hat.
Gemeint ist einfach der Strom der Ereignisse des Lebens.
Wenn man diese geschehen lassen kann, solange es keine Notfälle sind, denn man steht ja im materiellen Leben und kann nur wirklich glücklich sein, wenn man gesund, zuversichtlich, zufrieden ist und kaum von Gier, Hass und Verblendung belastet ist, dann ist man schon sehr weit.

Tja, jetzt zu Jesus.
Also erinnern kann ich mich an mein Leben als Arminius. Und ich habe oft in einer Art Wach- oder Klartraum mich an einige entscheidende Erlebnisse erinnert, die im Leben Jesu passiert sein können.
Ich werde vom Kreuz abgenommen und lebe noch.

Ich schaue unter eine Bank aus Holz, die an einer hellen Wand befestigt ist und blicke plötzlich in mein eigenes „Grab", eine Art Steintrog, aus dem ich aufstehe, mich recke, das Leichentuch beiseite lege und den Stein, der die Höhle beziehungsweise die Grabstätte verschließt, beiseite räume.

Ich entscheide, zu Johannes dem Täufer zu gehen und mich von ihm taufen zu lassen.

Im Jordan.

Das haben viele andere Leute vielleicht auch alles erlebt. Aber ich habe es ganz bewusst als Jesus Christus erlebt. Mit war das in meinen Träumen immer völlig klar, dass ich der Jesus war, der im Neuen Testament beschrieben wird. Es war selbstverständlich für mich.

Der Cheruskerfürst, der in der Überlieferung beziehungsweise bei den Römern Arminius genannt wird, der die römischen Legionen das Fürchten lehrte, Legionen, die ich einige Jahrzehnte zuvor in meinem Leben als Gaius Julius Caesar noch selbst befehligt hatte, an dieses Leben erinnere ich mich auch, besonders an dessen Tod.

Dieser Tod ist mit dem des Gaius Julius Caesar ziemlich identisch..

An einige Episoden an meinem Leben als Caesar kann ich mich erinnern, besonders an den Tod, der dem des Arminius sehr ähnlich war: Beide wurden von Freunden und Familienmitgliedern, von Bekannten und Verwandten getötet.

Und Jesus übrigens auch: Judas war sein – möglicherweise bester – Freund.

So habe ich das erfahren. Aus meinen Erinnerungen. In den Kammern meines Herzens.

In einem Leben bin ich etwas, von dem ich im nächsten Leben das genaue Gegenteil sein kann.

Beispielsweise erst Römer mit vollem Herzblut, dann ein römischer Reiterpräfekt der römischen Provinz Germania, der mit ganzem Herzen gegen die römische Besatzungsmacht eintritt.

Nur so, durch diesen Perspektivenwechsel, lässt sich das Leben verstehen.

Heinz-Werner Kubitza schreibt in seinem Buch „Die Jesus-Lüge" richtig, dass auch Jesus zuvor ein „Sünder" war, was immer das auch heißt, einer, der sich von der Allseele abgesondert hat, der aus der Liebe zur All-Einheit aus eigenem Willen heraus gefallen ist.

Eine Seele, die sich abgesondert, abgespalten hat.

Das Wort Sünde kommt von Ab–**sond**–ern, hörte ich einst.

Möglicherweise ist da was wahres dran.

Jesus soll ja nicht ganz im Jahre Null geboren sein. Nach der Rechenweise des gregorianischen Kalenders.

Unser europäischer, der gregorianische Kalender, geht sozusagen etwas falsch.

Dabei habe ich mir damals mit der Computistik, der Kalenderberechnung mit meinem Hofstaat in Aachen wirklich alle Mühe gegeben. Als ich Karl der Große war.

Hätten wir die Araber fragen sollen?

Immerhin war ich damals gut befreundet mit dem Kalifen Harun al Rasid, wir hätten gemeinsam an der Berechnung des richtigen Kalenderdatums arbeiten können, sie nach der Geburt des Propheten, wir nach der Zeit der Geburt Christi und beides wäre genau so richtig, wie die jüdische Zeitrechnung auf ihre Weise richtig und stimmig ist.

Das war in meinem Leben als Karl der große. Daran kann ich mich gut erinnern.

Wann genau ist Jesus geboren?

Um Jesu Lehre im Herzen zu erfassen, ist es völlig unwesentlich, zu wissen, wann genau er geboren ist.

Das Leben, unsere Entscheidungen, geschehen aus dem Herzen heraus und Herzen rechnen nicht.

Außerdem gibt es da die Sage von Jesus Zwillingsbruder, der für ihn ans Kreuz gegangen sein soll, während Jesus zurück nach Indien, dem Geburtsort seiner alten Lehrstätte als Buddha, abgewandert ist.

Zu dumm, dass man mit dem Eintritt in den Körper und damit in ein Menschenleben, ein Erdenleben, so viel vergisst.

Dass ich einst Alexander der Große war, daran erinnerte ich mich schon, bevor ich zu einer Reinkarnationstherapie gegangen war. Doch erst dort erlebte ich in einer feinen Trance den Augenblick erneut, als ich mit einem Schwert den Gordischen Knoten einfach zerteilte.

Einige Überlieferungen berichten, Alexander habe erkannt, dass man einen Holzzapfen aus dem Knoten ziehen muss und hätte dies getan, ihm wäre also durch Klugheit und Intelligenz die Stadt Gordion zugefallen.

Im Grunde ist es gleichgültig, auf welche Weise Alexander das Rätsel um den Knoten löste, denn die intelligente sowie die gewalttätige Lösung haben eines gemeinsam: Entschlossenheit.

Alexander hat mittels seiner Entschlusskraft den Knoten geöffnet. So oder so. Er hatte beschlossen, Verantwortung für diesen kleinen Stadtstaat zu tragen.

Der Knoten ist nämlich ein Symbol und zwar dafür, dass dem Gespann (Herrschaft, Führung) immer die Wagenladung (Verantwortung) folgt.

Das wusste er aus Erfahrung. Das hatte Alexander auch in Gordion intuitiv auf den ersten Blick begriffen.

„Was machen die für'n Stress?", fragte ich mich.

Als ich mich somit für Gordion und seine Menschen verantwortlich erklärte, einfach, weil ich es so beschlossen hatte, war es leicht für mich, die Herrschaft über das Land und seine Leute zu übernehmen, denn ich gliederte es einfach in eine Reihe von Alexandrias ein, Städte, die nach hellenistischem Vorbild geformt und gegründet wurden, da bildete das neu erworbene Land einfach eine weitere hübsche Perle in einer langen Kette ruhmreicher Eroberungen.

Ich glaube, Jesus hatte vergessen, dass er selbst einst der Buddha, also Gautama Siddharta, war.

Der Buddha hieß mit seinem natürlichen, persönlichen Namen Gautama Siddharta. Oder Siddharta Gautama. Die Reihenfolge der Namen ist für das Verstehen des Kerns seiner Lehre unwesentlich.

Hermann Hesse hat ein schönes Büchlein über ihn geschrieben. Außer die Tatsache, dass ich mein Kind schon klar erziehe, nämlich durch mein – nicht immer tolles und oft etwas schwieriges – Vorbild und einige Regeln, die ich für das Zusammenleben als wichtig empfinde und auch selbst so gut ich kann einzuhalten versuche, passt das Buch ganz gut.

Das zum Thema erinnern.

Ich erinnere mich meist nur an die Momente, in denen ich mich verletzt fühlte. Caesar wurde von seinem Bekanntenkreis und Mitgliedern seiner Familie erstochen. Arminius auch. Jesus könnte gut in dieses Schema passen, denn auf ihn traf dies glorreiche Ende, von Bekannten und Freunden verraten und getötet worden zu sein, auch zu.

Übrig geblieben aus all den Momenten, aus denen sich ein Leben zusammen setzt, aus denen sich viele Leben aneinander reihen, ist der Schmerz, die leidvolle Erfahrung, dass man, auch wenn man noch so viel für Andere getan zu haben glauben kann, dennoch weder Dank, noch Lobesreden oder eine Jubelwelle erwarten kann.

Eine Laolawelle. Die ist nicht garantiert, die Laolawelle. Im Stadion von damals, der Arena, nicht und auch heute nicht.

Ich trage die Wunden meiner inneren seelischen Verletztheit, diese Erkenntnis, nicht geliebt worden zu sein, immer noch sehr tief darinnen in mir. In meinem Herzen.

Es wurde zum Narbenherz. Zum Panzerherzen. Ich verschloss mich gegen jedwede Art von Liebe. Ich tauchte ein in den Tartaros, das tiefste Meer der Unterwelt, der Hölle und ließ mich dort zunächst verzweifelt, bald aber mit aller Entschlossenheit nieder. Irgendwo müssen meine vierzig Jahre Selbsthass ja her kommen.

Hilfreich ist an dieser Stelle das sogenannte „Vollkommene Verstehen", welches der Bodhisattva Avalokiteshvara, auch genannt Kannon, irgend wann in der Zeit um Christi Geburt formuliert hat, es ist auch als Herz – Sutra bekannt.

Ob ich die Kannon war? Weiss ich nicht mehr.

Ist ja auch egal. Das vollkommene Verstehen meines Gegenübers, mein sich Hinein versetzen in das römische Volk oder das jüdische Volk oder das deutsche Volk oder in jeden, von dem ich meine, verletzt worden zu sein, kann in dieser Hinsicht helfen. Mir zu einem Blick über den Tellerrand, zu einem Tauchgang durch den Tartaros, um ihn auf den letztgültigen Wahrheitsgehalt zu durchsuchen, meinen Mitmenschen, um mich zu berühren.

Es hilft mir aus meiner Leidens- und Opferrolle und kann zur gegenseitigen Verständigung beitragen.

Die Menschen, welche Julius Caesar töteten, hatten Angst vor seiner Macht und wollten sie für sich selbst.

Hat mir mein Freund erklärt.

Und jetzt kam sogar eine Terra-X-Doku zu diesem Thema mit Mirko Drotschmann und einem Geschenkband drumrum.

Ich bin sehr glücklich und sehr dankbar dafür!!

Jetzt begreife ich. Jetzt erst, nach etwa 2000 Jahren bin ich in der Lage, meine einstigen Gegner zu verstehen.

Dass man Macht nicht so einfach bekommt, indem man sie einem anderen Menschen abnimmt, mussten sie selbst dann auch erst leidvoll begreifen, die Römer, denn, wenn man einem sehr guten Dokumentationsfilm über Caesar Glauben schenken darf, wurde Rom nach Caesars Tod 15 Jahre lang von Bürgerkriegen erschüttert. Und Terra-X zeigt es auch.

Dass Krieg zur Sicherung von Macht, Königreichen oder religiösen Strukturen dazu gehört, glaubte ich etwa bis zu meinem 44. oder 45. Lebensjahr in diesem Leben als Luke Arlington.

Auch in meinem Leben als Mohammed, der den Erzengel Gabriel traf und von ihm seine religiöse Lehre erhielt, spielte Krieg nachher eine Rolle.

Heute weiß ich, dass es auch anders geht und ich bin das Schlachten leid. Es führt nur zu Armut und Elend im Volk. Ich habe verstanden, begriffen und erkannt, dass es keine Feinde gibt, wenn ich die richtige Sichtweise habe.

Übrigens hat Salmon Rushdie nicht ganz Unrecht, wenn er von „Satanischen Versen" spricht, ich bin halt ein Teufel mit liebendem Herzen. Salmon Rushdie sollte man einfach in Ruhe lassen.

Nicht erst seit meinem Leben als Miyamoto Musashi, in dem ich ein Buch schrieb, das Go-rin no sho, das Buch der fünf Ringe, erkenne ich die Zahl Fünf in vielen Dingen, so auch in den Hauptströmungen der Tätigkeiten, Praktiken und Strukturen, welche Menschen als Religionen bezeichnen, Rückbindung an den Urgrund, Seinsgrund, dessen Quelle sie vergessen haben.

Wir zählen heute fünf Weltreligionen. Der Daoismus ist leider nicht dabei. Auch er kommt, wie die Lehre des Buddha und in Wahrheit auch die Kabbalah, ganz ohne Kriege aus.

Vielleicht gehörten sie zu unserem Erwachsenwerden als Menschheitsfamilie zum Reifungsprozess dazu, diese leidvollen Rauscherfahrungen, aber – vor allem angesichts der vielfältigen und furchtbaren Waffen, die heute existieren – wir sollten **jetzt** erkennen, dass es mal langsam reicht, gut im Erfinden von Kriegsgerät zu sein.

Jetzt dürfen wir zur Abwechslung mal gut werden im Erfinden von Friedensgerät und dazu ist nichts weiter nötig, als unser Herz leer zu fegen und auszuräumen von allem, das nicht aus Liebe besteht. Dies schrieb schon Rumi, ein spiritueller Meister aus dem orientalischen Bereich.

Unser Herz ist unser wahres und einziges Kriegsgerät.

Unser Herz ist somit auch unser einziges und wahres Friedensgerät!!

Wer auf alle Situationen des Lebens mit vollkommenem Verstehen und Liebe in seinem Herzen reagieren kann, der hat Frieden im Herzen.

Dies zu schaffen, darum geht es bei unserem Menschsein.

Nur um diese eine Sache.

Das ist das Ziel: Frieden im eigenen Herzen!

Merkt Ihr jetzt, wie sehr wir von diesem Weg abgekommen sind?

Was tun wir denn so den lieben langen Tag?

Was beschäftigt uns?

Womit ist unser Herz angefüllt?

Ist es Liebe?

Den Bettler auf der Straße vollkommen zu verstehen, verstehen zu wollen, zu lieben mit dem Herzen oder lieben zu wollen, bedeutet nicht, dass ich ihm sofort mein ganzes Portemonnaie ausschütte.

Es geht um die Kraft meines Herzens.

Ich soll ihn nicht ablehnen, nicht angewidert sein, mich nicht innerlich über ihn erheben.

Ich darf mich selbst in diesem obdachlosen Menschen erkennen, denn oft ist nur ein winziger Wink des Schicksals nötig, um mich in die gleiche Lage zu bringen, in der er – oder sie sich befindet.

Die Menschen sehnen sich nach Allverbundenheit und dürfen den Schritt wagen, zu verstehen, dass sogar jene Mechanismen, die wir heute als Weltreligionen bezeichnen und von denen einige gar keine neue Religion im engeren Sinne darstellen, nämlich die Lehre Buddhas und die Reden, Erkenntnisse und Wirkweisen des Mannes aus Nazareth, dass sie im Grunde das Vermächtnis ein und der selben Seele sind, welche sich hörbar, bemerkbar, erkennbar machen wollte immer wieder neu, damit die Menschen ihn erkennen und bereit sind, zu dem zu werden, was er ist, ein Bodhisattva, einer, der den Menschen immer wieder Impulse gibt, um auf der einzigen Ebene sich zu entwickeln, auf der es sich zu entwickeln lohnt, auf der spirituellen Ebene, auf der Ebene des liebenden **Herzens!**

Um mich zu verstehen, müsst Ihr einfach ein einziges Wort verstehen: Tulku. Ich bin schlicht ein Tulku.

Ein Tulku ist ein Erleuchteter, der wiedergeboren wird.

Und mein Leben gestaltet sich auf einmal viel klarer und geschmeidiger, wenn ich mich daran erinnere.

Um mich selbst wieder neu zu finden, mich zu erinnern und in meinem inneren Frieden zu bleiben, greife ich meinen Schlüssel und meine Jacke und gehe einige Schritte spazieren in Düsseldorf-Hamm. Bis zu der Bank an dem Wegekreuz, mitten in den Feldern des Ortes unter dem alten Baum, der glücklicherweise immer noch da ist.

Still nehme ich Platz und atme bewusst mitten in meine Brust, mein Herzchakra, dessen Quelle die Thymusdrüse ist, die jeder

Mensch hat, meines Wissens. So sitze ich da, ruhig, still, vertieft in den inneren Strom meines Atems, den Strom des Lebens überhaupt.

Ich höre das feine „Om", den Atem, die Bewegung des Lebens, die Luft, die mich wie ein sanfter Fluss umschmiegt, mir Leben schenkt und mich mit der Welt und der Zeit verbindet.

Ich spüre bewusst den Wind, der mir über Haut und Haar, über meine Kleider streicht und der leicht in die Blätter der Bäume fährt und das Laub zum Rascheln bringt.

Versucht dies mal zu spüren.

Das feine „Om".

Wenn wir diese Übung machen, brauchen wir uns dabei nicht seltsam zu fühlen. Es ist eine Begegnung mit uns selbst, weiter nichts. Es ist eine gute Sache, wenn wir uns selbst lieben.

Liebe Deinen Nächsten wie Dich selbst.

Das bedeutet, dass wir auch uns selbst lieben.

Wir lieben uns, wie wir sind.

Ich erkenne mich selbst. Ich liebe mich, wie ich bin.

Erkenne Dich selbst.

Erkennt Euch selbst.

Liebe Dich, wie Du bist. Liebt Euch, wie Ihr seid.

Das Echo der Erinnerungen hallt nach.

Es hallt nach in meinen Seelenohren, in meinem Herzen, meinem ewigen Herzen, meinen Herzohren voller Liebe.

Ich erinnere mich daran, dass ich nun ein menschliches, normales, gesundes Herz habe und ich bin dankbar dafür.

Und ich erinnere mich auch, dass ich aus der Allverbundenheit in die Welt gekommen bin und meine Seele hier hin in meinen Körper zurück gezogen habe. Ich erinnere mich, dass ich immer noch in der Allverbundenheit bin.

Ich muss mich nur erinnern.

Menschen haben mich bejubelt und mich gekreuzigt.

Sie haben mich angebetet und mich mit Steinen beworfen.

Ihr habt mich verehrt und verachtet, vergessen. Ich jedoch darf und möchte mich von all Eurem Wirken, von Euren Taten, von Eurer Liebe und Eurem Hass, vom Erstechen und Hochjubeln nicht bewegen lassen, nicht beeinflussen lassen.

Mein Herz ist weit und nimmt alles auf.
Wertfrei.
Unbewegt.
Wichtig für mich ist, dass ich in der Liebe bleibe.
In der Liebe.
In der Allverbundenheit.
In der bedingungslosen Liebe.
Und in der Dankbarkeit.

Fünf Weltreligionen. Es ist, wie in meinem Buch aus Japan, dem „Buch der fünf Ringe", denn sie gehören zusammen, wie die olympischen Ringe zusammen gehören.
So ist es auch bei unseren Religionen. Sie gehören zusammen.
Die Herbstsonne hat noch ziemlich viel Kraft, als der junge Schriftsteller auf der alten Bank am Wegekreuz in Düsseldorf-Hamm Platz nimmt, mitten in den Feldern.
Der Wind streift sanft durch die Zweige des großen Baumes hinter ihm und erzeugt ein Rascheln, ein Klingen wie von winzigen Glöckchen, von Muschelschalen – Stücken, die sachte vom Rhein am Ufer angespült werden.
Düsseldorf-Hamm liegt ja direkt am Rhein.
Luke erinnert sich an einen Song, den er letzte Woche, noch in seiner alten Wohnung, auf Youtube hörte.

„Nicht in meinem Namen" von Bodo Wartke.

Ein wirklich cooles, langes Lied, dachte der junge Mann und ließ sich von der Herbstsonne wärmen.
Eine Weile summt er den Song.
Nur eines hat der Autor, Bodo, bei dem Text nicht bedacht, erkannte Luke.
Die, welche im Song mit „Ihr" bezeichnet werden, habe ich auch nach meinem Vorbild erschaffen. Sie haben nur eines noch nicht, sie haben noch nicht die Buddhaschaft erlangt.
Das kann man jetzt natürlich kritisieren.
Muss man aber nicht.

Boh, ey!

„Och nöö, jetzt fängt et auch noch an zu fisseln!", rief Luke nach einer Weile mit einem Blick in den Himmel.

Ziemlich lange hatte er da gesessen, am Wegekreuz in den Feldern, seinen Blick nach innen gerichtet. Den Blick seines eigenen Bewusstseins.

Das Sehvermögen seiner Augen war währenddessen über die Felder geglitten, auf denen etliche Strünke, die Wurzelstöcke und abgeschnittenen Blätter und Stile geernteter Pflanzen, dicht auf dicht nebeneinander standen und vom Fleiß der polnischen Hilfsarbeiter und der Gemüsebauern kündeten, denen die Felder gehörten.

Wenn Luke in den Himmel blickte, dann nur, um das Wetter zu beobachten, sich die Wolken anzuschauen, entweder, weil sie schön sind, oder um die Windrichtung zu erfassen.

Der junge Schriftsteller suchte Gott nicht mehr am Himmel, wie damals, als er als Kind dabei oft seine Oma nachgeahmt hatte.

Seit er sich dessen bewusst war, dass er zwar als Mensch auf die Erde gekommen war und dennoch, in seinem Wesen, Gott war, war ihm endlich wieder bewusst, dass er seine eigene Göttlichkeit in seinem Herzen finden konnte. Zu jeder Zeit.

Er musste es sich nur bewusst machen.

Eigentlich geht es allen Leuten so, dachte Luke, nur glauben sie eben nicht, dass es im Grunde so einfach ist.

Und es ist ihnen nicht bewusst, dass sie göttlich sind.

Theresa von Avila war es bewusst und Ayya Khema kannte dieses Geheimnis.

Wenige sind es, die den Weg zu ihrer eigenen Göttlichkeit finden, denn er ist schmal, steht in der Bibel.

Irgendwo.

Die Menschen haben ja ein Informationszeitalter geschaffen, sollen sie doch ihre schlauen Maschinen fragen, wenn ihnen ein Blick in die Bibel nicht ausreicht.

Ich weiß, wo dieser Passus steht.

So dachte der junge Mann, während er sich seine Jacke enger um den Leib wickelte, seine Mütze aus der Jackentasche kramte und still und ruhig beobachtete, wie der Wind die winzigen Regentröpfchen fort wehte und die staubartigen Wasserkügelchen gegen die Sonne, die gerade durch die herbstlich graue Wolkendecke brach, regenbogenartig das feine Licht wie ein Seidenschleier reflektierten.

„Ein göttlicher, himmlischer, heiler Moment. Vollkommen." , bemerkte der Schriftsteller in seinem typisch poetischen Sprachstil leise zu sich selbst.

Ich muss mich fangen und mir langsam dessen bewusst werden, dass ich Buddha bin. Ein Erwachter.

Ich brauche meine siebte Erleuchtungsstufe wieder, den Gleichmut in jedem Augenblick, sonst rutsche ich womöglich wieder in ein gewöhnliches Bewusstsein ab und damit wäre nicht nur mir, sondern der ganzen Welt ein Hort des Friedens verloren gegangen, der innere Friede, den ich in mir trage.

In meinem Herzen.

Sonst krieg ich die Krise.

„Boh, ey!", entfuhr es ihm widerwillig, manchmal wünsche ich mir, ich wäre König von Deutschland, dann würde ich hier mal ein bisschen aufräumen, verrückte Straßenführungen bereinigen, groteske Wälder und irrsinnige Ansammlungen von sich gegenseitig widersprechenden Verkehrsschildern aufheben, sinnlose Bestimmungen einerseits lockern, wobei an anderer Stelle etwas mehr Strenge und Disziplin im Straßenverkehr ein rapides Absinken von Verkehrstoten-Zahlen zufolge hätte.

Die Werbung für ungesunde Produkte ist langsam nicht mehr lustig, das Verbot, an Haltestellen zu rauchen eine Farce, wenn niemand hinschaut geschweige denn durchgreift.

Andererseits helfen Polizei und Ordnungsamt oder das Jugendamt oft nur in letzter Instanz den Kindern, deren Eltern im Grunde mehr Hilfe benötigen, als sie selbst.

Menschen müssen in Deutschland wieder einen höheren Stellenwert bekommen.

Unser Land muss menschlich werden, nicht materiell.

Von Materialismus haben wir reichlich und wenn jetzt noch ein gesundes Herz und ein gesunder Menschenverstand dazu kommt, dann schaffen wir es auch, die Materie, von der wir genug haben, gerecht zu verteilen.

Für alle Leute, die sich für Gerechtigkeit, Nachhaltigkeit, Schutz des Lebens allgemein, soziales Engagement interessieren, habe ich ein Buch geschrieben, das heißt schlicht Corona als Karma.
Was soll Buddha sonst zu Corona schreiben?
Ist doch eigentlich klar, oder?
Kauft es doch mal und lest es doch mal. Ein bisschen Eigenwerbung schadet nicht. Ein gesunder Egoismus heißt nicht, dass ich anderen Leuten etwas weg nehme.
Wenn jeder an sich selbst denkt, wird niemand vergessen.
Das ist ein guter und realistischer Leitspruch.
Liebe deinen Nächsten wie DICH SELBST bedeutet genau dies.
Gerade beginnt es heftiger zu regnen und es gibt einen doppelten Regenbogen, von denen der Innere wirklich sehr intensiv leuchtet!!
Unter dem dichten Blätterdach, der Laubkrone des Baumes, bin ich gut geschützt vor zu viel Nässe und kann einfach den goldenen Himmel und die Schönheit des Augenblicks genießen.

Wenn ich morgens in der Bahn zur Schule fahre, bin ich mit wenigen standhaften Buchlesern der Einzige, der nicht in ungesund verkrümmter Körperhaltung auf sein Handy glotzt.

Ich muss – bei aller Erleuchtung und Göttlichkeit – zugeben, dass es mich wütend macht, dass man Menschen so leicht manipulieren kann:
Gib ihnen einen Zauberstab namens Smartphone und sie halten sich für mächtig und wichtig und glauben, die Fäden ihres Lebens in den Händen zu halten, wo *sie* es selbst sind, die durch Industrie, Konsumzwang, Medienkonzerne und Firmenwahn wie Marionetten an den Strippen ihrer eigenen Unzufriedenheit, Langeweile und Unsicherheit verlockt werden.

Die göttlichen Tugenden des Gleichmuts, des Mitgefühls, welche mich ansonsten bei solchen Gelegenheiten überkommen, greifen plötzlich nicht mehr, wenn ich jeden Tag beobachte, wie wenig die Menschen sich selbst und ihren inneren Reichtum, ihre innere Schönheit und Herrlichkeit, das Engelwesen in ihnen, wahrnehmen, während sie mit krummem Rücken, in ungesunder, unterwürfiger, eingezwängter Körperhaltung und Atmung auf den winzigen Bildschirm schauen.

Natürlich kann ich mich aus meinem reinen Willen in den Zustand absoluter Harmonie und vollkommenen Gleichmuts versetzen, aber dann kann es sein, dass ich derart zufrieden bin, dass ich dieses Buch nicht schreiben würde.

Das wär' schade.

Ich kommuniziere so gern mit Euch und möchte mich Euch mitteilen.

Wenn ich Euch sehe, muss ich manchmal die Augen schließen, damit ich nicht eines Morgens in einer Bahn von meinem hart erkämpften Sitzplatz aufspringe.

Also ich springe auf, reiße einer Frau oder einem Mann, am besten gleich einem Kind mir gegenüber das Smartphone aus der Hand und brülle ihm lautstark „Du bist ein Engel, du Volltrottel!" ins Gesicht.

Ja, auch ich kämpfe um den Sitzplatz, denn als Mensch, der ich ja nun bin, kann auch ich schmerzende Füße haben.

Die Person mir gegenüber wird mich wahrscheinlich doof und wütend anglotzen.

„Das Ding hier," ich werde aufs Smartphone zeigen und sagen: „was hast du davon? Es macht dich dümmer, nicht schlauer!"

Und es macht dich abhängig.

Abhängig vom Medienkonzern deiner Wahl.

Aber hauptsache, ihr könnt frei wählen. Diese eingebildete technologische Freiheit ist eben nur eine eingebildete Freiheit.

Ich meine es nicht böse, dachte Luke, als er sich in der Straßenbahn eines Morgens in den Schalensitz aus Plastik, der mit einem abgenutzten Überzug aus Polyester Gemütlichkeit vorgab, tiefer einkuschelte und sich zwang, kontrolliert und ruhig zu atmen. In den Bauch.

Zum Mittelpunkt seines Körpers, den Japaner schlicht „Hara"
nennen. Hara bedeutet Bauch.

In der Ruhe liegt die Kraft, sprach er zu sich, als die nächste
Haltestelle durch die elektrische Sprechanlage von der Stimme
aus dem Lautsprecher angesagt wurde.

Der Schriftsteller blickte in der U-Bahn um sich und beobachtete heimlich die Augen der Leute und deren Körperhaltung.

Er konnte die Stimmung eines Menschen auch erkennen, wenn
sein observiertes Objekt einen Mund- und Nasenschutz trug.

Die meisten sind noch müde und haben kaum Lust auf ihren
Job, stellte er nach kurzer Zeit fest und überlegte, was er tun
könnte, um die Leute an den ursprünglichen Sinn ihres Daseins
zu erinnern.

Warum seid Ihr hier?

Warum bin ich hier?

Ich bin hier, weil ich es selbst so gewollt habe. Ich habe eine
Botschaft, die ich in die Welt bringen will.

Und *Ihr*?

Meine Botschaft kann ich in Form eines Liedes in die Welt bringen. Das wäre cool und für mich überhaupt mal etwas Neues!

Oder ein Theaterstück schreiben, die Anregung zu einem neu-
en Film geben. Oder ich schreibe am besten noch ein Buch. In
der Not sollte man die Werkzeuge nutzen, die man beherrscht,
überlegte der junge Mann, denn er empfand seine Erlebnisse
morgens in der Bahn als Not.

Alles war ruhig und friedlich. Doch die Mehrheit der Leute, die
gebeugt über ihren Smartphones hockten und auf die Bild-
schirme starrten, ohne miteinander zu reden, ängstigten ihn.

So überlegte er sich während der Fahrt einen guten Beginn,
einen Text, mit dem er sein neues Werk beginnen wollte.

Bis zu seinem Ziel, der Haltestelle, an der er die Bahn verlassen musste, hatte er noch Zeit.

Entscheidungen, die aus Angst getroffen werden, sind keine
guten Entscheidungen, denn ihre Sicht ist eingeschränkt, dachte er.

Na gut. Dann will ich nun eine Entscheidung aus Mut heraus treffen, denn der Horizont des Mutes ist weit und seine Kraft ist grenzenlos.

Momentan haben wir eine Pandemie und alle denken an Corona, also wird mein neues Buch auch von der Pandemie handeln, vom Sinn der Krise und von dem, was wir daraus machen können.

Ich will die Menschen in die Achtsamkeit führen, beschloss er.

Ich entscheide, dass die Menschen jene Techniken der Achtsamkeit, die ihnen nun durch den Staat zum Zwecke der Eindämmung von Corona auferlegt werden, bald freiwillig, eigenverantwortlich und selbstständig sich aneignen, gern praktizieren und überzeugt weiter geben.

Ja! Ich lehre die Menschen Achtsamkeit!

„Warum dauert die Corona – Pandemie so lange?", begann er im Geiste mit der Formulierung seines neuen Buches. Die Bahnfahrt war der optimale Ort und passende Zeitpunkt dafür.

„Viele Menschen schimpfen über die Schutzmaßnahmen, doch diese gibt es zu Recht, da COVID – 19 sich rasch verbreitet und tödlich verlaufen kann.

Während wir immer noch mit Maske unseren Einkaufswagen durch den Supermarkt schieben und uns möglicherweise ärgern, schlägt der Autor einen interessanten Blickwinkel auf die Coronakrise vor:

COVID – 19 hält uns einen Spiegel vor, behauptet der Schriftsteller aus NRW. Corona zeigt unser Spiegelbild und beleuchtet, wie wir im Inneren auf Krisen reagieren und mit Veränderungen umgehen. Außerdem zeigt COVID – 19 die Grenzen unseres Gesundheits- und Wirtschaftssystems auf.

Auf der Grundlage der aktuellen Corona – Situation schildert der Autor die Grundzüge der Medizin und zeigt auf, wie wir unser Gesundheitssystem zu einem in Theorie und Praxis auf Pathogenese (Lehre von den Krankheiten) ausgerichteten medizinischen System entwickelt haben.

Dabei formuliert er, wie wir zu einem auf die Selbstheilungskräfte des Menschen ausgerichteten medizinischen Blickwinkel gelangen können.

Den Wert eines auf Selbstheilungskräfte ausgerichteten medizinischen Systems für den deutschen Staat beschreibt der Autor prägnant in Zusammenhang mit unserem auf Wirtschaftswachstum, Konsumleistung und die reale Kaufkraft des einzelnen Bürgers hin ausgerichteten Staatskonzept.

Siegeszüge von Pandemien wie COVID – 19 sind nur möglich, weil die meisten von uns leben, um zu arbeiten, statt zu arbeiten, um zu leben.

Der Düsseldorfer schlägt daher eine konsequente Kombination eines auf die Lehre von der Gesundheit (Salutogenese) ausgerichteten medizinischen Systems in Theorie und Praxis mit einer buddhistischen Wirtschaftslehre vor.

Er greift dabei auf die Natürliche Gesundheitslehre© einerseits sowie anderseits auf das Werk von E. F. Schumacher, „Small is beautiful", zurück.

Die Verschmelzung dieser beiden Lehren formuliert Arlington in Ansätzen und nennt das Ergebnis „Gesellschaft für Achtsamkeit und Nachhaltiges Leben©".

Die Vereinigung von Salutogenese und buddhistischer Ökonomie wird in klaren Grundzügen artlkullert.

Die aktuelle Kombination von auf Pathogenese ausgerichteter Medizin mit auf Wirtschaftswachstum angelegter Ökonomie wird vorgestellt als ein Staatssystem, was Virenpandemien die Chance zur schnellen Verbreitung erleichtert, da sie den Menschen verzehrt, verschlackt, auslaugt, verheizt, verdummt, ausbrennt. Bei Burnout sind wir ausgebrannt.

Wenn wir ausgebrannt sind, haben unsere Abwehrmechanismen längst die Waffen gestreckt!

Dann läuft immuntechnisch gar nix mehr ☺!

Der Autor heißt uns Willkommen, an dem Abenteuer teil zu nehmen, unsere Gesellschaft aus seinen Augen zu betrachten. Wir können uns Deutschland vorstellen als Staat mit offiziellen Ministerien für Glück, geführt durch buddhistische Ökonomie als eine Gesellschaft für Achtsamkeit und Nachhaltiges Leben©, in der Medizin auf Salutogenese, also die Lehre von der

Gesundheit, aufbaut und Wirtschaftswachstum als pathologisch enttarnt wird.

Statt dem kapitalistischen Wertmaßstab, in dem jedes Jahr mehr Leistung erbringen muss als das vorherige Jahr, wird eine nachhaltige, achtsame buddhistische Wirtschaftslehre eingeführt."

Ja. So oder ähnlich klingt es viel versprechend, bestätigte sich Luke selbst, nachdem er seine Eingebungen abgewogen hatte.
Da habe ich meine Bahnfahrt wirklich optimal genutzt!
Echt nachhaltig! Er freute sich.

Das Buch wollte er „Corona als Karma" nennen.
Achtsamkeit wollte er den Leuten nahe bringen.
Das schafft soziale, ökologische und wirtschaftliche Stabilität!
Und er konnte den Menschen eine praktische Anleitung des Edlen Achtfachen Pfades geben, des Kerns seiner Lehre.

Als er am Nachmittag in Düsseldorf-Hamm zurück in seiner Wohnung war, setzte er seine Gedanken sofort schriftlich um.
In einer Schaffenspause lauschte er dem Herbstwind, spürte seinem Atemfluss aufmerksam nach und freute sich über den Specht, der in einem der vielen Bäume saß und eifrig sein Mittagessen aus einem Ast hackte.
Es ist eigentlich alles gut, aber ich möchte die Menschen auf ihre spirituellen Kräfte, auf ihre Herzenskräfte und die Notwendigkeit der Achtsamkeit aufmerksam machen.
Ich möchte, dass sie nicht vor lauter Technikwahn vergessen, sie selbst zu sein: Zu grenzenloser Liebe befähigte Wesen.
Lichtwesen.
Engel.
Natürlich sind wir auch zu grenzenlosem Hass befähigte Wesen.
Das stimmt und da haben die meisten Menschen Angst vor, ist ja auch richtig so, denn das Ziel ist die Freundschaft, ist der gemeinsame Weg in gegenseitigem Respekt, in gegenseitiger Freundschaft und Anerkennung.
Dies gilt für einzelne Menschen und für Nationen.

Gedankenverloren sah er aus dem Fenster. Einige Tage waren bisher vergangen. Mittlerweile gab es in seinen Räumen ein Regal, ein einfaches Bettgestell aus Metall von der Diakonie und eine kleine Garderobe an der Wand, im Bad war ein Schränkchen mit Handtüchern, Waschlappen, Reserveseife und Zahnpasta. Reinigungsmittel standen auf dem Boden.

Im ehemaligen Wohnzimmer seiner Eltern, wo der Balkon war, befand sich eine Anrichte. Darauf lag als Einziges ein Kartenset. „Karten der Weisheit", stand auf einem Pappkästchen, auf dem eine Buddhafigur abgebildet war.

Leider war dieses Set mittlerweile vergriffen bei den Buchhändlern, stellte er fest, als er ein weiteres erwerben und verschenken wollte. Luke holte die Karten aus dem Kästchen, mischte sie und legte sie verdeckt sorgfältig auf der Anrichte aus, so dass keine die andere berührte.

Nun glitt er mit seinen sensiblen Händen über die Karten, spürte an einer Stelle, über einer der Karten eine besondere Wärme in seinen Fingern. Die solcherart bezeichnete Karte drehte er um. Auch ein Buddha muss sich ab und zu an seine eigene Wahrheit erinnern, damit er in der Fülle des Alltags seinen inneren Weg nicht aus den Augen verliert, sagte er ruhig zu sich selbst.

Selbstverständlich praktizierte er täglich die Meditation im Sitzen, aber die Übung muss über die Sitzmeditation hinaus auf das Alltagsbewusstsein ausgedehnt werden, muss im Alltag in jedem Augenblick weiter geführt werden, erst dann ergibt sich der wahre Sinn der Meditation, nämlich der, seine eigene materielle Umwelt zu transzendieren und ihre spirituelle Wahrheit zu erkennen.

„Die Weisen zeigen euch nur den Weg. Den Weg müsst ihr selbst gehen, denn nur ihr selbst könnt euren eigenen Geist befreien," las er leise den Text der gezogenen Karte aus dem Kartenset von Kathryn Holmes vor.

Holmes, dachte Luke, das ist lustig. Buddha kann man gut mit Sherlock Holmes, dem Meisterdetektiv aus England vergleichen. Beide, ein Buddha und ein Detektiv sind der Wahrheit auf der Spur. Beide haben sie die Fährte aufgenommen.

Während ein Detektiv einen Kriminalfall löst, macht sich der Buddha daran, die Wirklichkeit hinter den alltäglichen Erscheinungsformen zu erkennen.

„Puh!", geräuschvoll atmete er aus und es schien, als habe die Karte eine große Last von ihm genommen. Ja, so ist das eben. Ich darf nicht mehr Polizei für alle spielen wollen, wie damals, als ich Otto von Bismarck war.
Die Menschen müssen ihren Weg selbst gehen, denn nur sie selbst können ihren Geist befreien! Ich kann euch nur den Weg zeigen. Kathryn Holmes hat Recht.
Luke, also Sabrina, überlegte. Der junge Kaiser hatte mir eigentlich einen Gefallen getan, als er mich 1890 absetzte, nämlich bezahlten Urlaub, Freizeit, Frieden, nur ich sturer Esel habe es nicht erkannt. Ich habe mich viel zu sehr an meinem Willen, Ordnung zu schaffen, fest geklammert.
Ordnung. Meine Vorstellung von Ordnung. Und meinen Status in der Gesellschaft wollte ich nicht abgeben. Mann, war ich damals unflexibel! Was hätte ich frei sein können! Ich muss gelassener werden. Vielleicht schreibe ich mein neues Buch und melde mich damit zu einer Lesung im Theater. Wieder vor den Leuten sprechen! Schluss mit Verstecken!

„Gute Idee!", rief Luke sich selbst zu, ging sich die Zähne schrubben und warf sich zufrieden auf sein Bett.

Gott schläft in den Steinen,
Er atmet in den Pflanzen,
Sie wandelt in den Tieren
Und wartet
In jedem Menschen
Auf ein neues
Erwachen!

Mit diesen Gedanken schlief Sabrina ein.

Is' schon gut!

„An einem Morgen wie diesem habe ich die Gelegenheit, mir Gutes zu tun!", rief sich Sabrina entschlossen zu, stellte den nachdrücklich piependen Wecker aus, reckte sich, rieb sich die Augen und streckte sich noch einmal durch, um den Körper darauf vorzubereiten, zur Kaffeemaschine zu schleichen wie der Kater – na, wie heißt er doch gleich, Garfield – um die Lasagne.

Lukes Wecker ging um Fünf.

Nicht Nachmittags, meine Studentenzeit ist vorbei, da habe ich oft bis in den Morgen hinein gefeiert, gesungen, getrunken, geraucht, bin am Strand im hohen Norden spazieren gegangen oder hab einfach in der Nacht gelernt, weil die Nachbarn so laut Musik gehört haben, die sie nach mehrmaligem Bitten auch nicht abstellten, dass er sich entschlossen hatte, einfach seinen Tagesrhythmus umzustellen.

Welch ein Gedanke, als ich Student war, war ich so um die 20.

Studiert habe ich in Köln.

Sonderpädagogik hieß der Studiengang damals und war nicht ganz freiwillig. Nach einem schweren Verkehrsunfall habe ich eine Gehirnquetschung gehabt im Frontalhirn.

Dort sitzt die Persönlichkeit, sagen manche medizinischen Fachbücher. War wie' n Schlag vor den Kopf. Vors Dritte Auge. Ich sollte mich erinnern an meine wahre Persönlichkeit. Es war 1993. Im Mai. Im Mai 1993 wurde ich zum zweiten mal geboren! In diesem Leben! In diesem Körper! Er war heil geblieben!!!

Danke so sehr!!!!!!!!!☼☼ ☻ ☺♥♀→♂♥♥♥♥♥♥☼☼☼☼☼

Meine Eltern haben damals heftig gelitten, denn sie bangten um mein Leben. Letztlich bin ich ganz heil geblieben. Unendlich dankbar bin ich dafür! Es gleicht einem Wunder! Der PKW, in dem ich als Beifahrer saß, soll sich elf mal überschlagen haben und auf der gegenüberliegenden Fahrbahn liegen geblieben sein. Ein Helikopter brachte mich ins Krankenhaus.

Ich habe das natürlich nicht miterlebt, ich war bewusstlos.

Meine Eltern erzählten es mir, als es mir besser ging!

Medizinisch wurde ich in ein künstliches Koma versetzt, damit die Blutgerinnsel in meinem Frontalhirn sich von selbst zurück bilden konnten. Sie bildeten sich ganz von allein zurück! Gott sei Dank! Und dank der Ruhe!!!!!

Ich wurde heil!!!

Ruhe konnte ich nach dem Abi gut brauchen.

Und als mich viele Leute drängten, zu arbeiten, obwohl die Ärzte mir nach der Reha ausdrücklich ein Jahr Arbeitsunfähigkeit per Attest verschrieben und mir zu arbeiten verboten hatten, hatte ich nicht genug Kraft, um gegen das Klopfen in meinem Kopf anzukommen.

Keine Aufregung, sonst können sich die Blutgerinnsel neu bilden, hatten die Ärzte gesagt. Dass sie Recht hatten, spürte ich immer dann, wenn ich meinen Kopf etwas schneller bewegte, mich hastig aufrichtete, mich emotional erregte oder Stress verspürte.

Meine Eltern verstanden das nicht.

Auch das muss ich ihnen vergeben.

Sie waren halt nicht in meiner Situation und ich hatte keine Kraft, es ihnen zu erklären.

Das einzige was blieb, war, es auszuhalten.

Und mich in Sicherheit zu bringen daheim.

Ab dieser Zeit habe ich damit begonnen, mich zu trauen, den Menschen in meiner Gegenwart zu sagen, dass ich mich als Mann fühle.

Und genau damals habe ich auch zum ersten Mal einem „Fremden" erklärt, dass ich zwar Sabrina heiße, also mit diesem Namen im Geburtsregister eingetragen bin, aber in meinem Herzen eher ein Luke bin und deshalb auch irgendwann später meinen Namen habe ändern lassen.

Damals war ich einer der Ersten und die Sache mit der Transsexualität, dieses Geschlechtsding, also das mit dem sogenannten „Dritten Geschlecht", war noch kaum bekannt.

Ich war sozusagen ein Pionier, ein Vorreiter derer, welche heute mutig in den Medien auftreten und ihre Geschichte erzählen.

Endlich!!!!!

Ich habe große Mitfreude mit jedem Menschen, der in der Lage ist, zu spüren, wie das eigene Herz schlägt.

Ohne sich von anderen erzählen zu lassen, wie man zu sein hat. Genau so geht das. Ich bin Ich.

Vor kurzem habe ich in meiner Ausbildung ein Referat gehalten zum Thema „Das Dritte Geschlecht".
Wir sind Pioniere, Leute, erkennt das!!
Ich bin stolz darauf, ein Transsexueller zu sein!!!!!!!!!
Auf unsere Art und Weise erobern wir neues Land!

Wenn es eine „Insel der Linkshänder" gibt, wie der Titel eines Buches lautet, welches meine Mutter, die Linkshänderin ist, einmal geschenkt bekam, so gibt es ganz bestimmt auch eine Insel, ein Land, einen Staat der Transsexuellen, der Transgender, der Transidenten, schlicht der LGBTIQ+ Community!!

Leute, ich hab' Euch letztens ein Video ins Netz gesetzt!
Erst ein Buch, welches man unter meinem Namen nun bei allen Verlagen bestellen kann, dann ein Video für LGBTIQ+ und zwar noch auf den Kanal namens Konrad Klein mit dem Symbol aus der Aachener Marienkirche, meiner schönen Kapelle, da hab ich es hoch geladen!!

Und zuvor hielt ich einen Vortrag über „Das Dritte Geschlecht"!
Der Vortrag, den ich – voll glücklich, ich alter Nostalgiker – auf einem Overheadprojektor ☺ ♥♥♥ mit bildlichen Darstellungen unterstrich, ist sehr gut bei der Klasse in meiner Ausbildung zum Coach angekommen!

Luke Arlington erinnerte sich mit Freude und Erregung an diese Zeit. Was hatte er recherchiert, formuliert, geschrieben! Wie super war dann der Vortrag geworden!
DANKE an meine Klasse!! Danke an alle und besonders auch an den Dozenten, der mir so viel Rückhalt gab!!!
So setzte sich Luke Arlington in seinem silbernen Sessel gerade und aufrecht hin und atmete tief und bewusst durch! Er blickte aus seinem Fenster und über die Felder Hamms.

Gern erinnerte sich der Transsexuelle an die lobenden und an-
erkennenden Reaktionen seiner Klassenkameradinnen und
Kameraden.

Wisst Ihr was?, überlegte er, während er, noch immer etwas
müde, seine Kaffeemaschine bediente.

Wenn ich nachher wieder komme von der Schule, dann erzähl´
ich Euch was von meinem Referat.
Das Thema „Drittes Geschlecht" ist momentan hoch aktuell und
ich kann mich glücklich schätzen, zu den Menschen zu gehören, welche die *Dualität*, das „Gut – Böse-, Schwarz – Weiß-,
Richtig – Falsch-, Freund – Feind" – Denken zumindest auf der
materiellen Ebene des eigenen Körpers *überwunden* haben.

Was bedeutet das: *Dualität überwinden*?
Na, das will ich Euch gern erklären, denn dazu fällt mir eine
Geschichte ein! Diese Geschichte handelt vom Daoismus und
ist der Einstieg in mein Thema Transsexualität!

Es gibt also eine „Religion", welche früher keine Religion, son-
dern eine Philosophie war in ihrem Ursprung, eine
Weltanschauung, das ist der **Daoismus**.
Sein Symbol, welches bereits in Europa ziemliche Bekanntheit
erlangt hat, ist das YIN – YANG – Zeichen.
Wer in den 80er Jahren die Serie „Kung Fu – im Zeichen des
Drachen" gesehen hat, kann eine Ahnung davon haben, was
Daoismus ist, denn in der Serie wird daoistisches Gedankengut
auf anschauliche und aufregende Weise vermittelt.
Das Buch, welches ein Grundlagenwerk daoistischen Denkens
und Vorstellungsvermögens ist, ist das „**Tao Te King**" oder je
nach Dialekt „Dao de Jing".
Verfasst haben soll es nach der Legende Lao Tse, der königli-
che Hofbeamte des Königs von Jao, der auf den Regierungsstil
seines Königs keinen Bock mehr hatte.
Vielleicht war dieser König von Jao ein Bisschen wie einer der
heutigen Regenten, sagen wir mal der Ex-Präsident Donald
Trump oder Erdogan oder so, jedenfalls ein engstirniger Typ.

Und es gibt eine Perfektion im Regieren, die damals von Platon beschrieben wurde als die Herrschaft eines „erleuchteten Tyrannen" und die hatte der König von Jao wohl nicht drauf. Möglicherweise war er ein Tyrann.
Aber er war auch faul und vor allem eines nicht: Erleuchtet.

Gut. Lao Tse hatte also keinen Bock mehr, seinem schrägen König zu dienen und beschloss, dass er deshalb irgendwann kurzerhand aus seinem Land ausreisen wollte.

Damals war das chinesische Reich noch nicht geeint. Naja, jedenfalls hatten die Grenzwachen strikte Order vom König, keinen raus zu lassen, aber Lao Tse war es ernst mit seinem Anliegen und so sah er den Grenzposten mit großen Augen an, so dass dieser, der Herzsprache mächtig, die Not des Aussteigers verstand und ihn fragte:

„Was kannst du mir geben, damit ich dir deinen Wunsch erfülle und dich über diese Grenze gehen lasse?

Lao Tse hob die Hand, band seinen Wasserbüffel, der seine wenigen Habseligkeiten trug, an einem Bambusgewächs fest und zog sich in eine Höhle zurück, wo es trocken war, denn gerade begann es mal wieder zu regnen.

Nach fünf Stunden kam er aus der Steingrotte hervor, die Sonne war durch die Wolken gebrochen, alle Pflanzen und der Weg unter seinen, durch feine Stoffsandalen geschützten, Füßen glänzte im Licht, es hatte aufgehört, zu regnen.
Lao Tse hatte 81 Verse, kurze Gedichte, auf Bambustäfelchen notiert, welche er bei sich trug.
Dies war ein Reflex eines arbeitslosen Schreibers, und der ehemalige Beamte reichte wortlos das Bündel seinem Gegenüber, dem geduldigen Grenzwächter.

Das ist übrigens ein exzellentes Beispiel für eine der tiefsten daoistischen Tugenden: Handeln durch Nichthandeln.

Der ehemalige Hofbeamte zieht sich zur Arbeit zurück und während dessen hört es auf, zu regnen.

Auch er, der damals im fünften Jahrhundert vor Christus in China lebte, wollte nicht unbedingt tief durchnässt eine weite Reise nach Nirgendwo, ins Ungewisse, antreten, denn er hatte Haus, Hof und Familie verlassen, da er seine Tätigkeit bei Hofe nicht mehr mit seinen Prinzipien vereinbaren konnte.

Im Grunde sind sie uns doch sehr ähnlich, die alten Chinesen und wenn wir heute auch wieder von Täfelchen mit Namen E-Book lesen, die wie alte römische Wachsschreibtafeln aussehen, GPS-Signale nutzen und vieles mehr, so haben wir uns in unserem Herzen kaum verändert.
In Wahrheit sind wir die geblieben, die wir vor hundert Jahren schon waren, vor hunderten von Jahren oder vor tausenden von Jahren.
Die Zeit hat sich geändert und die Technik, aber nicht der Mensch.

Was hat nun diese Geschichte von Lao Tse mit dem Dritten Geschlecht zu tun?
Daoismus umschreibt die Aufhebung aller Gegensätze.
Transsexualität ist die Aufhebung biologischer Gegensätze.

Transsexualität beispielsweise bedeutet die Vereinigung der biologischen und sozialen Gegensätze von Weiblich und Männlich zu so einer Art **„Drittem Geschlecht"**.
So ist auch das Thema Transsexualität im Grunde ein alter Hut. Denn das „Dritte Geschlecht" gibt es und gab es in allen Kulturen und zu allen Zeiten bereits, bevor Menschen im Fernsehen auftraten wie die Männer Mary und Gordy und sich als Frauen verkleideten und sich anschließend nach einer beeindruckenden Darbietung langsam und eindrucksvoll auf der Bühne abschminkten, erinnerte sich Luke Arlington an seine Jugend, als er Mary und Gordy im Fernsehen gesehen hatte und biss in einen köstlichen saftigen Bioapfel. Ungespritzt. Lecker! Gut!

Dann beschloss er:

Ich erklär' euch das mal jetzt hier mit dem Dritten Geschlecht für alle, die das noch nicht kennen!

Um das Thema „Drittes Geschlecht" zu veranschaulichen, orientiere ich mich einfach an den Ausführungen meines Lehrers zum Thema „Geschlechtsmerkmale des Mensachen", beschloss Luke.

Mein Dozent hat das gut dargestellt, er erläutert, dass man die biologischen Geschlechtsmerkmale unserer Spezies unterscheiden kann aufgrund von vier einfachen Kategorien:

1. Gonaden oder Keimdrüsen,
2. Genitalien oder Geschlechtsorgane,
3. Hormone beziehungsweise körpereigene Wirkstoffe und
4. Chromosomen, das sind die Zellkernfäden, welche unsere Erbfaktoren tragen.

Offiziell gab es bisher folgende Einteilung:
Die Gonaden, also Keimdrüsen, sind beim Mann die Hoden, bei der Frau die Eierstöcke.
Das männliche Genital heißt Penis, das weibliche Genital oder Geschlechtsorgan wird auch als Vagina bezeichnet.
„Wow, Sabrina, danke für die Info, hätten wir sonst nicht gewusst", werdet ihr jetzt sicher denken.
Hormone, also körpereigene Wirkstoffe des Mannes nennen wir Testosteron, die der Frau Östrogen.
Bei Frauen finden wir ein x und ein y – Chromosom, beim Mann zwei x – Chromosomen. Normalerweise.
Damit haben wir auf biologischer Ebene unsere beiden Geschlechter, also Frauen und Männer, klar und eindeutig voneinander unterschieden.
So einfach ist das.

Neuerdings, seit Dezember 2018, ist diese einfache Unterteilung offiziell erweitert worden um ein so genanntes „Drittes Geschlecht".

Würden wir unsere bisherige Aufteilung anhand einer Tabelle darstellen, gäbe es in der neuen Spalte für das dritte Geschlecht in jeder Zeile für die genannten biologischen Geschlechtsmerkmale ein Fragezeichen, da hier Keimdrüsen, Geschlechtsorgane, körpereigene Wirkstoffe und Zellkernfäden nicht eindeutig bestimmbar sind.

Bei jedem der Individuen, welche sich biologisch nicht eindeutig zur Kategorie Mann oder Frau zählen lassen, unterscheiden sich die genannten Kategorien auf eine eigene, individuelle Weise voneinander.

Neben den biologischen Merkmalen, in denen sich Menschen auf der Geschlechterebene voneinander unterscheiden, existieren auch soziale Merkmale.

Beispielsweise die Art und Weise der Kleidung, die Art, sich zu bewegen, zu sprechen, die Berufswahl, zeigt den jungen Leuten, die auf Partnersuche sind, ob sie einen gegengeschlechtlichen oder einen gleichgeschlechtlichen Partner vor sich haben.

Dann fällt es einem leichter bei der Entscheidung, ob ich den Typen vor mir anmache, oder ob ich vielleicht eins drauf bekomme, weil die Person vor mir sich falsch angesprochen fühlt.

Viele Leute sind da halt eigensinnig. So wie ich.

Die **Tabelle** der biologischen Merkmale weist also deshalb in der dritten, der neuen Spalte nur Fragezeichen auf, weil sie so verschieden sind, dass man fast für jede Person eine eigene Kategorie hinzu fügen müsste, da wäre die Tabelle mehr als einen Kilometer lang und so viel Papier habe ich nicht.

Da taugt ein Fragezeichen einfach mehr.

So ein Fragezeichen bildet sich auch auf der Stirn von vielen Leuten, wenn ihnen ein Mensch begegnet, der sich nicht klar in ihr Bild von einerseits Frauen und andererseits Männern einordnen lässt. Wir Menschen müssen halt alles in Schubladen stecken können, um uns stark und sicher zu fühlen.

Das merke ich hier täglich an meiner Schule.
Welche Schule? Erkläre ich später.

Wir beschäftigen uns jetzt zunächst mit den Themen:

- Lilith,
- Hermaphrodit,

Und dann übernimmt das Referat eine Gruppe von Promis, um die Sache interessanter zu gestalten.
Also: Los geht's!

Das Thema Trans ist für Viele auch noch ein Fragezeichen.
Deshalb habe ich den Vorschlag meines Lehrers auch sehr begrüßt, dass ein Referat zum Thema „Dritte Art" – pardon – „Drittes Geschlecht" gehalten wird.
Ich erklärte mich spontan bereit, es zu halten, damit die Einstellung vieler meiner KameradInnen[1], geschlechtlich nicht eindeutig identifizierbare Objekte gleich wie Außerirdische zu behandeln, endlich über Bord geworfen wird.
Auch, wenn ich transsexuell bin, bin ich noch lange kein Alien!
Bis vor wenigen Jahren habe ich mich herab gesetzt gefühlt, wenn Menschen mich auf mein Geschlecht ansprachen. Ich fand es respektlos und indiskret.
Heute hab' ich einfach akzeptiert, dass wir alle weder Heilige noch Professoren sind und eben oft respektlos sind und meist auch sehr unfreundlich.
Wenn Leute zu mir „junge Frau" oder „Frau" sagen, zu mir, dem, der selbst gern als Mann betrachtet werden will, sag' ich jetzt einfach nur: **„Is' schon gut"**, und grinse dazu breit.

Ich habe erkannt, es ist nicht bös gemeint, die Leute wissen's nicht besser.
Noch nicht!

---

1 großes Binnen-i bedeutet ♀ und ♂ zugleich in einer Anrede.

Dabei ist das Thema mit der **Drei** schon sehr alt.

Der Volksmund sagt: „Alle guten Dinge sind drei".
Wenn du im Knast warst, bekommst du drei kleine Punkte auf deine Haut tätowiert.
Ein blinder trägt 'ne Armbinde mit drei großen Punkten.
In der Kirche gibt's die „heilige Dreifaltigkeit", viele Staatsflaggen haben drei Streifen, „drei mal Null is' Null blev Null", heißt ein Kölner Karnevalslied, früher gab's im Fernsehen eine Zeit lang nur drei Programme, Männer haben manchmal einen Drei-Tage-Bart und ein gekochtes Ei liegt mindestens drei Minuten im kochenden Wasser. Alles Tatsachen.
Klingt komisch, is' aber so.
Das sagt doch Armin Maiwald gern.
Wer is' Armin Maiwald?
Na, der Sprecher und Mitinitiator der Sendung mit der Maus!

So. Nun aber weiter mit dem „Dritten Geschlecht".

Selbst in der Bibel, einem der meist gelesenen Bücher, gab es neben Adam und Eva im Alten Testament ganz früher mal eine dritte Person, das war die **Lilith**.
Lilith wird nur ein einziges Mal in der Bibel erwähnt und zwar bei Jesaja 34, 14. Dort wird sie nicht namentlich genannt, aber als „Nachtgespenst" bezeichnet. So hat sie sich bis heute in vielen Märchen erhalten.
Auf die Idee, das Nachtgespenst mit dieser ersten „Eva" zu assoziieren, kam vielleicht eine Frau namens Brigitte Huemer, oder auch nicht, jedenfalls habe ich diese Idee auf ihrer Homepage gefunden. Und zu Lilith gibt's ein Bild von Inana Ishtar.
Wen das interessiert, die oder der oder wie ein Mensch auch immer angesprochen werden möchte, kann dort ja mal nachforschen.

In einigen Berichten wird Inana Ishtar, die sumerische Göttin des Krieges und der Liebe, des Todes und der Fruchtbarkeit mit Lilith gleichgesetzt.

Die Göttin Inana Ishtar ist eine Figur aus dem Gilgamesch –
Epos, einer alten sumerischen Erzählung.
Laut einer Sage wird Lilith verflucht, weil sie sich Adam nicht
unterwirft. Als blonde, hübsche Dämonin tötet sie daraufhin Kinder und erschrickt gebärende Frauen.

Weit weniger blutig geht die Erzählung vom Dritten Geschlecht
weiter mit der Gestalt des **Hermaphroditen**.

Der sogenannte Hermaphrodit ist ein Lebewesen (Mensch,
Tier, Pflanze), das beide Geschlechter in sich vereinigt und wird
auch als „Zwitter" bezeichnet.
Hermaphrodit, eine Kombination aus den Worten Hermes und
Aphrodite, zwei altgriechische Götter, bedeutet also schlicht:
„menschlicher oder tierischer beziehungsweise pflanzlicher
Zwitter".
Als solcher überwindet er, wobei man jetzt hier auch sagen
müsste: „sie", den Dualismus und bildet die Harmonie der Gegensätze.
Weil: Hermes is' n männlicher Gott, Aphrodite is' ne Frau, Hermaphrodit heißt also Mannfrau.
In Ägypten gibt es eine Reihe Götter, die androgyn sind, das
heißt, männliche (vom Begriff Andros = Mann) und weibliche
(vom Begriff Gynaikos = Frau) Eigenschaften vor allem des
körperlichen Geschlechts in einem Körper vereint.

Der Androgyn ist einfach das Symbol einer Gottheit, die aus
sich selbst heraus schöpfen und erzeugen kann, ohne einen
andersgeschlechtlichen Partner zu benötigen.

Bei den sogenannten Tarotkarten, die aus der Mythologie der
hebräischen Kabbalah stammen, symbolisiert der Hermaphrodit
das Überschreiten von Individualität und Raum und die transzendente Vereinigung mit Gott. Oder der Göttin. Oder eben
einem Mischwesen. Denkbar wäre eine Inana Ishtar mit weiblichen Brüsten, Penis und Hoden.

Besondere Bedeutung kommt der Androgynität, also dem Hermaphroditen in der Mystik zu durch die Verschmelzung polarer Gegensätze, denn sie kennzeichnet das Stadium der Transzendenz von Dualität auf dem spirituellen Pfad.

Das mag alles etwas verwirrend und neu klingen, ist es aber nicht.

Zwitter im Pflanzen- und Tierreich gibt es schon lange, und zwar beispielsweise die *Tulpe*, den *Clownfisch*, die *Bartagame* oder die *Tüpfelhyäne*.

Diese ganzen Informationen habe ich nicht frei erfunden, sie entsprechen der Wahrheit und man findet sie übrigens auch im Internet.

Et steht überhaupt alles im Internet, wat ich sach, bloß nidde so schön!

So hätte das jetzt ein Lehrer aus dem Film „*Die Feuerzangenbowle*" gesagt erinnerte sich Luke Arlington.

Also die *Tulpenblüte* ist in der Art ein Zwitter, dass sie männliche (Staubbeutel) und weibliche (Fruchtknoten) Geschlechtsorgane innerhalb einer einzigen Blüte besitzt.

Der *Clownfisch* ist deshalb ein Zwitter, weil er laut marine-bio.org hierarchische Gemeinschaften bildet, in denen ein dominantes Weibchen die Führung hat. Dieses hat Sex mit den größeren Männchen der Gemeinschaft.

Stirbt das dominante Weibchen, übernimmt eines der größeren Männchen die Vorherrschaft und praktiziert eine Geschlechtsumwandlung. Es paart sich mit den größeren der nicht dominanten Männchen. Dies nennt man sequenziellen Hermaphroditismus. Clownfische kommen also alle als Männchen zur Welt und werden später zu Weibchen.

So! Dass Nemo ein ganz Gescheiter ist, haben wir ja schon gewusst! Aber dass er so was drauf hat, hätt' ich nicht gedacht!

Nun zur *Bartagame*.

Bartagamen sind Reptilien, bei denen die Männchen ihr Geschlecht noch im Ei ändern können. Bei wärmerer Umgebungstemperatur, wenn also das Nahrungsangebot im

Lebensraum größer wird, werden viele Männchen in Bezug auf ihre Geschlechtsteile zu Weibchen.

Auf diese Weise lässt sich die Fortpflanzungsrate steigern, was die Überlebenschancen der Art vergrößert.

Die Individuen, die sich bezüglich ihrer äußeren Geschlechtsmerkmale zu Weibchen gewandelt haben, bleiben genetisch aber Männchen. Dennoch können sich die betreffenden Bartagamen richtig fortpflanzen und sogar Eier legen.

Ich finde das höchst kompliziert und genial von Mutter Natur und bin der Ansicht, das grenzt schon fast an ein Wunder. Soll mir doch mal einer erklären, wie das funktioniert!

Toll, was die Bartagamen alles so können!

Und da behaupten wir immer, Menschen seien die am höchsten entwickelte Spezies! Aber da ist so viel los!

Welch ein Stress! Na, zum Glück sind wir keine Bartagamen!

Als letztes kommen wir zur *Tüpfelhyäne*. Dieses Säugetier, das in kargen heißen Gegenden lebt und sich mit einigen großen Raubsäugetieren seinen Lebensraum teilen muss, hat einige krasse Tricks zur Fortpflanzung entwickelt.

Weibliche Tüpfelhyänen besitzen einen „Pseudopenis". Das ist eine vergrößerte Klitoris inklusive zusammengewachsener Schamlippen, die einem Hodensack ähneln.

Laut dem amerikanischen public broadcasting service sind weibliche Tüpfelhyänen die einzigen Säugetiere, die sich mit einem solchen penisähnlichen Kanal fortpflanzen, urinieren und gebären und sogar eine Erektion bekommen können.

Beim Sex mit Männchen müssen die Weibchen eben nur ihren besonderen Fortsatz „einziehen".

Wieder zurück zur *Feuerzangenbowle*.

Sind noch Fragen?

Dann wisster jetz janz jenau, wie dat mit dem Zwitter jeht.
Und wer nit, der isset selber in Schuld!

Dr. Watsons Gespräch mit Rebecca und Larissa

„Tjaaa", rief Dr. Watson in singendem Tonfall, „dass es das Dritte Geschlecht, seine Geschichte, seine Historie, schon lange gibt, ist leicht gesagt, Mister Holmes. Können Sie das auch beweisen?", schrieb der Autor Luke Arlington in seinem neuen Roman.

„Natürlich, Doktor," entgegnete Sherlock Holmes selbstbewusst. „Wenn ich es unter die Lupe nehme, sehe ich alles ganz klar und genau vor mir!"

Der Doktor Watson, Assistent des berühmtesten Detektivs der Welt, ja, manche Leute sagen, er sei sogar berühmter als Mr. Monk, dessen Assistentin nur viel hübscher ist, als Dr. Watson, nahm wie so oft auf dem Sofa des gemütlichen, in alt englischem Stil eingerichteten Wohnzimmers seines Arbeitgebers Platz.

Er war ein freundlicher Mann um die Fünfzig, war für den fünfunddreißigjährigen Holmes quasi wie ein Vater und man hätte ihn auch als seinen Psychologen bezeichnen können, so gut konnte er zuhören.

Das Zuhören ist überhaupt eine sehr wichtige Eigenschaft auf dieser Welt. Aufmerksames, teilnehmendes Zuhören.

Mitfühlendes Zuhören.

Wer das kann, kann anderen Leuten sehr gut helfen und der Detektiv genoss die Stunden, in dem er seinem Freund einfach von seinen genialen Einfällen und Schlussfolgerungen erzählen durfte.

Gut zuhören können, sagte Holmes oft, ist bestimmt die wichtigste soziale Eigenschaft eines Menschen. Und deshalb bedeutete Watson ihm unendlich viel.

Es kommt eben nicht immer nur aufs Aussehen an!

Um allerdings zu beschreiben, wie das Wohnzimmer aussah, in dem die beiden sich befanden, braucht ihr nur an ein gepflegtes und schön eingerichtetes Haus zu denken, in dem es viel Interessantes und Geheimnisvolles zu entdecken gibt, mit einer Menge an Türen und Türchen, Treppen, Treppchen und Geheimgängen, Nischen, Türmchen und Erkern, wo in Regalen

Bücher über die geheimsten Dinge standen, heiliges, gut gehütetes Wissen, wahre Schätze der Menschheit.

Hier gab es skurrile Sachen zu sehen, absonderliche Abhandlungen, Kisten voller Gegenstände, die merkwürdig leuchteten, alte Schätze, kleine Briefchen aus buntem Papier, Beutelchen aus wunderschönen Stoffen, die herrlich und geheimnisvoll dufteten nach alten indischen Gewürzen und Kästchen aus Edelsteinen und Halbedelsteinen in bizarren Formen, komische Masken, bei deren Anblick man herzlich lachen musste und viele Lichter, Kerzen, Lampen, Pflanzen, schöne Steine und vieles mehr, ähnlich wie in einem Herrenhaus in einer Gegend aus einem Harry Potter Roman.

England eben. Es ist nicht immer so. Manchmal aber schon.

Harry Potter, sagte Holmes, die ganze Geschichte ist gegründet auf den Weisheiten der kabbalistischen Mystik, auf dem alten Wissen der Kabbalah, das steht fest.

Und die Kabbalah ist es auch, der wir beim Thema des **Dritten Geschlechts** begegnen.

Sagt Sherlock Holmes.

Und wo er Recht hat, hat er Recht!

„Wenn ich Ihnen also erklären darf, wie es sich mit der Geschichte des sogenannten Dritten Geschlechts verhält, lieber Watson, dann lassen Sie mich in der *Antike* beginnen.

Ich beschreibe die Entwicklung chronologisch, das heißt, in der Abfolge, wie sie sich ereignet hat.

Die Antike ist eine Zeitspanne, also eine Epoche, in der Gegend des Mittelmeerraums, die etwa von 800 vor Christus bis ca. 600 nach Christus gezählt wird. Es ist die Zeit Alexanders des Großen, *Caesars* oder des großen Kaisers Konstantin, Watson, damit Sie mal einige Namen gehört haben, die mit der Antike verknüpft sind!", sprach Holmes.

Der Doktor Watson, freundlich und gütig, wie er war, nickte und lächelte Holmes zu und dieser fuhr mit seiner Erzählung fort.

„Als erstes taucht der Begriff des „Androgynoi", also eines Menschen, der Mann und Frau zugleich ist, in der Schrift namens „Symposion" des griechischen Philosophen *Platon* auf, der etwa 400 vor Christus gelebt hat.

Er nennt in seinem Werk Wesen, die „Kugelmenschen", die eine Verschmelzung von Männlein und Weiblein darstellen, eben Kugelmenschen oder auch Androgynoi.

Übrigens war das Schwulsein im alten Griechenland derart in Mode, dass fast jeder Mann, der eine gesellschaftlich herausragende Position inne hatte, einen männlichen Schüler hatte, oder mehrere, und diese standen nicht nur in einem Dienstverhältnis oder Arbeitsverhältnis zueinander, sie waren auch befreundet. Geistig, seelisch, und oft auch körperlich.

Warum Menschen heutzutage so ablehnend gegenüber schwulen Menschen sind, kann ich nicht nachvollziehen, lieber Watson und finde auch, dass es von wenig Toleranz und einer geringen Intelligenz zeugt, wenn Menschen Schwulen gegenüber oder Lesben gegenüber oder allen Menschen gegenüber, die sich selbst auf ihre eigene Art definieren, abweisend sind.

Es zeugt schlicht von mangelndem Verständnis und die Kritiker sollten die Leute, die einen freieren Geist haben, wie Schwule, Lesben, Transsexuelle, einfach fragen, wie das, was sie selbst an denen stört, sich entwickelt hat.

Aber ich bin mir sicher, mein guter Watson, die Mehrheit der Leute hat dazu viel zu viel Angst!"

„Da stimme ich Ihnen zu, Holmes," gab der Doktor zurück, nahm einen kräftigen Zug an seiner Pfeife und machte es sich auf dem schönen Sofa bequem.

Wer gut zuhören will, muss schmerzfrei und bequem sitzen. Sonst kann man nicht gut zuhören, meinte der Arzt.

„Also es geht weiter. In Nürnberg in Deutschland wird es jetzt spannend, denn dort gibt es das nächste Auftreten des Themas ‚Drittes Geschlecht' in Europa.

In der sogenannten ‚*Nürnberger Chronik*' aus dem Jahre 1493 existiert ein Bild mit Namen ‚Illustration eines Zweigeschlechtlichen' von dem Künstler Hartmann Schedel.

Hier ist ein Mensch abgebildet, der auf der einen Hälfte rein weibliche Geschlechtsmerkmale hat und weibliche Kleidung trägt, auf der anderen Seite ist all dies männlich, also so, wie wir es in unserer europäischen Kultur gewohnt sind, nur eben eine Hälfte so, eine so. Witzige Darstellung aber unrealistisch."

Sherlock Holmes nahm aus einer silbernen Tasse einen Schluck Kräutertee, den ihm der Arzt aufgebrüht hatte.

Watson sagte immer:

„Wenn man warmen Kräutertee trinkt, regt man den Körper sanft an. Harte Methoden muss nur der benutzen, der für seinen eigenen Körper Jahre lang keinerlei Empfinden hatte. Ich bin Mediziner und weiß, dass im Grunde die Lösung immer im Problem selbst liegt.

Das bedeutet: Hast Du ein Problem mit deinem eigenen Körper, liegt die Lösung auch in deinem eigenen Körper. Denn dein Körper ist die Sprache deiner Seele. Der Körper ist das Papier und die Schreibmaschine, die Finger, die schreiben, sind der Geist und die Ideen, also die Krankheit, muss ganzheitlich betrachtet werden.

Letztens kam eine Frau zu mir mit Cervixkarzinom, also Gebärmutterhalskrebs. Als ich die Person fragte, was sie ihrer Gebärmutter, ihrer Scheide gegenüber empfindet, sagte sie: Hass. Sie ist im Alter von sieben Jahren vergewaltigt worden.

Sie setzte sich daraufhin mit ihrer eigenen Geschichte auseinander und heilte sich selbst. Später schrieb sie ein Buch darüber. All dies fand sie heraus, weil ich ihr zugehört hab.

Und weil ich ihr die Gelegenheit gab, in sich selbst hinein zu horchen und nachzuforschen, was sie dort empfindet, wo das Problem liegt.

Ich sage ja: Unser Körper spricht, wenn wir uns freuen, wenn wir überrascht sind, aber auch, wenn wir Angst haben, uns ärgern oder uns selber hassen, die Sprache unserer Seele. Das war schon immer so. Wir müssen nur lernen, ihm zuzuhören!

Und das wird auch noch so bleiben, wenn wir noch tausend und abertausend neue Behandlungsmethoden oder Instrumente oder Chemikalien hinzu erfunden haben.

Das Prinzip, dass unser Körper nur die Sprache unserer Seele spricht, auch im Falle der Krankheit, ist immer gültig.

Wir müssen nur bereit sein, dieses Prinzip zu erkennen.

Die männliche Art, mit Geräten und Messinstrumenten zu diagnostizieren, wobei stark die kalkulatorischen, analytischen Fähigkeiten unseres Verstandes genutzt werden, ohne selbst sich hineinzufühlen, kann bei der Heilung nur die Hälfte sein.

Unverzichtbar ist es, auf weibliche, ganzheitliche Art, die Heilkräfte im Körper des Menschen zu finden und Pilz-, Pflanzen und Erdentherapie zu nutzen in vernünftigem Maße, um die Heilkräfte, die eigenen Heilmechanismen und Energien des Menschen zu unterstützen. Der Arzt muss den Patienten führen, anleiten bei der *Arbeit des Patienten, sich selbst zu heilen*.

Sanft unterstützt er den Patienten bei seiner Eigenarbeit, seine eigene Seele, den Geist zu befragen, was ihr oder ihm fehlt, das ist die notwendige unerlässliche Ergänzung des Heilvorgangs und oft der Hauptweg, je nach dem, wie bewusst der Patient lebt. Das wusste schon Hildegard von Bingen.

Männer, die heilkundige Frauen gar töten, verletzen oder diskriminieren, haben nur Angst vor diesen Frauen.

Wie damals wohl Martin Luther oder die Inquisitoren.

Menschen, die ihre Verantwortung für ihre eigene Gesundheit zu sehr in helfende Hände legen, die also ihre Eigenverantwortung für ihre Gesundheit abgeben, sind fern von Heilung.

Heilung kann nur von innen kommen.

Ein guter Arzt weiß dies und handelt dementsprechend.

Heilung kann auch bei Menschen geschehen wie der „Pferdeflüsterer" dem Pferd wieder sein Selbstvertrauen, seine Lebensfreude und seine innere Kraft, sein Gefühl für seine eigenen Lebensenergien zurück gibt, indem er ihn sanft dorthin führt. Der Pferdeflüsterer entspricht einem guten Arzt oder Therapeuten, das Pferd entspricht dem Patienten.

Ich möchte gern die heutige medizinische Praxis und die Richtlinien für Ärzte dahingehend überarbeiten, dass sie der Heilung dienen, nicht dem Pfründeschutz.

Ärzte müssen gut zuhören können. Teilnehmendes Zuhören.

Aber alles hat seine Zeit und so weit sind wir noch nicht.

Zurück zum Phänomen des Dritten Geschlechtes, welches es ja nicht erst seit 2018 gibt!", rief Watson begeistert.

Sherlock Holmes, der berühmteste Detektiv der Welt, stimmte ihm zu. Wenn ein Team in der Lage ist, eine Wahrheit zu finden, dann diese beiden Typen.

Der Detektiv polierte seine Lupe und hielt sie gegen das Licht. Sie war lupenrein und makellos sauber.
Nun erzählte er weiter von der Geschichte des Dritten Geschlechts in Europa, so weit er sie kannte.

„Es wird erst wieder interessant in Europa im Jahre 1804, denn nun wird *George Sand* geboren, deren eigentlicher Name A- mantine Aurore Lucile Dupin de Francueil war.
Geboren wurde sie in Paris im Jahre 1804, lieber Watson. Welch ein Name, was? Und sie starb dann im Alter von 72 Jahren im Jahre 1876 in Nohant, im Département Indre in Zentralfrankreich.
Wann genau sie geboren beziehungsweise gestorben ist, habe ich noch nicht heraus gefunden, aber das ist auch nicht so wichtig.
Man muss einer klaren Linie folgen, der inneren Logik eines Problems.
Randfaktoren können manchmal eine wesentliche Rolle spielen, meist jedoch sind sie irrelevant.
Schauen Sie immer zum Kern des Problems, Watson, und analysieren Sie immer aus der Sicht des Betroffenen heraus.
Ich schöpfe meine Ergebnisse aus meiner Gabe, die Hauptperson, um die es geht, vollkommen zu verstehen. Ich versetze mich in die Menschen so sehr hinein, dass ich in ihre Haut schlüpfe, ihren Atem atme und ihren Herzschlag spüre, als wäre es mein eigener, mein lieber Doktor.
Ich glaube, als Arzt können Sie mich verstehen!", setzte der Meisterdetektiv hinzu und betrachtete seinen Kameraden mit einem durchdringenden Blick seiner hell grau-blau-grünen Augen, in denen auch einige Schattierungen von hell Braun, einem honigcremigen Bernsteinfarben zu finden waren, die sich besonders dann zeigten, wenn er böse wurde.
Jetzt jedoch, als die Begeisterung durch seine Adern strömte, leuchteten sie hell und klar wie Sterne.

„Diese außergewöhnliche Frau war eine politisch engagierte französische Schriftstellerin und die Freundin des Musikers Frederic Chopin," erklärte der Detektiv weiter.

Seine Stimme bebte, wie immer dann, wenn er in einem Fall eine Fährte aufgenommen hatte.

Seine Absicht war es, dem Phänomen des sogenannten Dritten Geschlechts auf die Spur zu kommen. Nichts konnte ihn von seiner Suche abhalten.

Er war wie ein Bluthund, der sich in seine Beute verbissen hatte. Zielsicher durchbrach er jeden Widerstand und überwand alle Schwierigkeiten wie eine Naturgewalt.

„Wenn ich ehrlich bin, mein lieber Watson, muss ich gestehen, dass ich George Sand sehr attraktiv finde. Nicht nur der Name, alles an ihr ist magisch!

Sie strahlt so eine innere Kraft aus!

Innere Weite!

Innere Freiheit!

Nur das, was wir in unserem Inneren tragen, vermögen wir auch wirklich nach außen zu leben!

Alles, was wir in unserem Innenleben im Verborgenen haben, selbst unsere Ängste, tiefsten Sehnsüchte und versteckten Triebe, Verlangen, Aggressionen, Dämonen, sie alle gehören zu uns und machen erst den Reiz unseres Wesens, die Vielfalt unserer Persönlichkeit und die Würze unseres menschlichen Charakters aus!

Mein lieber Doktor, bedenken Sie, wie furchtbar es wäre, wenn wir dies alles nicht hätten!

Wie öde würde die Landschaft unseres Inneren aussehen, es wäre wie die Oberfläche des Mondes, nur ohne Krater! Eine fade, graue Wüste!

Erst unsere ganzen Hoffnungen, unsere Träume, unsere Niederlagen, verzweifelten Anstrengungen, unsere Siege und Ängste, Nöte, Furcht, Versagenserlebnisse, das alles macht uns erst wirklich zu Menschen, sonst wären wir doch nichts, als Roboter, Computer, Maschinen, die nur rechnen, nur logisch sind, nur strategische Ziele verfolgen, die innerlich tot sind, weiter nichts.

Nichtwahr, mein lieber Doktor?
Ist die Seele des Menschen nicht ein unglaublich bestaunens-
wertes Fachgebiet?", erkundigte sich Sherlock Holmes.

„Oh, ja, Sie haben Recht! In medizinischen Kreisen wird sogar
die Auffassung vertreten, dass alle körperlichen Phänomene im
Grunde nur Erscheinungen seelischer Vorgänge sind!", erklärte
der Doktor, der Arzt war, Humanmediziner, und der ein ausgesprochen tiefes Verständnis von den Krankheiten und von der
Gesundheit des menschlichen Geistes, des menschlichen Körpers und der menschlichen Seele hatte und der bei seinen
Betrachtungen eines Menschen immer den ganzen Menschen
im Blick hatte, seine gesamte Situation, den Arbeitsplatz, wie
sich jemand dort fühlt, die Familie, wie sehr und auf welche
Weise jemand dort Geborgenheit empfindet oder auch nicht
und wie jemand dort eingebunden ist.
Watson war ein ausgezeichneter Arzt mit vielen Fähigkeiten.
Seine brillanteste Gabe jedoch war seine Kunst, anteilnehmend
zuzuhören. Das konnte er, wie kein Zweiter.

„Hören Sie, Watson, diese George Sand, ich fühle mich so
recht zu ihr hingezogen! Welchen Mut sie hat!
Hören Sie mal hier!", rief Holmes und hielt dem Doktor einen
Zeitungsausschnitt hin, in dem ein Artikel über eine junge Dame
war, welche Männerkleidung trug und rauchte.
Wir schreiben jetzt zwar das Jahr 2021, aber man muss sich
mal vorstellen, dass in einer Zeit, als Frauen in der Öffentlichkeit weder wählen gingen, noch öffentliche Ämter bekleideten,
diese Frau auf ganz besondere Weise ihren eigenen Weg gegangen ist.

„Sie hat einen starken Charakter!", bekannte Holmes und wurde
rot.

„Sie glühen ja, mein Lieber! Ich glaube," sprach Watson freundlich und lächelte spitzbübisch, „es hat Sie erwischt!"

Der Meisterdetektiv schwieg.

Er räusperte sich.

„Immerhin hat sie sich für Frauenrechte eingesetzt!", bekannte Holmes nach einer Weile.

„Und André Maurois, ein französischer Schriftsteller und Historiker, sagte über George Sand: ‚Sie ist die Stimme der Frau in einer Zeit, da die Frau schwieg!'

Bedenken Sie, Watson! Bis in die 70er Jahre des 20. Jahrhunderts, also vor 50 Jahren, mussten in Deutschland Frauen per Gesetz noch ihre Ehemänner um die Erlaubnis bitten, einen Beruf ausüben zu dürfen! Frauen hatten in Deutschland vor fünfzig Jahren zwar schon das Recht, zu arbeiten, es war aber von der Erlaubnis des Ehemannes abhängig!

Und jetzt schauen Sie sich heute die Frauen an!

Finden Sie nicht, Watson, eine Frau wie George Sand hat dazu enorm beigetragen, dass sich Frauen heutzutage viel freier bewegen können in der Öffentlichkeit?

Ihre Mode ist nicht mehr von den Vorlieben der Männer abhängig! Sie arbeiten was sie wollen und wann und wo sie wollen! Sie fahren Auto, studieren, erwerben Fluglizenzen!

Das ist doch großartig! Und alles durch mutige und selbstbewusste Frauen, wie George Sand!

Schauen Sie sich das Bild an, mein lieber Watson!

Sehen Sie, wie selbstbewusst sie da steht! Breitbeinig wie ein Mann, das Jackett lässig übergeworfen und präsentiert selbstsicher die Zigarette in ihrer Hand als Zeichen ihrer Entscheidungsfreiheit!

Anzüge trug sie, kurze Haare hatte sie, Locken, das stand ihr sehr gut und sie rauchte sogar Zigarren! Und das in einer Zeit, Mitte des neunzehnten Jahrhunderts, als Frauen im Allgemeinen Korsetts, helle Rüschenröcke und kleine, pastellfarbene, zierliche Schuhe trugen.

Als Frauen gesellschaftlich akzeptiert wurden, wenn sie strickten, stickten, noch kaum studierten, sich um Kinder und Küche kümmerten, brav die Kirche zu besuchen hatten und wegen ihrer engen Kleidung ab und zu wegen Luftmangels im Korsett in Ohnmacht fielen.

Das sah zwar aufreizend aus, aus der Sicht vieler Männer, war aber sicher für die vielen freiheitsliebenden Frauen schwer zu ertragen!

Sie, George, hatte solch eine starke innere Freiheit, dass sie andere Frauen dadurch ermutigte, einfach so zu sein, wie sie: frei, selbstbewusst und selbstbestimmt!

Wie Alice Schwarzer!

Und Carolin Kebekus!

Ich bin wahrlich begeistert, mein lieber Watson!", bekannte Sherlock Holmes, dessen Haut an Hals und Gesicht vom Engagement seiner Rede deutlich gerötet war.

Ihm war das Blut in die Adern geschossen.

Glühend vor Ergriffenheit hielt er seinem Assistenten ein Bild hin, welches die Dame, die er so sehr verehrte, mit schwarzen Herrenschuhen in einem dunklen Anzug zeigte.

Ja. Es stimmte.

Er war verliebt!

Watson wartete eine Weile. Für Sherlock Holmes war er wie ein guter Freund.

Ein guter Freund ist jemand, bei dem du sein darfst, wie du bist. Ehrlich. Aufrichtig. Unverstellt. Du darfst sein, wie du bist, ganz tief in deinem Inneren. Echt. Mal Böse, mal gut, mal fröhlich, mal traurig. Mal erfolgreich, mal just „a small blue thing", wie Suzanne Vega so herrlich formuliert in einem ihrer wunderbaren Lieder.

Gesagt hatte dies der Buddha, Gautama Siddharta, zu seinem Freund Ananda, der mehr als zwanzig Jahre lang sein Aufwärter war.

Ein Aufwärter wäre heute so jemand wie ein persönlicher Diener und ein Privatsekretär in Einem. Aber eben auch ein Freund.

Und der Name Ananda bedeutet „Glückseligkeit".

Das Besondere am Buddha und Ananda war, dass sie mit gegenseitigem Respekt, gegenseitiger Achtung, mit achtsamer Rede, achtsamer Sprache miteinander kommunizierten.

Denn ein guter Freund im Sinne der Lehre des Buddha ist nicht nur gütig, er ist auch aufrichtig und ehrlich.

Und so ist ein guter Freund auch die Person, die dir im Vertrauen, also unter vier Augen, wenn man unter sich ist und niemand mit hört, sagt, was du noch an dir ändern musst oder solltest.

Ein guter Freund oder eine gute Freundin macht dich auf deine Ecken und Kanten aufmerksam, die du noch rund schleifen kannst. Da geht es um den Charakter.

Viele Leute sagen, dass sie jemanden gerade wegen seiner oder ihrer Ecken und Kanten lieben. Und die Lehre des Buddha bedeutet, sich so zu lieben, wie man ist.

Wenn es aber der Fall ist, dass Dinge innerhalb eines eigenen Charakters unbewusst geblieben sind, Dinge, über die man selbst immer wieder stolpert und dies nicht merkt, Dinge, die wie ein scharf geschnittener Boomerang immer wieder zu dir zurück kommen und dich selbst verletzen, wenn dein Charakter also noch nicht ganz geschliffen ist und du dich mit Eigenschaften deines eigenen Wesens selbst verletzt und dies nicht selbst bemerkst, dann ist es gut, wenn man einen Freund hat, der Pilze sammeln kann.

Ach nein, falscher Text, das war ja Janosch und der kleine Tiger in Panama.

Ich bitte um Verzeihung, da ist mir doch tatsächlich ein Streifen verrutscht!

Also es ist gut, wenn man einen Freund hat oder eine Freundin, die einen aufmerksam macht auf diese Dinge, diese Charaktereigenschaften, mit denen man sich selbst verletzt.

Der Charakter eines Buddha ist kristallklar.

Er oder sie hat sich selbst vollkommen erkannt in ihrem Inneren.

Daher kann sie auch ihre Umwelt klar erkennen.

Das nennt man dann Klarblick, den Klarblick haben.

Aber manchmal braucht eben auch ein Buddha – oder eine Buddha – noch mal einen guten Rat.
Und der soll nicht teuer sein.
Der soll mit aufrichtigem Herzen gesprochen sein.

Genau so ein aufrichtiges Herz besaß Dr. Watson.
Deshalb hatte er auch immer eine übervolle Praxis. Denn er konnte vor allem eines besonders gut, neben seiner ausgezeichneten Approbation: Er war ein glänzender Zuhörer.
Er war ein leerer Spiegel!
Mit ihm als Gegenüber konnte man sich selbst erkennen!

Manchmal musste er Holmes aber auch wieder zurück auf die Erde holen, wenn der, so etwa wie Herta in ihrer Kneipe in Berlin mal wieder mit ihren philosophischen Reden und Monologen in die verschiedensten Luftschlösser „abjeschwoffen" war.
Doktor Watson räusperte sich.

„Sir?", fragte er vorsichtig. Zunächst.
„Sie haben einen wichtigen Termin! Sie müssen in einer halben Stunde beim Zahnarzt sein!"

„Das können wir verschieben!", entgegnete der Detektiv barsch.
„Nichts da! Sie haben diesen Termin nun schon drei Mal verschoben! Und wenn ich mit kommen muss! Heute gehen Sie da hin!"

Holmes schwieg. Sein Blick glitt über den mit Akten und losen Papieren belegten unsortierten Schreibtisch, flog über die drei Mäntel über dem alt englischen antiken Lehnenpolstersessel, und bevor er wieder durchs geschlossene Fenster entweichen konnte, hielt Watson seinem Freund die Lederaktentasche, den schwarz lackierten Spazierstock, die dunkel grünen feinen Büffellederhandschuhe, den Seidenschal und die Lodenkappe hin.

„Keine Widerrede!", stand in dem willensstarken Augenausdruck des Doktors geschrieben.
Holmes erkannte, das Watson Recht hatte.

Er zündete sich ein Pfeifchen an, um sich zu sammeln.

„Bitte, hören Sie mir noch kurz zu, denn zu der Geschichte des sogenannten Dritten Geschlechts gibt es noch etwas zu sagen," erklärte Holmes, bevor er all seinen Mut zusammen nahm um sich zu dem befürchteten Ereignis auf den Weg zu machen.
Watson hob die Augenbrauen und sah seinen Freund an zum Zeichen seiner Aufmerksamkeit.
„Das Magazin ‚Nature', eine der anerkanntesten Wissenschaftszeitschriften der Disziplin Biologie, veröffentlichte einen Übersichtsartikel, in dem dargelegt wird, dass die Annahme zweier Geschlechter zu simpel sei und geht von einem größeren Spektrum geschlechtlicher Entwicklungsmöglichkeiten aus. Hier sind die gängigsten Begriffe heute akzeptierter Geschlechtervielfalt im Bereich humane Entwicklungspsychologie einmal aufgelistet," sprach Holmes und reichte Watson eine Zeitung.

„Bitte, wenn wir von dem Termin zurück sind, muss ich jemanden besuchen. Rufen Sie bitte für mich mal bei dieser tollen Carolin Kebekus an. Die hat vor, eine Sendung zum Thema Drittes Geschlecht zu machen und Menschen einzuladen, die sich selbst entweder dort präsentieren wollen oder zu der Sache einfach eine Meinung haben und darüber etwas zu sagen haben.
Hier diese Zeitung, wenn Sie mal schauen, Watson, da sind solche Begriffe mit kurzen Erklärungen.
Was ist es – ich glaube, das Kölner Tageblatt. Da habe ich das mit dem Magazin ‚Nature' und dem Thema ‚Geschlechtervielfalt' gelesen. Wollen Sie die Kebekus mal fragen, ob sie mit diesen Begriffen übereinstimmt und was sie davon hält?"

Watson hob erneut die Augenbrauen und studierte kurz schweigend den Artikel.

„Gut. Wenn wir von dem Zahnarzt kommen, gebe ich mich an die Arbeit. Schön, dass Sie nun endlich erkannt haben, dass ich kein Zahnarzt bin und Sie sich einem meiner Kollegen anvertrauen müssen.

Ich kann Sie nicht behandeln! Wenn einer so lange weg schaut, wie sie, Holmes, wenn Sie Schmerzen und andere Entzündungszeichen so lange ignorieren, wenn Sie nicht auf die Sprache ihres Körpers hören, wenn Sie weder die Signale Ihres Körpers beachten, noch die Aufforderungen meiner Wenigkeit, dann ist da nix zu machen", bemerkte Watson.

„Ja, hab' ich kapiert! Den Zahn haben Sie mir gezogen, mein guter Doktor!", triumphierte Holmes, griff mit glänzenden Augen seine Tasche und forderte seinen Kameraden auf, ihm zu folgen.

„Na kommen Sie! Wir sind spät dran!"

Geschlechtervielfalt

Es klingelt.
Carolin Kebekus sitzt vor ihrem aufgeräumten Schreibtisch und greift zum Telefon.

„Kebekus!", meldet sie sich mit ihrer wohlklingenden, sympathischen Stimme, die die Silbe „Kus" erhöht, wie eine Frage, wer am Apparat sei.

„Tja, also, eh, Watson hier, Frau Kebekus. John Watson. Dr. Watson. Kennen Sie mich?"

Stille.

„Jaaa – also Sie meinen der Freund von Holmes, allmählich dämmert's. Haben Sie eine Zeitreise gemacht?"

„Nun, sozusagen. Und ich habe auch direkt eine Frage an Sie. Was halten Sie vom Dritten Geschlecht?"

„Wie bitte? Ach Sie meinen männlich, weiblich, divers?"

„Genau."

„Gut. Find ich gut. Ist realistisch. Als Kind habe ich oft gespielt, ein Junge zu sein. Einigen Freundinnen von mir ging es sehr ähnlich. Wir wollten es einfach ausprobieren, wie es sich anfühlt, ein Junge zu sein.
Und manche, also einige wenige Freundinnen von mir, haben auch wirklich bis ins Erwachsenenalter hinein dieses Gefühl und ihre Freude am Experimentieren nicht verloren.
Da gehört nur ein Bisschen Mut dazu, Kreativität, eine gute Verbindung zu sich selbst, zum eigenen mentalen Inneren und Kraft, Abenteuerlust."

„Super, ich meine, ja, find' ich gut," stolpert Dr. Watson ins Gespräch und muss erkennen, dass er nervös ist.

So was passiert ihm nur sehr selten, dem abgebrühten alten Hasen.

Er ist ein echter Menschenkenner, unser Doktor aber sich mit einem Comedianstar über Geschlechterfragen zu unterhalten, kommt bei ihm auch nicht täglich vor.

Nun begreift er, warum dieses Thema so lange in der Gesellschaft totgeschwiegen wurde.

Oder warum viele Leute einfach damit Schwierigkeiten haben.

Wenn man mit anderen Menschen über Geschlechterprobleme spricht, über Mannsein, Frausein, über neue und alte Rollenbilder, über Schwulsein, Lesbischsein, Homo-, Cis- oder Bisexuell und was es bedeutet, transsexuell oder intersexuell zu sein, dann rührt man automatisch damit auch an seine eigene Persönlichkeit und stellt sich spontan solche Fragen wie:

Wie ist das eigentlich bei mir?

Was bin ich?

Warum bin ich hier?

Lebe ich mich selbst?

Lebe ich mein eigenes Leben, gehe meinen eigenen Weg oder mache ich nur stur, was alle machen, weil es eben so die Norm ist?

Oder tue ich nur, was meine Eltern von mir erwarten?

Lebe ich meinen eigenen Traum?

Habe ich mich selbst solche Dinge überhaupt schon einmal gefragt?

Was bedeutet mir mein Geschlecht, mein Körper, meine Geschlechterrolle, meine soziale Rolle?

Bin ich mit dem, wie es bei mir ist, zufrieden?

Oder will ich etwas ändern?

Dr. John H. Watson ist Doktor der Allgemeinmedizin und praktiziert schon seit einigen Jahrzehnten. Viele Gespräche hat er bereits geführt. Über Gott und die Welt, allerlei Krankheiten. Vom Müde- und Kranksein und vom Gesundsein. Viel hat er schon gehört. Einiges erzählt.

So manchen Menschen hat er beraten. Und an den wichtigsten Stellen, wenn es die Privatsphäre eines Patienten betrifft, hat er geschwiegen.

Er weiß über die Natur und den Ursprung des Symbols der heutigen Humanmedizin, den Aesculabsstab. Er kennt seine Geschichte und Bedeutung und ebenso die des Hermesstabs und weiß diese Praxis auch zu lehren.

Dr. Watson weiß, dass dieses Symbol einer Schlange, die sich um einen Stab windet, eng verwandt ist mit dem Hermesstab, bei dem sich zwei Schlangen um einen Stab winden, aus dessen oberem Ende Flügel wachsen und deren Mitte oben durch das Symbol eines Balls oder einer Scheibe gekrönt wird.

Dies bedeutet: Er ist Kenner der modernen Medizin sowie der alten spirituellen Geheimlehren und kann beides miteinander verbinden und logisch analytisch erläutern, herleiten und erklären.

Hier liegt die Grundlage der Harry-Potter-Geschichten.

Und das alles hängt doch tatsächlich mit dem Thema **Transsexualität** zusammen!

Normale Menschen oder er selbst, früher als junger Student, er hätte das auch erst nicht geglaubt, wenn es ihm jemand damals, zu seiner eigenen Studienzeit, erzählt hätte.

Wer sprach damals schon von Transsexualität?

Als Transsexuelle müssen wir uns mal hinein versetzen in die Leute, die heute so um die Fünfzig oder Sechzig sind oder älter, denen ist doch alle Kreativität hinsichtlich ihrer eigenen Geschlechtsidentität aberzogen worden.

Sie wurden emotional eingepfercht wie *Rennpferde* vor einem Rennen und dann wurden sie ins Rennen geschickt und es gab für sie nur eine Aufgabe: Schnell sein. Siegen! Siegen um jeden Preis. Wir alle sind bloß Rennpferde im großen Hamsterrad namens Samsara.

Aber für wen rennen wir?

Und wo hin?

Wie lange?

Wie lange schon?

Wie lange noch?
Was wollen wir?
Was wollen die meisten von uns?
Ein Ziel erreichen, nämlich das Berufsleben!
So wurden wir geprägt. Schon damals. Zur Zeit unserer Eltern.
Damals gab es viel Krieg und Kampf.
Missverständnisse. Feindschaften, die überflüssig waren.
Das haben wir heute verstanden.

Hoffentlich.

Und wenn jetzt Menschen, die so über Fünfzig vielleicht sind, oder die aus anderen Kulturen kommen oder Menschen, die vielleicht unsere Eltern sind, uns mit unserer inneren Freiheit, mit unserer Andersartigkeit, weil wir einfach mutiger sind und uns nicht in vorgegebene Schranken weisen lassen, eben nicht direkt verstehen, uns Vorwürfe machen, die eigentlich nur Fragen sind und uns ablehnen, was eigentlich nur ein Ausdruck ihrer eigenen Ängste ist, dann dürfen wir darauf vertrauen, dass diese älteren Menschen, besonders dann, wenn sie unsere Eltern sind, dass sie uns trotzdem lieben.

Dass sie uns lieb haben mit all unseren Eigenschaften, die ihnen so fremd sind.

Was sich für uns wie Ablehnung anfühlt kommt daher, dass ihnen diese Freiheit, diese innere und äußere Freiheit in ihrer eigenen Jugend nicht zugestanden wurde.
Dafür können sie nichts.

Und deshalb dürfen wir sie auch nicht verurteilen, besonders dann nicht, wenn es unsere eigenen Eltern sind.
Wir müssen die Stärkeren sein, in die Führung gehen. Sanft. Beharrlich.
Wir nehmen unsere Eltern wie ein bockiges Pferd am Zaum und führen es behutsam in unser eigenes, inneres Reich.
Wir dürfen Menschen, die uns ihre Ablehnung zeigen, weiter lieben.

Denn das, was sich wie Ablehnung anfühlt, ist nichts weiter als Unverständnis, Angst und die unausgesprochene Frage nach dem „Du".

Wir können Menschen helfen, ihre eigenen Fragen an uns selbst zu formulieren.

Das fällt uns leichter, wenn wir mit dem Herzen hören, mit dem Herzen sehen in die Augen dieses Menschen, der uns gegenüber sitzt, wenn wir mit dem Herzen verstehen.

Denn in Wahrheit werden wir niemals gehasst. Wir werden möglicherweise nicht verstanden. Vielleicht werden wir beneidet und die Person, die den Neid empfindet, kann sich dies selbst nicht eingestehen.

„Hinter meinem Zorn steht meine Furcht. Hinter meiner Furcht wartet meine Liebe".

Diesen Satz hatte Watson früher einmal gelesen. Er stand geschrieben vor dem Büro eines Universitätsprofessors, als er selbst noch in der Ausbildung war, im ersten oder zweiten Semester.

Humanmedizin. Psychologie und Psychopathologie. Soziale Entwicklungslehre. Dissoziale Entwicklungsstörungen. Gestörte emotionale Entwicklung in der pädagogischen Erziehung.

Dies waren alles Themen, zu denen er damals Seminare besuchte neben den Grundlagen: Anatomie, Physiologie und Pathologie in der humanen Allgemeinmedizin.

„Hinter meinem Zorn steht meine Furcht. Hinter meiner Furcht wartet meine Liebe".

Dieser Satz war damals bezogen auf die Innenwelt so genannter emotional gestörter Schülerpersönlichkeiten.

Erziehungsschwierige.

Oder wie heute gesagt wird: Kinder und Jugendliche mit Förderbedarf im Förderschwerpunkt emotionale und soziale Entwicklung.

Hier, in einer Schule für Erziehungshilfe, finden sich auch viele Transsexuelle wieder.
Im Grunde zu Unrecht.

Dieser Satz, den er damals in seiner eigenen Studienzeit an einer Bürotüre gelesen hatte, gilt für alle Menschen.

Alle Menschen können leichter mit Zorn umgehen oder mit Furcht, als mit Liebe. So geht es zumindest den meisten von uns. Und jene, die mutig zu ihrer Liebe stehen, werden oft hart angegangen. Das kommt daher, dass jene, welche sich Liebe wünschen, aber nicht selbst zu ihr stehen können, in einem Konflikt mit sich selbst sind, den sie leichter auf die Außenwelt projizieren, als selbst lösen können.

Nicht ausschließlich für ‚Erziehungsschwierige' gilt also dieser Satz, erkannte der junge Mann jetzt.

Watson selbst erinnert sich daran, dass er früher eine Phase hatte, da war er um die fünfzehn Jahre alt, da entdeckte er bei sich selbst kriminelle Tendenzen.
Er fühlte sich von seinem sozialen Umfeld, von seinen Mitmenschen, von seiner Familie, seinen Mitschülern und seinen Freunden nicht wahrgenommen.

„Ob ich zur Schule gehe oder nicht, merkt ja doch keiner," sagte er enttäuscht und wütend zu seiner Mutter, als er die Schule schwänzen und dafür lieber am Fluss angeln gehen wollte.
„Nichts da! Du gehst zur Schule! Keine Widerrede!", hatte seine Mutter ihm zugerufen. Entschlossenheit stand in dem willensstarken Augenausdruck seiner Mutter geschrieben.

Damals.

Als er selbst so um die Fünfzehn war.
Und er hatte begonnen zu Klauen. Er wollte im Grunde auffallen.
Aber er fiel nicht auf.

Niemand hatte ihn bemerkt.

Fünfzehn ist ein doofes Alter. Du bist immer der Arsch. Du fühlst dich voller Kraft, hast aber keinen Bock, irgendwas zu machen. Das ist voll doof, dachte er.
So war die Jugend von Dr. Watson.
Auch er war mal ein Junge. Er war kein Engel. Und auch er hatte Schattenseiten. Schattenseiten und Fehler sind im Leben normal. Das brachte er seinen Patienten bei.
Heutzutage.
‚Nehmen Sie sich so an, wie sie sind, als wenn Sie Ihre eigene liebevolle Mutter wären!', erzählte er heute seinen Patienten.
Auch Engel haben Fehler und – .

„Watson? Hallo? Herr Doktor Watson? Sind Sie noch dran?", erklang eine Stimme aus dem Hörer.
Watson telefonierte mit einem Wählscheibentelefon. Und er telefonierte immer noch mit Frau Kebekus.
Jetzt war doch tatsächlich auch mal Watson „abjeschwoffen".
Soll man nicht meinen.

„Ja, Entschuldigung, ich bin noch da. Wissen Sie, ich wollte Sie fragen, welche Begriffe Ihnen zum Thema Drittes Geschlecht bekannt sind. Mir liegt hier ein Zeitungsartikel aus einer Kölner Zeitung vor, in dem die wichtigsten Bezeichnungen aufgelistet sind, die heute so im Umgang sind."
„Welche denn?"

„Also, da haben wir zunächst mal „Drittes Geschlecht, divers, bi, lesbisch, schwul, homosexuell, Gender, intersexuell, queer, transsexuell, transident, dann ist da der Transvestit, transgender und Cisgender. Haben Sie davon schon mal gehört?"

„Ja, so allgemein sagt mir das was," erläutert Carolin Kebekus.

„Da kennen Sie sich ja gut aus," entfährt es Watson, ohne schmeicheln zu wollen.

„Bin halt am Puls der Zeit," bekennt Frau Kebekus und grinst.

Das Grinsen, das Lachen, auch wenn es nicht laut ausgesprochen ist, hat Watson am anderen Ende der Leitung gespürt.
Mit Transsexuellen hat er eines gemeinsam: Er ist hochsensibel. Wahrscheinlich kann er sich deshalb so gut in Transsexuelle oder allgemein Leute, die sich diesem „Dritten Geschlecht" zugehörig fühlen, hineinversetzen.
Und er spielte mit dem Gedanken, auch noch eine Beratungsstelle für Transsexuelle beziehungsweise für Menschen des „Dritten Geschlechts" zu gründen.

„Wollen wir mal abklären, was wir beide unter diesen Begriffen verstehen?", nahm Frau Kebekus erneut das Steuer in die Hand.

„Ja, gern. Also das Erste ist ja im Grunde einfach: Als ‚drittes Geschlecht' bezeichnen sich Personen oder werden Personen bezeichnet, die sich nicht in das binäre Geschlechtssystem ‚männlich' und ‚weiblich' einordnen lassen oder lassen wollen."

„Genau," gab Frau Kebekus zurück, „und binär bedeutet einfach doppelt, paarweise, auf der Zahl Zwei beruhend, den Dualismus betreffend," fügte sie hinzu.
Und so ging das Gespräch dann weiter. Frau Kebekus erklärte gleich, was sie zum Thema „Divers" wusste.

„Der Geschlechtereintrag „divers" bildet in Deutschland seit Dezember 2018 und in Österreich seit Juni 2018 eine dritte rechtliche Option neben ‚weiblich' und ‚männlich'.
Sogar die Amtssprache wird dahingehend geändert. Dieser Eintrag kann sich auf Intergeschlechtlichkeit oder allgemeiner auf eine nichtbinäre Geschlechtsidentität beziehen," sprach sie.

Watson hörte am anderen Ende der Leitung ein Geräusch, es war das Läuten einer Glocke, einer Haustürschelle.

„Watson, warten Sie mal, da ist jemand an der Tür. Einen Moment, ja?"

Der Doktor hörte, wie Frau Kebekus zur Türe ging und öffnete.

„So, da bin ich wieder. Wissen Sie, Watson, mir ist gestern etwas total doofes passiert. Mein Handy ist mir vom Balkon gefallen, als ich mal eben dort telefonierte, mich so ans Geländer lehnte, über die Häuser blickte und mal kurz während des Gespräches träumte, also, da ist mir mein Handy doch glatt aus der Hand gefallen. Ich hatte es mit Seife abgewaschen, weil es mit Schokolade voll geschmiert war. Das war vielleicht doch nicht so gut. Totalschaden, verstehen Sie?
Und jetzt muss ich hier am Tisch sitzen und mit so einem alten blöden Festnetzanschluss telefonieren, das ist so ein dicker Kasten mit Tasten und einem Hörer, der noch an der ollen Kiste an einer Schnur befestigt ist.
Dieses Doofe Ding hat zwei Vorteile und zwei Nachteile.
Was wollen Sie zuerst hören? Die Vorteile oder die Nachteile?"

An Watsons Ende der Leitung herrschte Stille.

„Tja, also, wenn Sie mir zuerst die guten Sachen sagen, werde ich nachher bei den schlechten Dingen enttäuscht sein.
Und wenn ich zuerst die schlechte Nachricht höre, bin ich so traurig, dass ich zu der Guten gar keine Lust mehr hab'. Ich muss also…" –

„Kommen Sie, Watson," unterbrach die Kebekus den alten Mann, „Sie haben zu viel Mr. Monk geguckt!"

„Woher wissen Sie das, Rebecca – oh, pardon, Frau Kebekus, Sie sind ja ein besserer Detektiv als Holmes!"
Die Frau am anderen Ende der Leitung fühlte sich geschmeichelt. Das hatte noch keiner zu ihr gesagt und es war sicher nicht nur eine blöde Anmache.

„Die guten Eigenschaften eines alten Festnetztelefons, so eines dicken Klotzes sind, dass man erstens das Ding nicht so unbedingt verlieren kann, weil es ja angebunden ist wie ein Hund an der Leine.

Und zweitens ist das Teil nahezu unkaputtbar. Von dem Tisch, auf dem es hier vor mir steht, kann das alte Tastentelefon mit den Gummifüßchen dran nicht so leicht runterfallen. Da hab ich ja mal wieder Glück gehabt.

Denn jetzt kommen die schlechten Seiten dieses Geräts:

Irgendwie verschafft es einem Ruhe. Ich sitze hier an meinem Schreibtisch, es ist wie früher.

Als ich klein war, hatte meine Oma noch ein Telefontischchen, wissen Sie, so eine Bank aus Holz mit Polsterbezug, der war ganz schön und das Telefontischchen war direkt da dran, es war ein Teil.

In einem Fach lagen drei Bücher: Das Telefonbuch, das Buch der „Gelben Seiten" und das private Telefonbuch meiner Oma. Und in der Schublade lag die Lesebrille meiner Oma, ein Brillenputztuch, die Batterien für die Hörgeräte, die Betriebsanleitung für das Telefon, das war noch von der Deutschen Bundespost. Und meine Oma wusste immer, wo alles lag. Und sie saß immer in diesem gemütlichen kleinen Sesselchen, an dem das Telefontischchen direkt angebaut, ein Schlosser würde sagen, angeschweißt, war."

„Ist richtig. So was hab ich hier auch. Stimmt. Das verleiht einem mehr Ruhe. Finden Sie das schlecht?"

„Naja, wissen Sie, ich bin es nicht gewohnt."

„Ach so. Und die zweite schlechte Nachricht?"

„Wenn ich mit meiner freien Hand, mit der ich also nicht den Hörer halte, wissen Sie, mit der anderen Hand, da pfriemele ich immer an dem geschlängelten Kabel herum. Wenn sich das zu sehr verheddert hat, lass ich einfach den Hörer baumeln und es wickelt sich wieder ab. Wenn das Handy einmal kaputt ist, muss ich es einschicken oder mir ein neues kaufen."

„Was ist daran verkehrt?"

„Tja, eigentlich gar nichts. Wissen Sie, Watson, manches von dem, was wir in unserer Kindheit hatten, war doch nicht alles schlecht."

„Stimmt."

Rebecca fragte – oh, pardon – Frau Kebekus fragte Watson:

„Seit welchem Tag gibt es nun offiziell das dritte Geschlecht eigentlich?"

„Seit 18. Dezember, beziehungsweise seit dem 21., genau gesagt dem 22. Dezember 2018. Am 22. Dezember 2018 ist es in Kraft getreten."

„Ja. Aha. Und das Wort divers kommt von lateinisch ‚diversus' und das bedeutet ‚ungleichartig, verschieden'. ‚Divers' gilt nun als ‚dritte Option', also als dritte Möglichkeit eines Geschlechtseintrages im zentralen Personenstandsregister (ZPR) und bildet eine verwaltungstechnische, juristische, rechtliche Definition! Das muss man sich mal vorstellen, Watson, das ist genial!
Was diese Leute, die dafür gekämpft haben, da geleistet haben!
Das hat es vorher noch nie so gegeben! Denken Sie mal an die alten Preußen, da gab es einen sogenannten Zwitterparagraphen.
Das heißt, Intersexuelle beispielsweise gab es damals schon aber es wurde per Gesetz bestimmt, dass diese Menschen der Allgemeinheit angeglichen werden müssen!"

„Das ist furchtbar!", entgegnete Watson, „ich sage das jetzt aus der Sicht eines Arztes. Ein kleines Baby kann sich selbst nicht äußern. Und ein Vormund, ein Erziehungsberechtigter darf nicht derart massiv in die Privatsphäre dieses kleinen, jungen Lebens, dieses individuellen Wesens eingreifen.
Das darf es nicht geben!", rief Watson in den Hörer.

„Gibt es aber doch. Und es gibt kein Gesetz, das dagegen spricht," pflichtete Frau Kebekus ihm bei.

„Doch. Das Grundgesetz. Wo steht noch Mal: ‚Die Würde des Menschen ist unantastbar'? Genau dieser Satz trifft auf die Situation der Neugeborenen intersexuellen Kinder zu. Es muss ein Gesetz geschaffen werden, nach dem es Eltern und Erziehungsberechtigten oder laut Vormundschaftsgesetz Verantwortlichen nicht gestattet ist, die geschlechtliche Ausgangssituation von intersexuell geborenen Menschen zu verändern.
Es sei denn, der Eingriff stellt eine medizinisch notwendige lebensrettende Maßnahme dar. Das gilt aber für alle Menschen, das wäre dann schlicht ein Notfall. Eine lebensrettende Maßnahme. Eine Operation, welche aber einzig und allein Geschlechtsmerkmale irgendwelchen Normen angleichen soll ist keine lebensrettende Maßnahme!
Dazu zählen nicht Operationen, die die Geschlechtsmerkmale des Neugeborenen einem eindeutig zuweisbaren Geschlechtstypus angleichen," erklärte Doktor Watson hörbar bewegt.

„Was Sie da gerade gesagt haben, das sollten alle Ärzte wissen und umsetzen. Solch ein Gesetz muss es geben. Ihre Formulierung war schon recht gut.
Das ist wichtig, denn in Polen zum Beispiel existiert ein wahrer Hass gegen Menschen, die weder heterosexuell noch eindeutig männlich oder weiblich sind.
Warum? Das ist ja wie im Mittelalter bei der Hexenverfolgung! Was treibt Menschen an, so voller Hass zu sein?", fragte Frau Kebekus.

„Angst. Hass kommt aus der Angst vor Veränderungen, vor dem Anderen, dem Andersartigen, dem, was man nicht kennt, davor fürchtet man sich, weil von dort Gefahr drohen kann.
Das ist ein ganz alter Urinstinkt, den wir Menschen alle haben. Das ist in Polen natürlich nicht anders," erläuterte Watson.

„Ja, gut, aber es gibt doch das Internet und die sozialen Medien, da müssten die Leute doch auch dort mitbekommen haben, dass wir mittlerweile im 21. Jahrhundert angekommen sind. Und dass Transsexuelle oder Bisexuelle oder so keine Hexen sind. Und wenn schon. Hexen sind ja auch nicht schlimm. Das waren früher weise Heilerinnen. Vielleicht ist das alles nur ein Machtproblem?", fragte sich Frau Kebekus nachdenklich.

„Ja. Es ist auch ein großer Machtfaktor, wenn man etwas andersartiges ablehnt. Ganz sicher ist es aber auch Angst und dadurch zeigt sich, dass es nicht weit her sein kann mit der Macht, wenn jemand so viel Angst vor einer Sache hat."
„Irgendwie schon. Aber ist Angst auch eine Macht?"

„Natürlich, Frau Kebekus. Denken Sie mal an Stephen King, da lief gerade im Fernsehen eine…", begann Watson.

„Na, hallo, wie geht's dir?", hörte der Doktor eine Frauenstimme sagen.

„Watson, tut mir leid, ich muss auflegen, meine Freundin ist gerade zu Besuch gekommen."

„Ach, warum? Denkt ihr, ich kann nicht mitreden? Bücher von Stephen Hawking hab ich auch schon im Buchladen gesehen, glauben Sie mir das?", fragte die neue Stimme in das Telefon von Frau Kebekus hinein.

„Wer ist denn da?", erkundigte sich Watson neugierig.

„Na, ich bin's, Larissa. Kennen Sie mich nicht? Ich bin…"

„Ach, ja, Frau Larissa! Ich habe Sie beide im Fernsehen gesehen! Ich finde Sie sehr sympathisch!"

„Dankeschön! Das ist nett! Ich finde mich auch sympathisch!"

Watson schmunzelte.

„Warum hat es denn so lange gedauert, bis Sie herein gekommen sind?", wollte er wissen.

„Ach, mein Hund. Der blöde. Ich habe irgendwie die Hundeleine um meine Füße gewickelt. Das war der kleine... Jetzt hab ich ihn draußen ans Geländer gehängt. Da kann er Kapriolen drehen, wie er möchte. Im Flug hat man doch die totale Freiheit, wissen Sie? Und wer sind Sie?"

„Watson. Dr. John H. Watson, ich bin – "

„Ach, seien Sie still, ich kenne Sie! Sie haben immer so Fälle gelöst! Vielleicht können Sie meinen Lippenstift wiederfinden, ich habe mich heute morgen geschminkt, und da bekam ich einen sehr schlimmen Hustenanfall und seit dem ist mein Lippenstift weg. Ich weiß auch nicht...", bemerkte Larissa und schwieg.

„Der wird möglicherweise mit einer großen Tasse warmem Kräutertee bald wieder zum Vorschein kommen."

„Ah, Kräutertee, habe ich schon gehört, dass Sie den gern verschreiben. Aber muss man da nicht vorsichtig sein? Das Zeug hat ja auch eine medizinische Wirkung."

„Stimmt. Deshalb muss man sich an die Beipackzettel halten. An die Anweisungen der Apotheker oder einen Heilpraktiker oder Arzt aufsuchen. Und zu viel sollte man auch nicht trinken. Zwei bis drei Liter am Tag sagt man heute, sollte man Flüssigkeit zu sich nehmen, wenn man der Typ dafür ist, wenn man diese Menge gut verträgt.
Es ist überhaupt wichtig zu schauen, was der individuelle Patient gut verträgt. Damit meine ich nicht nur Medikamente, denn die helfen dem Körper auch nicht immer.
Man muss als Therapeut den Menschen ganzheitlich betrachten. Die Lebensweise, Arbeits- und Familiensituation.

Heute wird das nicht oft gemacht. Leider.
Aber es gibt beispielsweise die alte Heillehre von Paracelsus oder Avicenna. Die kannten sich mit der Heilwirkung von Tees, Kräuteraufgüssen und aufgekochten Fruchtextrakten oder auf- gebrühten Wurzeln wie Ingwertees aus."

„Sie kennen sich aber auch ganz gut aus!"

„Ja. Zumindest kann ich mir selbst helfen. Momentan bin ich gesund. Aber wissen Sie was? Im Internet habe ich gerade ei- nen interessanten Artikel gefunden über die Liste Dritter Geschlechter weltweit! Das ist spannend und steht bei Wikipe- dia!"

„Ja, weißt Du, Rebecca," begann Larissa und zog das Telefon am Kabel bis zum Sofa, machte es sich gemütlich und legte das Telefon in den Schoß. Als sie mit ihrer linken Hand an dem Kabel zu pfriemeln begann, sprach sie weiter:

„Ich find das toll, Menschen die Bi, lesbisch, schwul oder homo- sexuell sind, haben meist eine klare Geschlechtsrollen- vorstellung und Rollenidentität von und für sich selbst."

„Ja, und?", fragte Rebecca.

„Weißt du, das ist, weil, ich selbst hab mich noch nie gefragt, was ich bin.
Bin ich lesbisch, bi, homosexuell oder schwul?"

„Schwul ist eine Bezeichnung nur für Männer!", erklang eine männliche Stimme aus dem Telefonhörer.

„Ach so! Sie sind ja auch noch da! Watson, nicht? Wissen Sie, ich ernähre mich so schlecht, ich ess' so viel billiges Zeug, da sind so Acrylolosaminide oder so was drin, davon krieg ich ganz schlimme Konzentrationsstörungen. In Cappuccino soll das jetzt auch drin sein! Das ist schlimm! Ich trink so gern Cappuccino!!", klagte Larissa, „aber wo waren wir stehen geblieben?", fragte sie dann.

„Bei den Geschlechtern. Hier ist zum Beispiel das Wort ‚Gender'. Gender ist ein Begriff aus dem englischen Sprachraum und meint Geschlechtsaspekte, die nicht an biologische Merkmale gebunden sind.
Für das Wort „gender" gibt es keine deutsche Entsprechung, darum wurde es als Lehnwort ins Deutsche übernommen.
Es bezeichnet das *„soziale"* Geschlecht von Menschen. So steht es im Unterschied zum biologischen Geschlecht, das auf Englisch „Sex" heißt".

„Sex!", sagte Larissa laut und grinste teuflisch.
„Wenn ich das früher in der Schule gesagt habe, habe ich immer einen Verweis bekommen."

„Wieso? Wie oft hast du das denn gesagt?", fragte Rebecca.

„Ach, nur so'n paar Mal. Pro Tag", gab Larissa zurück und spielte verträumt mit dem Telefonhörer.

Einen Augenblick herrschte Stille.

„Hat einer von euch eben gemeint, Ruhe ist schlecht? Seid mal ganz still!"

Alle drei schwiegen.

„Stimmt!! Ruhe ist nicht nur schlecht, sie ist sogar schrecklich! Denn dann hörst du, dass dein Hund gestorben ist!
Halt mal kurz!", rief Larissa und drückte Rebecca das Telefon in die Hand. Eine Zeit lang war sie am Eingang und redete irgendwas, dann kam sie mit einem leblosen Fellknäuel zurück ins Wohnzimmer, wo Rebecca auf sie wartete.

Sie sah ihre Freundin erschrocken an. Dann griff sie zum Hörer.

„Sie, Herr Doktor, sind Sie noch da? Was soll ich machen, mein Hund ist kaputt und das W-LAN ist auch kaputt!"

Der Doktor bellte mehrere Male laut in den Hörer und rief:

„Lecker Fleisch, leckere Würstchen! Es gibt was zu fressen!"

Der Hund zuckte mit dem Ohr und Larissa holte aus ihrer Handtasche einige Hunde – Leckerlies.
Als das Tier daran schnüffelte, kamen die Lebensgeister zurück und der Hund sprang auf und fraß fröhlich sein Futter.

„Oh, Watson!! Ich schwöre, du bist Jesus! Du hast einen Toten zum Leben erweckt! Du bist – eh Sie – sind Sie so eine Art Wiedergeburt von Jesus, Doktor Watson?"

„Vielleicht? Was ist, wenn ich ‚Ja' sage? Dann können Sie nicht das Gegenteil beweisen!"

„Denken Sie immer wie ein Detektiv? Sie haben zu viel Zeit mit Holmes verbracht. Oder – ich hab's – Sie sind schwul, Sie beide. Sind Sie schwul?"

„Wenn ich ehrlich bin, ich – ich habe noch nie darüber nachgedacht, stimmt eigentlich," gab der Doktor aufrichtig zurück.

„Bei meinem Job habe ich keine Zeit, mich zu fragen, wie ich wirklich bin. Ich funktioniere jeden Tag, mache meine Arbeit, anschließend gehe ich schlafen."

„Das klingt traurig."

„Ja, manchmal ist es das auch. Vielleicht. Aber selbst um dies heraus zu finden, hab ich keine Zeit.

„Ist es nicht einfach so, dass wir uns für viele Sachen einfach keine Zeit nehmen?", erkundigte Rebecca sich.

„Ist wie bei Momo," fügte sie hinzu. „Zum Beispiel die Menschen, die intersexuell geboren sind. Ich habe gehört, die werden als kleine Kinder operiert, ohne, dass sie das wollen. Was heißt wollen, in dem Alter, in dem diese OPs durchgeführt werden, können sie sich einfach nicht selbst äußern! Das ist gegen die Menschenwürde!"

„Ja, Frau Kebekus. Hallo? Rebecca? Wissen Sie, Intergeschlechtlichkeit oder Intersexualität meint zusammenfassend sehr unterschiedliche, klinische Phänomene.
Es gibt verschiedene biologische Ursachen, zum Beispiel Abweichungen der Geschlechtschromosomen, man kann hier sagen, die Chromosomen sind individuell!
Außerdem spricht man auch von genetisch bedingten hormonellen Entwicklungsstörungen. Hier kann man auch sagen: Die Situation ist individuell. Beispielsweise sind die Rezeptoren, also die Stellen im Körper, mit denen ein Hormon wahrgenommen oder aufgenommen wird, nicht vorhanden.
Da muss ich als Arzt sagen: Hier kann nicht einfach drauf los operiert werden!
In der Amtssprache gehörte ‚Intersexuell' bisher zu den sogenannten ‚Sexualdifferenzierungsabweichungen'. Hören Sie sich das mal an, das klingt total unfreundlich!
In der englischen Sprache sagt man ‚disorders of sex development', kurz: DSD. Zu DSD gehören auch die Fälle, die mit biologisch uneindeutigen Geschlechtsmerkmalen bei Geburt auffallen," erklärte Watson.

„Boh, Watson, ich finde es toll, dass Sie bei so viel lieblosem Umgang pro Tag immer noch Mensch geblieben sind!", rief Larissa begeistert in den Hörer.
Davon bekam Watson zwar einen Tinnitus, aber er fand die Bemerkung trotzdem nett.

„Und jetzt kommt die Sache mit dem Geschlechtseintrag," sprach Watson weiter, „Ein Eintrag ins Personenstandsregister mit dem möglichen Geschlechtseintrag ‚'divers' ist ausschließ-

lich das Recht intersexueller Menschen, deren Geschlechtsidentität biologisch nicht eindeutig feststellbar ist."
„Und seit wann ist das noch mal?"

„Seit dem 22. 12. 2018. In Deutschland. Bis Mai 2019 gab es auch 150 Personen, die davon gebrauch gemacht haben. Das sind 0.00019 % der Bevölkerung beziehungsweise es entspricht etwa 150 neugeborenen Intersexuellen pro Jahr", sagte Watson.

„Ich habe eine Freundin, die würde jetzt sagen: So viel Aufwand für so'n paar Leute, aber selbst *ich* verstehe, dass das für diese Menschen total wichtig ist," bemerkte Larissa und kaute auf ihren bunt lackierten Fingernägeln herum, während sie mit der anderen Hand ihren wiederbelebten Hund kraulte.

„Is' schon toll, was heute alles geht," stimmte Rebecca ihr zu.

„Sagen Sie mal, Watson," begann sie nach einer Weile, „stimmt es, dass der Begriff ‚Queer' jetzt nichts mit einer Himmelsrichtung zu tun hat, sondern auch eine Geschlechtsidentität meint, die sozusagen neu ist?"

„Ja. Queer im Sinne von Geschlechtsidentität heißt nicht: ‚Ich geh' mal *queer* über die Straße' oder: ‚Die Autos fahren kreuz und *queer*', sondern es ist ein Fremdwort aus der englischen Sprache, ein Wie-Wort oder Adjektiv.
Dieses Wort bezeichnet Dinge, Handlungen oder Personen, die in ihrem persönlichen Ausdruck einer sexuellen oder geschlechtlichen Identität von der gesellschaftlichen Norm abweichen.
Im englischen Sprachgebrauch war das Wort früher negativ gemeint und bedeutete ‚Abweichung'. Während der AIDS - Krise in den 1980er und 1990er Jahren gelang es den so bezeichneten, den Begriff politisch aufzuwerten.
Heute steht dieser Ausdruck für die gesamte Bewegung derer, die sich von dem starren, bipolaren Rollenklischee ‚männlich-weiblich' lösen wollen, außerdem steht es für die einzelnen

Personen, die dieser Bewegung angehören und bildet somit einen Sammelkorb für, je nach eigener Selbstdefinition der Leute: Lesben, Schwule, Bisexuelle, Intersexuelle, Transgender, Pansexuelle, Asexuelle, BDSM-ler und viele mehr.

Auszeichnend im Gegensatz zu solchen Begriffen wie ‚lesbisch' oder ‚schwul' ist die definitionsgemäße Unabhängigkeit von einem Partner: Ausschlaggebend für die Bezeichnung ‚queer' ist stets allein die EIGENE Lebensweise, Geschlechtsidentität, Geschlechtsrolle. Somit stehen wir hier vor einem Phänomen, welches durch seine große innere Freiheit von äußeren Normen und Gesetzen besticht!", schwärmte Watson.

Er geriet in einen ähnlichen Begeisterungsrausch wie Holmes über seine George Sand.

„Puh, da muss man ja Hauptschule haben, um mit euch Intelligenzbestien mitzukommen. Ihr seid ja echt anstrengend!

Leute, checkt das mal, ja! Lockdown is' für Ferien da. Das soll wie so'n kleiner Urlaub sein, ja!

Entspannt euch! Ruht euch aus!

Macht nich' so'n Stress!! Boh, hömma, Rebecca, denk' mal an deinen Freund Baldur, den Schriftsteller."

„Der is' nich' mein Freund, sondern ein Bekannter."

„Ja und?", fragte Larissa und zermalmte ihr Kaugummi.

„Jetz' werd' ma' nich' kleinlich, mann – oh, Frau!!", sagte sie und grinste diabolisch frech.

„Der ist doch transsexuell, oder? Weißt du was über Transsexuelle, Rebecca?"

„Na klar, also der Ausdruck ‚Transsexualität' kommt erstmal von dem lateinischen Wort ‚trans' für ‚jenseitig, darüber hinaus' und ‚sexus' für ‚Geschlecht' oder ‚Geschlechtsteil'."

„Geschlechtsteil," wiederholte Larissa und kaute weiter heftig Kaugummi.

„Ja, genau. Und diese Leute haben's erstmal auch nicht einfach, denn sie fühlen sich, als wären sie im falschen Körper geboren."

„Das kann ich mir jetzt gut – nee, kann ich mir nicht vorstellen," konterte Larissa ehrlich.

„Tja, da muss ich mal Baldur fragen. Jedenfalls nennt man dieses Phänomen ‚geschlechtliche Inkongruenz'."

„Känguru?"

„Nein, Larissa. Kein Känguru. Das heißt nur, das empfundene und das körperliche Geschlecht passen nicht zusammen."

„Ach so. Sag das doch gleich!"

„Naja. Und diese unvollständige Identifikation einer Person mit seinen oder ihren objektiven Geschlechtsmerkmalen betrifft international und in Deutschland 0,33 bis 0,61 % der Bevölkerung, die sind transsexuell. Und deren durchschnittliches Alter beim Geschlechtsrollenwechsel liegt bei etwa 38 Jahren.
Diese Leute leiden verschieden stark unter ihrem biologischen Geschlecht, der damit verbundenen sozialen Geschlechtsrolle und ihren Geschlechtsmerkmalen. Sie empfinden einen Leidensdruck und erstreben eine möglichst hohe soziale und körperliche Angleichung an das empfundene innere Geschlecht."

„Das ist spannend!", rief Larissa und man konnte ihr großes Interesse an ihrem raschen Augenaufschlag sehen.

„Genau so ist es," ertönte Watsons Stimme vom Hörer.
„Der Terminus ‚Transsexuell' hat übrigens direkt nichts mit dem Begriff ‚Transident' zu tun, zumindest in der Praxis," erklärte er.

„Bitte, können Sie in Ihrer Wortwahl mal'n Gang zurückschalten?", rief Larissa in Richtung Telefon.

Das Telefon lag auf dem Sofa und Larissa wanderte im Raum herum, als suchte sie etwas.

Rebecca beobachtete sie dabei und runzelte die Stirn.

„Ja gut, also ‚trans' bedeutet ja ‚jenseitig, darüber hinaus' und ‚idem' bedeutet ‚gleich' in der lateinischen Sprache.

„Warum muss das immer Latein sein?", wollte Rebecca wissen.

„Nun, das kommt aus der Antike beziehungsweise dem frühen Karolingerreich. Karl der Große wollte eine Renaissance, ein Wiederaufleben antiker Schriften und startete eine erste Form der Globalisierung, wenn man so will, indem er sagte, die gesamte wissenschaftliche Welt sollte eine Sprache sprechen, damit sich die Kirchenleute und Wissenschaftler überall auf der Welt verstehen. An seinem Hof waren Araber, Moslems, Juden, Mongolen, Chinesen, Afrikaner, alle in Frieden in wissenschaftlichem Auftrage vereint. Es war eine erste Renaissance, kann man sagen."

„Aha!", verkündete Larissa, hob die Augenbrauen und kaute weiter Kaugummi.

„Was suchst du?", erkundigte sich Rebecca.

„Also, naja – hier kann er ja nicht sein – also, dass ist mir etwas peinlich für eine gute Freundin von mir – die ist so ein Schussel," begann sie.

„Was ist denn?", hakte Rebecca nach.

„Ja, also, eh – ich – sie hat kürzlich nachts ihren Vibrator verloren. Sie sagt, sie ist mit dem Ding eingeschlafen und am Morgen war er weg. Tja," überlegte sie und schaute sich in Rebeccas Wohnzimmer um.

„Und da suchst du bei mir? Bist du doof? Was soll ich damit? Ich hab keinen Vibrator verloren, Larissa!", rief die junge Frau aufgebracht. Ihre Augen blitzen Larissa wütend an.

„Ja, ja, das weiß ich, Rebecca. Reg dich doch nicht so auf!"

„Hallo? Darf ich mal?", fragte Watson dazwischen.

„Ich empfehle der Dame, ein schönes heißes Bad zu nehmen."

„Ein heißes Bad?"

Larissa schien es plötzlich eilig zu haben. Sie wirkte nervös. Schnell verabschiedete sie sich und verließ die Wohnung.

„Schön. Wo waren wir stehen geblieben?", fragte Watson.

„Ich kann sagen, was der Unterschied zwischen Transsexualität und Transidentität ist," rief Rebecca zum Hörer.

„Gut! Dann schießen Sie los!", forderte der Doktor sie auf.

„Also, die transsexuellen Menschen schrecken nicht vor einem operativen Eingriff zurück, wohingegen andere Menschen, deren Geschlechtsidentität nicht mit dem bei ihrer Geburt zugewiesenen Geschlecht übereinstimmt, keine chirurgische, genitale Geschlechtsangleichung wünschen.
Das Wort ‚Transident' wird also umfangreicher aufgefasst als der Begriff ‚Transsexuell' und die Leute, also die Transidenten haben ein Geschlechtsverständnis, das nicht so sehr auf den eigenen Körper fixiert ist, wie das der Transsexuellen."
„Gut erklärt!", ließ der Doktor verlauten.

„Dabei wird jetzt auch klar," erklärte er weiter, „dass Menschen, auf welche die Bezeichnung ‚Transvestit' zutrifft, in einer eigenen Kategorie leben.
Was heißt leben.
In Kategorien kann niemand leben.

Kategorien, das heißt, unser menschliches Schubladendenken, bildet keine wirkliche, reale Struktur unserer Außenwelt ab.
Sie spiegelt das Raster unseres Denkens, das Muster unserer eigenen, inneren Aufmerksamkeit wieder.
Es stimmt aber, Transvestiten führen in ihrem Alltag, also in ihrem Privatleben meist ein ‚normales', angepasstes Leben. Angepasst an herkömmliche Rollenmuster und Rollenbilder in der Gesellschaft.
Meist sind sie ‚normal' verheiratet. Innerhalb unserer Gesellschaft bedeutete ‚normal' bisher heterosexuell.
Auf der Bühne jedoch, während ihrer Auftritte, tragen sie Kleidung und Accessoires, die allgemein als stereotyp gelten für die Geschlechtsrolle des anderen Geschlechts innerhalb der binären Geschlechterordnung ‚Mann – Frau'.
Und Sie, Rebecca, kennen sicher noch Mary und Gordy, ich glaube, die waren damals im Deutschen Fernsehen und waren in unserem Land große und berühmte Vorreiter in diesem Bereich des Bühnenlebens."

„Ja, genau", meldete sich Rebecca zu Wort, „ich kann mich noch erinnern. In den Neunzigern, nicht?"

„Richtig", bestätigte Dr. Watson.

„Sagen Sie mal, wo ist eigentlich Frau Larissa hin gegangen?"

Geburt eines Vibrators

„Frau Larissa" war eine Anrede, die Larissa auch nicht jeden Tag hörte. Im Alltag wurde sie mit Vornamen angesprochen und meist herrschte ein eher rauer Umgangston bei den vielen Berufen, die sie schon ausprobiert hatte.

Dabei musste sie selbst zugeben, dass ihre Einsätze oft recht gefährlich waren. Bei der Post, der Polizei oder auf dem Bau hat sie sich meist selbst geholfen, wenn sie in Not war. Anderenfalls kann man sagen, sie hatte einen guten Schutzengel.

Ein Engel für Larissa.

Manchmal brauchte sie eine ganze Engelschar.

Gibt es Engel überhaupt?
Was sind Engel eigentlich?
Niedliche Püppchen mit Flügeln?

Ich glaube, Engel sind höchst wandelbar. Sie erscheinen jedem Menschen so, wie sie am meisten gebraucht werden.

Im Augenblick hatte „Frau Larissa" aber ganz andere Sorgen.
Nachdem sie ein heißes Bad genommen hatte, mit Rosenwasser, schön schaumig, cremig und sehr angenehm, war ein Wunder geschehen!

Ihr – also der – der Vibrator ihrer Freundin war wieder aufgetaucht!

Schnell zog sie sich eben an, stieg ins Auto und fuhr zu Rebecca, die ja auch ihre Freundin war, aber nicht die mit dem Vibrator.

Es war fünf Uhr morgens als es bei Rebecca klingelte.
„Was ist das?", rief die junge Frau, sie hatte noch geschlafen, als es ein lautes Krachen gab, während sie sich die Augen rieb und die Türe öffnete.

Ein unförmiges Etwas quetschte sich durch die geplante Aussparung in der Wand.

Rebecca sah nicht hin, sie schlurfte in die Küche und schob zwei Tassen unter die Kaffeemaschine. Das Anschalten, Pads einlegen, Wasser auffüllen und den Startknopf drücken lief wie automatisch ab.

Bevor sie an der Maschine einschlief, gab es im Wohnzimmer ein Fluchen, einen lauten Knall und eine Metalldose schepperte zu Boden.

„Mach nich' so'n Lärm am frühen Morgen!", gähnte Rebecca ihre Freundin an.
„Was willst' n schon hier und was is' das für'n Ding da?"

„Ach, das Teil hab ich von der Straße mitgenommen. Die stellen heutzutage ihren Sperrmüll aber wirklich an jeder Ecke ab! Und die ganze Straße entlang! Keinen Ordnungssinn haben die Leute! Ich glaube, ich muss mal wieder beim Ordnungsamt arbeiten, dann kommt Schwung in die Bude, Rebecca!"

„Ich geb dir auch gleich Schwung!"

„Mann, weißt du, was du da angeschleppt hast?", rief Rebecca und half ihrer Freundin aus einem rot-weiß gestrichenen Metallgestell, zwei rot-weiß lackierten Reflektorlatten und jede Menge Trassierband, welches um einen bis zur Schulter hohen Pfeiler gewickelt war, auf dem eine gelbe Plastiklampe festgeschraubt war auf einem gelben Akkublock.
Die Lampe blinkte noch.
Sie ließ sich nicht ausschalten. Auch nicht, als die beiden Frauen wie verrückt daran herumfummelten und die Lampe schlugen. Das Teil war nicht tot zu kriegen. Unkaputtbar.
Da soll noch einer sagen, wir seien in einer „Wegwerfgesellschaft".
Larissa zog meterweise Trassierband hinter sich her.

Plötzlich ertönte ein lautes Kläffen und ihr Hund lief auf sie zu und sprang an ihr hoch.

Rebecca gähnte laut und ausdauernd, streckte sich, kam mit den zwei Tassen Kaffee, stellte sie auf dem kniehohen roten Wohnzimmertisch ab und ließ sich aufs Sofa fallen.

„Beim nächsten Mal nimmst du deinen blöden Köter mit," knurrte sie böse.

„Ach, Wuffi! Wuffilein! Ich hab dich gar nicht vermisst! Stimmt ja! Ich hab' ja einen Hund! Rebecca, red' nicht so! Du bist doch tierlieb! Wie kannst du nur so gemein über meinen Hund reden!"

„Sagt die, die ihren eigenen Hund gestern am Geländer aufgehängt hat. Du kriegst auch gar nichts mit! Das ist kein Sperrmüll, den du da um den Hals getragen hast. Du bist in eine Straßenabsperrung gefahren, du Doof!"

„Ja? Ach ja! Die sind aber auch blöde! Stellen meinen ganzen Weg damit voll! Schließlich muss ich doch zu dir hin, du bist doch meine Freundin!"

Rebecca sah Larissa wütend an.

Aber nicht lange.

Dann umarmten sie sich.
Sie setzten sich auf das gemütliche Plüschsofa, der Hund sprang Rebecca auf den Schoß und wurde gekrault und beide ließen sich erst ein mal die Tasse Kaffee schmecken.
Larissas Reise hatte sich gelohnt, denn sonst hätte sie niemals erfahren, wie gemütlich so ein großes Plüschsofa sein kann.

„Was willst du eigentlich hier?"

„Was soll das heißen? Was will ich eigentlich hier? Hältst du mich für doof? Naja. Vielleicht bin ich ja ein bisschen doof. Weißt du? Früher in der Schule da hab ich mich gefragt, warum müssen wir eigentlich so Sachen lernen wie Geschichte? Das ist doch schon vorbei, oder? Zum Beispiel Bismarck. Der Redet viel und labert von Blut und Eisen. Warum? Hat der seine Tage oder was?"

„Mann, Larissa! Bismarck war ein Mann, Männer haben keine Tage."

„Naja, gut. Aber Blut und Eisen klingt so sonderbar, ich schwöre! Vielleicht war der ja transsexuell und hatte nur Eisenmangel!"

„Bist du hier her gekommen, um mir was über Bismarck zu erzählen?"

„Nein, Rebecca. Aber früher hab' ich nicht gewusst, dass er ein Fürst ist. Ich habe immer geglaubt, Bismarck ist ein Hering."

„Ja. Stimmt. Ich glaube, das hast du mir schon mal erzählt, Larissa. Gibt's sonst noch was?"

„Boh, hömma, Rebecca! Ich habe eine coole Nachricht! Ich habe – also, ich meine, meine Freundin hat – sie hat heute einen Vibrator geboren!"
Larissa erntet ein Stirnrunzeln und einen irritierten Blick.
„Komm mal klar. Es ist noch früh. Ein Vibrator geboren. Na sicher."

„Du, es war wie ein Wunder – also, hat mir meine Freundin erzählt – er ist mitten in der Nacht geboren in einer kleinen Badewanne. Nur ohne den Hirten und die Schafe verstehst du? Es war wie Jesus in der Krippe, denn als – als meine Freundin das Badewasser abgelassen hatte, da lag er da!
Einfach so! Makellos und rein!
Du, der war vorher nicht in der Badewanne drin, glaub' mir!

Das ist ein Wunder!"

„Ehm – wie heißt deine Freundin?"

„Die? Welche Freundin meinst du? Ach so, die, ja, also, ich weiß auch nicht. Hab' ich vergessen, Rebecca. Du weißt doch, ich bin so vergesslich. Ich schäm' mich so, dass ich so vergesslich bin!"

„Ach komm mal her!", sagte Rebecca, umarmte Larissa mit einem Arm über den Wohnzimmertisch und verfing sich dabei in einem Rest vom Trassierband, das immer noch um Larissas Hals gewickelt war.

„Pass auf, dass du dich nicht strangulierst," warnte Rebecca und befreite Larissa vorsichtig von dem Rest des weiß-rot gestreiften Plastikbandes.

„Ach, wenn ich dich nicht hätte, Rebecca! Du bist mein Schutzengel!"

Wenn jeder an sich selber denkt

An so einem Sonntag Morgen muss man sich mal eine gemütliche Auszeit gönnen. Es ist ein herrlicher Morgen, mild, angenehm warm, das goldene Herbstlaub leuchtet fröhlich im Sonnenschein. Das ist kein Märchen. Es ist echt, erkennt Luke Arlington. Und er glaubt, dass er mit Hilfe von vier Promis gut die Hintergründe von Transsexualität, Transgender, Intersexualität, LGBTIQ+ & Co dargelegt hat.
Natürlich bei einem Becher Cappuccino, gleichzeitig einer Tasse Tee, gleich geht er Brötchen holen.
Doch vorher bemerkt er, dass da was echt cooles los ist bei Youtube, weil eine junge Dame, eine super Maskenbildnerin und zwei junge Kerls auf die Idee kommen, Märchen total genial darzustellen. Und diese ausgezeichnete Kulisse!
Alles echt krass!
Meiner Meinung nach hätten sie einen Kurzfilmpreis verdient!!
Das denkt Luke über Julia, Julien und deren Team in Bezug auf Märchenwelt gerade.
Wobei man nicht sagen kann, dass Märchen nicht echt sind.
Wenn ich Julien Bam und John so bei Youtube sehe und Julia Beautx, wie genial sie die „Zahnfee" rüberbringen, klar, die geniale Maskenbildnerin sollte auch erwähnt werden. Wie hieß sie noch gleich?
Muss mir das Video gleich noch mal ansehen.
Oder „Rotkäppchen".

Die Leidenschaft und Inbrunst, mit der diese jungen Leute an die Märchen und ihre gestalterische Umsetzung heran gehen, hat mich dazu gebracht, Julien Bam und John, der zwar wohl nicht Juliens Bruder ist, aber ein guter Freund, so wie ein Bruder, also da kam mir doch glatt die Idee, die beiden sind die Wiedergeburt der Gebrüder Grimm. Rezo war Heinrich Heine.
Marc-Uwe und das Känguru waren Karl Marx. Bei Männern kann ich das besser, als bei Frauen. Sorry, Julia.
Manchmal kann sich eine Seele beziehungsweise ein Geist auch in zwei oder mehr Körpern manifestieren.
Is' n Scherz und das will eh keiner verstehen.

Möglicherweise ist das aber auch nicht so schlimm, denn wer will schon wirklich wissen, wer er oder sie, oder wie eine Person auch immer angeredet werden möchte, mal in einem früheren Leben war.

Wenn es so was wie Reinkarnation überhaupt gibt.

Wer glaubt noch mal daran?

Die Buddhisten?

Naja, ich sag immer, 1 Million Menschen können sich nicht irren, oder wie viele Buddhisten gibt es auf der Erde?

Aber es haben sich ja auch die Nazis bei Adolf Hitler geirrt, es gab kein tausendjähriges Reich.

1945 haben viele Leute am Ende des Krieges gesagt:

„Und wieder 1000 Jahre vorbei!".

Dass es den Holocaust gab, das ist aber wahr. Und es ist kein Märchen. In den Nürnberger Prozessen wurde den Angeklagten ein Film über die Lager gezeigt, als General Eisenhower kam und die Leute befreite.

Das ist ganz klar im Internet zu erkennen.

Ihr müsst einfach mal „Nürnberger Prozesse", „Verurteilt zum Tode durch den Strang" oder „Tribunal des Todes" bei Youtube eingeben oder „Nuremberg 2000", da ist deutlich zu sehen, wie die Befreier die Menschen in den Lagern gefilmt haben, die mehr Toten ähneln als Lebenden und deren Leichen weiß wie Schnee auf dem in schwarz-weiß gedrehten Filmchen in Reihen auf den Boden gelegt, zu Bergen aufgetürmt oder mit einem Schaufelbagger in Gräben geschoben werden.

Es ist sehr traurig mit anzusehen. Schrecklich.

Wer das gesehen hat, behauptet anschließend nie wieder, es habe den Holocaust nicht gegeben.

Dieser Abschnitt der Geschichte gehört zur Menschheitsgeschichte dazu und wir dürfen heute aus ihr lernen, wie der Psychologe der Anstalt in Nürnberg, Gus Gilbert, am Ende des Filmes „Nuremberg 2000" richtig erkennt:

„Das Böse ist Leben ohne Mitgefühl".

Wir dürfen also Mitgefühl lernen.

Und wir dürfen erkennen, dass es „Das Böse" als feste Form, als Substanz, nicht gibt. Es ist immer nur Leben, nur Bewusstsein ohne Mitgefühl.

Das ziehe ich als Resultat aus dem Zweiten Weltkrieg, aus dem Holocaust und allen Kriegen und Ungerechtigkeiten überhaupt: **Wir sind als Menschheit aufgerufen, Mitgefühl zu lernen.**

Das ist schon einmal das Erste.

Und das Wichtigste.

Wer sich weiter in das Thema vertiefen möchte, der oder die Person kann gleich damit beginnen,

- bedingungslose Liebe,
- Mitgefühl,
- Mitfreude und
- Gleichmut

zu lernen, kann dann mit der buddhistischen Tugendlehre weitermachen, mit dem hinduistischen „Maha Karuna", also große Barmherzigkeit oder der schlichten oder genialen weil kurzen Forderung des Zarathustra, der sagt:

- sprich gut,
- denke gut,
- handle gut.

Wer das schafft oder sich daran begibt, der hat zunächst genug gelernt und vermag mit dem Welterbe, dem Vermächtnis des Zweiten Weltkrieges, den wir uns als Menschheit selbst in die Wiege gelegt haben, angemessen umzugehen.

Der Autor Luke Arlington ließ sich in Hamm seinen Kaffee schmecken an diesem herrlichen Sonntagmorgen.

Es war der 15. November 2020, einem Tag, an dem der Planet Pluto seine Kreise zog und symbolisch für die Kräfte und feinen Energien, aus denen unsere Welt besteht, seine Bahn beschrieb und alle Schatten hervor brachte, die noch zwischen uns und unserer vollkommenen Erkenntnis liegen.

Vor etwa einhundert Jahren fragte einst ein Redner sein Publikum, ob es den totalen Krieg wolle.
Jetzt, nachdem wir – hoffentlich alle und für immer – erkannt haben, dass Krieg keine Lösung ist, stelle ich Euch heute eine viel bessere Frage:

„Wollt Ihr die totale *Erkenntnis*?"

Wenn ja, dann fangt damit bei *Euch selbst* an.

Es ist wie in dem Film „Der Zoolander" von Ben Stiller.
Oder wie in dem Film „Erleuchtung garantiert" von Doris Dörrie.

Blickt in Euer Herz und nehmt bedingungslos alles an, was Euch da begegnet.
Alles Leid und alle Freude.
Alles ist gut und richtig, wie es ist, denn es ist Euer Leben.
Liebt Euch so, wie Ihr seid.
Es ist gut so.

Liebet einander, wie Ich Euch liebe.
Aus vollem Herzen und mit bedingungsloser Liebe.
Das ist sehr wichtig.
Liebe Deinen Nächsten wie Dich selbst!
Denkt vor allem auch an Euch selbst. Denn:

Wenn jeder an sich selber denkt, wird niemand vergessen!

Transgender

„Wer stört?", meldete sich eine genervte Frauenstimme in Watsons Telefonhörer.

Frau Kebekus hatte die Nummer des Festnetz-Anschlusses nicht erkannt, weil ein wie auch immer gearteter Mechanismus der Telefonnummer verbot, sich in der Öffentlichkeit zu zeigen. Sie wurde einfach unterdrückt.
Und dabei ist man doch heute gegen Unterdrückung.

„Na, Watson hier, Frau Kebekus. Erkennen Sie meine Stimme nicht?"

„Nein. Außerdem haben Sie so ein furchtbares Schrackseln in der Leitung. Sagen Sie, stimmt das, dass Sie noch ein Wählscheibentelefon besitzen?"

„Ja."

„Und ist es richtig, dass Sie auch damit telefonieren, ich meine stimmt das?"

„Ja, das stimmt und es ist auch richtig. Ich meine, die analoge Welt, aus der ich noch komme, war eindeutig was die Technik anbelangt humaner, denn es gab mehr Arbeitsplätze, weniger Rationalisierung auf dem Arbeitsmarkt und die Digitalisierung, so wie wir sie heute kennen, hat doch erst den sogenannten ‚Dritten Arbeitsmarkt' geschaffen, den Billiglohnsektor, denn nur weil heute Maschinen, Roboter und Computer sozusagen den ‚Vierten Arbeitsmarkt', also gänzlich unbezahlte Stellen übernehmen, können sich Firmen heutzutage leisten, Menschen für einen inhumanen Niedriglohn einzustellen.
Das ist moderne Sklaverei. Die Politiker haben offenbar spitz gekriegt, dass man noch so viel für das Ehrenamt werben kann, die Leute fallen darauf nicht rein, sie checken, dass man damit anderen Menschen Arbeitsplätze wegnimmt.

Und weil die Politiker, Manager, Firmenbosse, Konzernchefs und wer noch alles hinter der Bühne an den kapitalistischen Fäden zieht, merken, dass sich viele Leute heute nicht mehr verblöden lassen, machen sie jetzt kräftig Werbung für Digitalisierung.

‚Die Digitalisierung Deiner Stadt – Werbemagazin der Bundesrepublik‘, lag letztens mal eine Zeitschrift bei mir auf einer Bank an dem Arbeitsplatz, an dem ich damals tätig war, als Holmes mal für einige Wochen Urlaub machte und ich anderweitig meine Brötchen verdienen musste.

Ja, klar, dachte ich. Digitalisierung is good for you.

Und der Papst wird Bettelmönch, die Regierung is' für's Volk da, es steht 'n Manta vor 'ner Uni, kommt 'n Arzt bei 'nem Heilpraktiker in die Sprechstunde, Montag is' Freitag und die Erde is' eine Scheibe.

Dass die Amis auf' Mond waren wissen wir ja jetzt dank Harald Lesch.

Aber dass Digitalisierung nur eine Sparmaßnahme unseres Staates ist, müsste mittlerweile jedem klar sein, der in einer Firma arbeitet, in der sein Arbeitsplatz durch Maschinen beziehungsweise Computer, also Rechenmaschinen ersetzt wird.

Precht sagt: ‚Bildschirm – Betrachtungs – Berufe‘ oder so.

Schöne Alliteration.

Ich geh' aber immer noch ins Reisebüro, kauf meine Brötchen beim Bäcker, der keine Kette ist, zahle mit Bargeld, möchte die ‚Deutsche Mark‘ als reine Inlands- und Tauschwährung haben, so wie den ‚Brandenburger‘ in Brandenburg und telefoniere immer noch liebend gern mit meinem Wählscheibentelefon.“

Schweigen.

Nur das Knistern und Schrackseln in der Leitung war zu hören.

„Tut mir leid, Mr. Watson, Sie haben mich auf dem falschen Fuß erwischt, ich habe gerade Stress mit einer Freundin, die sich mit einem Absperrband stranguliert hat.

Ich wollte nicht unfreundlich sein.

Normalerweise melde ich mich mit meinem Namen und nicht mit ‚Wer stört?'. Was kann ich für Sie tun?"

„Nun, vielleicht kann ich zunächst einmal etwas für *Sie* tun. Wie geht es Frau Larissa denn?"

„Woher wissen Sie – ach, Sie waren ja dabei, also," beginnt Rebecca, „das ist ja so schlimm, die hat ganz grässliche rote Striemen um den Hals, bekommt kaum Luft und spricht von einem geborenen Vibrator, sind das nicht deutliche Zeichen von Sauerstoffunterversorgung, Gedächtnisverlust, Delirium Tremens oder,?" erläutert sie, ist völlig außer Atem und muss mal 'n Moment Luft holen.

In dem Augenblick meldet sich Watson zu Wort.

„Wie ist ihre Atmung?"

„Mir geht's gut, ich atme – wieso?"

„Entschuldigung, ich meine nicht *Ihre* Atmung, Frau Rebecca. Ich meine die Atmung Ihrer Freundin."

„Ach so, na klar, also sehr schnell. Sie guckt mich auch nicht an, starrt nur in eine Richtung. Sie atmet sehr, sehr schnell, als ob sie hechelt. Wie ein überhitzter Hund."

„Ist ihre Atmung beschleunigt und gleichzeitig vertieft?"

„Ja."

„Sie hyperventiliert. Das heißt, sie hat eine respiratorische Alkalose, also zu wenig Kohlendioxid im Blut. Hören Sie jetzt genau zu. Rebecca?"

„Ja?"

„Sie nehmen jetzt eine Tüte, die dicht ist, formen daran oben eine Öffnung, die genau über Nase und Mund ihrer Freundin passt, stülpen Ihrer Freundin das so lange fest über Mund und Nase und lassen sie so lange in die Tüte atmen und aus der Tüte atmen, also ein und aus, mal eine Zeit lang, biss, na, wie ich Frau Larissa einschätze, wird sie sich schon melden.
Also los! Das ist ein Notfall! Rebecca! Beeilen Sie sich!"

Rebecca hatte eine rasche Auffassungsgabe und ein wohlgeordnetes Chaos in ihrer Wohnung. Auf Anhieb fand sie eine Tüte, folgte in korrekter Weise den Anweisungen des Arztes, achtete während der Rettungsmaßnahme ununterbrochen auf die Atmung, Hautfarbe, Augenbewegungen, Körperhaltung und körperliche und geistige Gesamtverfassung ihrer Patientin wie es ein Notarzt nicht hätte aufmerksamer machen können, nur dass der eben in seinem Beruf ausgebildet ist und andere Möglichkeiten und Instrumente zu Verfügung hat.
Nach einer Weile nahm Larissa zu ihrer Freundin wieder Blickkontakt auf.

„Boh, was machst du da, Rebecca, lass mich in Ruhe! Willst du mich ersticken? Warum hältst du mir eine Tüte vors Gesicht? Geht's dir noch gut?", erklang bald die aufgeregte Stimme Larissas durch Watsons Telefon. Sie war deutlich lauter, als das Schrackseln und gut zu hören.

„Geht's DIR gut?", fragte Rebecca besorgt.

„Ja, wieso?"
Rebecca war noch aufgeregt. Sie antwortete nicht.
Ihr fehlten die Worte.

„Ich wär' fast umgekippt. Das Trassierband. Ich hatte mich Stranguliert. Mensch, Rebecca! Du hast mir das Leben gerettet! Dankeschön! Du bist ja so schlau!! Du bist ja wie eine richtige Ärztin!
Oh, Rebecca! Und ich habe dich angezickt. Mist. Das tut mir leid, jetzt, weißt du? Was denn? Is' ja so!

Oh, ich schäm' mich so, dass ich dich so angezickt hab', man-no!"

Rebecca schwieg. Ihr fiel nix ein. Sie kannte ihre Freundin ja schon etwas länger. Ja, wie lange eigentlich?

Stumm aber glücklich, dass noch mal alles gut gegangen ist, ließ sie sich von Larissa umarmen.

Nach einer Weile meldete sich Watson zu Wort.

„Hallo? Seid ihr noch da, Kinder? Oh, ich meine, sind Sie noch da?"

„Ja, Watson, die Kinder sind noch da."

„Entschuldigung. Ich meine…"

„Kein Problem. Manchmal sind wir ja auch wie Kinder. Stimmt. Sie hatten ja angerufen, weil?"

„Weil ich Sie etwas fragen wollte. Egal, ob Ihre Freundin oder Sie, schön, dass jetzt alle wieder wohlauf sind."

„Ja. Danke noch mal für die Anweisung. Das war Medizin durchs Telefon." Rebecca lachte. Sie hatte sich wieder beru-higt.

„Also, es ist so. Sehen Sie, wenn man wie ich Arzt ist und rela-tiv bekannt, dann hat man Patienten von sieben Uhr am Morgen bis 19 Uhr am Abend. Ich bin aber schon um halb Sie-ben in der Praxis, denn ich muss mich vorbereiten, gut Hände waschen und desinfizieren, alle Assistentinnen und Assistenten begrüßen, die ersten Patienten erfragen, eben auch selbst erst mal im Laden ankommen. Können Sie mir folgen?"

„Ja." Larissa war in die Küche gegangen, aber Rebecca hörte weiter zu.

„Also am Abend komme ich um 20 Uhr heim. Momentan bin ich allein. Ich esse. Allerdings koche ich selbst, meist vegetarisch, ich ernähre mich gut, kaufe biologisch erzeugte Produkte im Geschäft meines Vertrauens. Das ist so ein kleiner Laden.

Und dann lese ich und schaue auch manchmal Fernsehen, um zu erfahren, was es in der Welt alles so gibt. Denn in der Praxis bin ich über zwölf Stunden hoch konzentriert auf die Anliegen meiner Patienten.

Ich lebe quasi wie in einer Blase. In meiner Praxis. Ich meine jetzt nicht die Vesica Urinaria, die Harnblase, also…, ich meine, ich bin irgendwie vom Zeitgeist abgeschnitten.

Denn außer den Degenerationsformen, die sich in den letzten zehn Jahren durch übermäßigen Smartphonekonsum herausgebildet haben, haben sich neben solchen Dingen wie der „Maushand", dem „Mausarm" die Zivilisationserkrankungen nicht grundlegend verändert.

Wir kranken immer noch am System. An unserer körperlichen Überversorgung und geistigen und seelischen Unterversorgung. Wir leiden immer noch an den Folgen des Wirtschaftswunders nach dem Zweiten Weltkrieg.

Damals ging alles sehr schnell, das Volk befand sich noch im Schockzustand, einem deutschlandweiten, generalisierten Trauma.

Und anstatt dass wir uns erst einmal neu finden und vernünftig entscheiden, wie es weiter geht, wurde von Seiten der Alliierten der Morgenthauplan abgelehnt, was an manchen Stellen gut war, aber was ist daran verkehrt, ein Agrarstaat zu werden?

Nun, von Getreideprodukten übersäuern wir uns gewaltig, vor allem von Weizenprodukten, aber wenn Deutschland ein Staat geworden wäre, der durchweg biologisch-dynamischen Landbau treibt zum Beispiel, wenn wir eine Gesellschaft gründen für Achtsamkeit und nachhaltiges Leben, dann hätten wir heute deutlich weniger Zivilisationskrankheiten.

Sie müssen verstehen, die Leute leiden darunter!

Manchmal habe ich den Eindruck, die Regierung, die ja von der Industrielobby gelenkt wird, will uns satt aber dumm halten und am besten auch krank, aber nur so krank, dass wir noch arbeiten können. Es wird der möglichste Ertrag aus dem Bürger heraus geholt.

Und weil wir uns alle von den Medien so leicht und brav ablenken lassen, bemerken wir das nicht.

Es ist wie früher bei den Römern: Nach Innen gibst du dem Volk Brot und Spiele, Fladenbrot, Weißbrot, Brötchen, Zucker, allerlei Naschwerk, Fußballspiele, Computerspiele, Spiele auf deinem Handy, nach außen führst du Krieg. Letzteres machen wir heute glücklicherweise nur indirekt, denn Menschen leiden im Krieg noch viel mehr.

Aber Menschen leiden in der Welt am Wohlstandsgefälle und ich meine mit Wohlstand nicht zwei Autos statt einem oder drei Fernseher statt einem sondern saubere Luft, fließendes, sauberes Trinkwasser, ein Dach über dem Kopf, ausreichend GESUNDE Nahrung, ein System, so dass im Land kein Müll produziert wird oder zumindest nicht überall herum liegt, auch nicht an öffentlichen Plätzen, und ganz wichtig: Hygiene! Hygiene ist so wichtig! Das ist Wohlstand! Die Grundlagen für Gesundheit im Staat schaffen! Aber davon sind wir in Deutschland oft eben so weit entfernt wie Menschen in Afrika oder die Bevölkerung der niedersten Kaste in Indien!

Und innerer Friede!

Der innere Friede im Staat ist am aller wichtigsten. Sonst nützt dir auch die beste Hygiene nichts!

Eine Gesellschaft, die den Frieden gefunden hat, die einen inneren, stabilen Frieden gefunden hat, die ist mehr wert als Reichtum, Gold, Edelsteine oder Erdöl und was noch so alles heutzutage wichtig ist."

Watson holte tief Luft nach seiner langen Rede.

„Ja und?", fragte Rebecca.

„Ich habe letztens im Radio den Begriff Transgender gehört. Hier zu Hause habe ich kein Lexikon, in dem dieses Wort zu finden ist. Internet hatte ich mal, aber nun ist es irgendwie defekt und ich finde keine Zeit, mich darum zu kümmern."

„Ach, das ist kein Problem. Das finden wir leicht im Internet, ich schwöre.

Ja, ganz richtig. Ein gedrucktes Lexikon kommt mit der raschen Entwicklung neuer Begrifflichkeiten heute kaum mit.

Also, Transgender.

Aha. Da haben wir es ja.

Hören Sie Watson?"

Der Arzt am anderen Ende der Leitung bejahte.

„Transgender. Das ist, wie Sie sehr wahrscheinlich als Arzt sich das auch selbst schon übersetzen können, eine Zusammensetzung aus dem lateinischen Wort ‚trans' für ‚jenseits von, darüber hinaus' und dem englischen Wort ‚gender', das bedeutet ‚soziales Geschlecht'.

Auf diese Weise bezeichnet man Personen, deren Geschlechtsidentität nicht oder nicht vollständig übereinstimmt mit dem nach der Geburt anhand der äußeren Merkmale eingetragenen Geschlecht.

Gemeint sind also Leute, welche eine binäre Zuordnung ihrer eigenen Person in der Gesellschaft ablehnen, also kein' Bock haben, als ‚Mann' oder ‚Frau' zu gelten. Das is' denen glaub ich zu simpel, verstehen Sie, ich meine, anders kann ich das nicht erklären, weil ich nicht transgender bin.

Aber auf jeden Fall dient der Ausdruck heute als Oberbegriff der Selbst- oder Fremdbeschreibung von Menschen, denen das Konstrukt ‚Mann' oder ‚Frau' zu eng ist. Die fühlen sich wie eingesperrt, glaub ich, wie eingeschnürt in ein Korsett und das ist ihnen zu eng. In der Vorstellung, Frau oder Mann zu sein. Klar?"

„Ja. Das kann ich nachvollziehen."

„Wieso? Sie haben doch gerade selbst gesagt, dass Sie nicht transgender sind."

„Nein. Sie haben das gesagt."

„Ja? Ja klar. Ich bin nicht transgender. Oder doch? Ja stimmt, ich habe das vor einiger Zeit doch mal gesagt!"
Rebecca beginnt zu überlegen. In der Zeit meldet sich der Doktor erneut zu Wort.

„Naja. Irgendwann vor etwa vierzig Jahren, in meiner Jugend oder als ich junger Erwachsener war, habe ich mich selbst gefragt, wie es wohl wäre, schwul zu sein.
Und da bin ich in eine Schwulenkneipe gegangen. Ich war so etwa Siebzehn oder zwanzig. Ich habe mich ein wenig umgestylt, hab meinen Eltern gesagt, ich geh' mit dem Hund spazieren, den hab ich draußen vor der Kneipe angebunden. Damals lebten wir in Schottland. Da gibt's vor jeder Kneipe eine Schale mit frischem Wasser für Hunde.
Mein Beschützer hatte es also gut. Und drinnen hab ich dann einige schwule Männer kennen gelernt, die sehr nett und gar keine Monster waren.
Früher hatte ich immer Angst vor denen, weil sie so muskulös und durchtrainiert, so sportlich und aggressiv waren.
Da lernte ich aber, dass diese äußere Erscheinung meistens ein Schutz gegen Beleidigungen ist.
Den brauchen diese Leute auch, weil sie oft angefeindet werden.
Grundlos.
Alle, die Schwule anfeinden, haben auch nur Angst vor denen. Genau wie ich damals. Das wurde mir schnell klar. Und etwas Neid oder Angst, sich selbst zu fragen, wie man eigentlich im Inneren ist, ist sicher auch dabei.
Manchmal fragte ich mich, warum ich als Mensch überhaupt auf der Welt bin.
Heute glaube ich, das geht jedem Menschen so. Jeder fragt sich das ab und zu. Dazu ist die Pubertät da, glaube ich.
Wir fragen uns, wer wir sind, bevor wir ins Erwachsenenleben geh'n und Verantwortung übernehmen.
Ich hab' mich auch mal gefragt, wie es wär', eine Frau zu sein.
Also, ich kenn' das auch.
Solche Fragen.
Die habe ich mir selbst schon gestellt."

„Wow. Das hätte ich von einem normalen Arzt nicht erwartet. Da steckt ja ganz viel drin in Ihnen. Also, verstehen Sie mich jetzt nicht falsch, Watson. Mit ‚normal' meine ich so alte Klischees und Rollenbilder.

Die meisten Menschen pressen sich selbst doch viel lieber in ein vorgegebenes Konstrukt überkommener Rollenbilder in unserer Gesellschaft, als sich selbst die Fragen zu stellen, wer oder was sie sind, warum sie hier sind und was sie im Inneren beschäftigt.

Respekt, Watson. Find' ich gut!"

„Dankeschön. Ja und wie geht es weiter mit dem Begriff transgender?"

„Also das ist erstmal ein Wiewort, ein Adjektiv. Wie ist eine Person? Transgender. Und dann sagt man zu der Person, die Person ist transgender.

Also ein oder eine oder wie die Sprache sich dahingehend verhalten muss, das wird vielleicht in der Zukunft noch definiert werden, Transgenderperson. Wie wir diesen Sachverhalt formulieren, das wird sich noch heraus stellen.

Transgender ist aber auf jeden Fall in dieser Weise auch ein Hauptwort. Ein Substantiv. Genau.

So. Jetzt müssen wir aber folgendes unterscheiden:

Es gibt den ‚Transmann' und die ‚Transfrau'.

Hier geht es um die Geschlechtsidentität.

Ein *Transmann* ist ein Mensch, bei dem die Hebamme sagt, bei der Geburt:

„Oh, ein Mädchen!"

Ist dieser Mensch dann etwas älter, so etwa um die sieben, neun oder elf Jahre, sagt er von sich:

„Das ist nicht richtig. Ich bin kein Mädchen. Ich fühle mich wie ein Junge. Ich bin ein Junge!" Beziehungsweise später dann ein Mann. Hier sprechen wir dann von einem Transmann. Wenn die Person erwachsen ist. Ganz klassisch, verstehen Sie?

Bei einer *Transfrau* verhält es sich entsprechend umgekehrt:

Bei der Geburt wirt festgestellt:

„Ein Junge," und ins Geburtsregister wird der Geburtseintrag ‚männlich' vermerkt.

Dann, nach einiger Zeit, das kann durchaus auch im Erwachsenenalter sein, kommt diese Person zu dem Schluss:

„Hey, Leute! Also ich will euch jetzt mal was sagen! Ich bin kein Junge gewesen. Oder vielleicht war ich mal einer, als ich ganz klein war. Aber jetzt – und da bin ich mir ganz sicher – bin ich eine Frau! Auf jeden Fall!"

So erging es beispielsweise der Ex – Kölnerin Helma Katrin Alter, die über ihr Leben ein Buch geschrieben hat.

Sie gründete die DGTI, die Deutsche Gesellschaft für Transidentität und Intersexualität e. V..

Damit hat sie vielen Menschen geholfen, den mutigen Schritt zu wagen, der Öffentlichkeit zu zeigen, was sich in ihrem Wesen abspielt.

Innere Zustände und Angelegenheiten immer verbergen zu müssen, ist ganz ungesund.

Leute, die sich von so viel Mut abgestoßen fühlen, haben nur Angst vor sich selbst.

Und übrigens, der Autor dieses Buches, was Sie da gerade in den Händen halten, der ist ja ein Transmann. Er hat damals auch die Hilfe der DGTI in Anspruch genommen und dankt heute hiermit Helma Katrin Alter besonders für die herzliche und große Hilfe!!

Das war, als man ihn aufgrund seiner Transsexualität aus dem Lehrerberuf ausschloss. Erst sagten die Amtleute, es sei nicht wegen der Transsexualität, denn offiziell darf niemand wegen seiner Geschlechtsidentität aus dem Beruf ausgeschlossen werden. Das wäre Diskriminierung und ist offiziell in Deutschland verboten.

Offiziell.

Der Herr Arlington hat aber nach Jahren von einer Beamtin erfahren, dass „natürlich Transsexuelle als Lehrer abgelehnt werden, weil sie nicht dem herkömmlichen Rollenbild entsprechen."

Da war der Herr Arlington ganz schön durcheinander, als er das ins Gesicht gesagt bekam.

Der war sprachlos.

Tja, Herr Doktor Watson, ich hoffe, das sind Sie jetzt nicht auch! Es ist ganz schön kompliziert heutzutage mit dem Thema Geschlechtervielfalt, nichtwahr?

Und das finde ich auch gut so, dass die Menschen endlich aus sich raus kommen.

Es gibt nie nur Schwarz oder Weiß, Gut oder Böse, Groß oder Klein, Teuer oder Billig, Hoch oder Tief.

Da liegt noch so viel dazwischen im Leben. Das Leben ist echt vielseitiger, als nur zwei Optionen zu haben.

Genau so ist es in Wahrheit eben auch mit dem Geschlecht.

Es gibt nicht nur Mann und Frau. Noch da, Herr Doktor?"

„Na klar! Keine Sorge. Ich konnte Ihnen folgen!"

„Gut. Dann gibt es abschließend noch zu sagen, dass es neben transgender noch weitere Identitätskonzepte außerhalb der Norm der Zweigeschlechtlichkeit gibt.

Dies sind nichtbinäre, genderqueere Geschlechtsidentitäten wie

- genderfluid
- bigender
- pangender
- genderneutral.

Das Gegenteil von „transgender" ist „Cisgender". Cisgender kommt von lateinisch „diesseits" als gegensätzliche Präposition zu „trans".

Gemeint sind Personen, deren Geschlecht, Geschlechtsidentität und Geschlechtsausdruck mit dem Geschlecht übereinstimmt, dem sie bei der Geburt zugewiesen wurden.

Da zähle ich mich selbst auch hinzu.

Im Moment jedenfalls. Wer weiß, was noch kommt?!", fragte sich Rebecca, streckte sich und lachte.

„Ja, das war ja ein interessanter Vortrag, Frau Rebecca. Ich glaube, momentan empfinde ich mich auch als ‚cisgender'.

Cool. Ich wusste bis dato gar nicht, dass ich cisgender bin!

Also dann, Rebecca. Bis bald. Was ist übrigens mit Ihrer Freundin Larissa?"

„Tja, da ist es trügerisch ruhig in der Küche. Eben war kurz 'n Riesenlärm. Aber nur kurz. Dann war Stille. Das ist nicht gut. Ich geh' jetzt mal nachsehen, Herr Doktor. Und wenn ich wieder Ihre Hilfe brauche,"

„Dann rufen Sie mich an," beendet Watson den Satz von Rebecca.

„Auf Wiederhören. Es war mir eine Freude!"

„Wiedersehen, Doktor. Bis dann!"

Beide legten auf. Rebecca den Hörer ihres Tastentelefons. Watson den Hörer seines mehr als 45 Jahre alten Wählscheibentelefons. Und dennoch konnten sie sich verstehen.
Ganz ohne Handy.
Und das Gespräch war gar nicht langweilig.
Wie würde Armin Maiwald, der Sprecher der Sendung mit der Maus jetzt sagen?

„Klingt komisch, ist aber so!"

Der Club der toten Dichter

Geheimnis des Glaubens: Im Tod ist das Leben!

So heißt es in einem katholischen Kirchenlied.

Was ist damit gemeint?

Was ist der Tod überhaupt?

Dieser Frage widmen sich viele junge Menschen in der Zeit ihrer Pubertät.
Sie gehen dieser Frage oft eher unbewusst nach.
In der Schule beschäftigt sich der Unterricht oft in der Zeit der Sekundarstufe I oder auch „Mittelstufe" mit der Frage nach dem Tod beziehungsweise der Auseinandersetzung mit dem Phänomen der Vergänglichkeit.

Dieses gilt weithin als allgemeingültig und war bisher nicht von der Hand zu weisen.

Buddhistische Schriften sprechen oft von den drei Daseinsmerkmalen des Lebens. Das Leben sei:

- leidvoll
- substanzlos und
- vergänglich,

heißt es dort.

Gemeint ist das irdische, materielle Dasein.

Dass es noch eine weitere Form des Daseins gibt, nämlich eine spirituelle Form, wird von vielen Menschen belächelt oder für verrückt gehalten.
Auch in ganz alten Glaubenstraditionen ist die Rede von einer Form des Daseins, die unsere irdische Existenz überdauert und transzendiert.

Mit dem Fachbegriff „Esoterik" sind die Lehren der sogenannten „inneren Zirkel" gemeint. Hierbei handelt es sich um Geheimlehren, die in früherer Zeit nur besonderen Leuten vorbehalten waren, wie Königen, Kaisern, Magiern oder Erleuchteten.

Ob es diese Leute gibt oder gab, wie auch immer, diesen Menschen waren solche Geheimlehren vorbehalten und daher nannte man sie eben Geheimlehren.
Oder anders ausgedrückt: Esoterik.

Daran ist überhaupt nichts Sonderbares oder Verrücktes.

Diese Dinge wurden allgemein von der normalen Durchschnittsbevölkerung nicht gut verstanden.

Nach einer Zeit, als die breite Öffentlichkeit das Lesen erlernte, was noch gar nicht so lange her ist und etwa in die Lebenszeit eines Konrad Duden fällt, gab es auch mehr Universitäten und Bildungsstätten überhaupt in Deutschland, Europa und der Welt.
Somit weitete sich auch die Gruppe derer beträchtlich aus, welche an diesen Geheimlehren interessiert war.
Eine dieser geheimen Lehren ist die Behauptung, dass es zwei Formen von Dasein gibt, eine grobstoffliche und eine feinstoffliche Form.

Für eben jene Dinge interessierten sich nun drei junge Leute im Alter zwischen 13 und 15 Jahren.
Sie hießen Quarcilla, Julius und Richard.
Vielleicht waren sie nicht die drei Weisen aus dem Morgenland, aber sie kamen mit reinem Herzen. Und sie hatten eine geheime Vereinigung gegründet: Das Filmteam Sent-Severin.
Eines Abends klingelten sie bei Luke Arlington in seiner neuen Wohnung in Düsseldorf Hamm.
Sie hatten gehört vom Interesse des Schriftstellers an eben diesen sonderbaren Dingen.

Der Autodidakt Luke Arlington, welcher sich das Bücherschreiben selbst beigebracht hatte, sowie das Dhamma, die Lehre des Buddha aus einer Hand voll praktischer Meditationsanweisungen und dem dreijährigen Studium religiöser Schriften, hatte den Dreien bereits heißen Kakao und leckeres Gebäck bereitgestellt, denn sie kamen nicht unangemeldet.

Alle trugen Masken und hielten in korrekter Weise den notwendigen Abstand ein.

Etwas unsicher zogen sich die drei jungen Leute am Eingang der Wohnung des Gastgebers ihre Straßenschuhe aus, stellten sie auf ein dafür vorgesehenes Holzbänkchen und zogen sich ihre Hausschuhe an, die sie extra für den Besuch mitgebracht hatten.

So war es mit dem Eigentümer der Wohnung abgesprochen.

„Schön, dass Ihr da seid. Ich hoffe, Ihr hattet einen guten Weg hierher."

„Ja. Mit der Bahn. War okay", antwortete Julius, der oft als erster eine Antwort fand.

„Sollen wir uns setzen?", fragte Quarcilla.

„Ja, wäre schön, oder wollt ihr mir ein Martinslied singen?", konterte Luke grinsend.

„Nein," gab Richard zurück und lächelte.

Gut.

Der Schriftsteller zündete einige Kerzen an und schaltete das elektrische Licht aus.

„Es ist jetzt so, wie damals, als sich die Geschichte zugetragen hat, die ich euch aus diesem Buch hier vorlesen möchte.

Die Handlung spielt im alten Indien vor sehr langer Zeit, vielleicht vor etwa viertausend Jahren. Lange Zeit wurde diese Erzählung rein mündlich weitergegeben, bis sie so etwa um 1000 vor Christi Geburt niedergeschrieben wurde.

Damals saßen die Schüler oder Schülerinnen mit einem Lehrer an einem Bach. Es handelte sich nicht um Johann Sebastian Bach, sondern einem Zufluss des Kaveri vielleicht, der verläuft quer durch Indien und fließt häufig durch dicht bewaldetes Gebiet, auch damals schon.

Es war dunkel, später Abend. Da war es warm, nicht so kalt wie hier in Deutschland zu dieser Zeit. Und es brannten einige Öllichter. Sonst gab es kaum Licht. Die Sterne leuchteten durch das dichte Laub der Bäume.

Die Kids tranken vom heißen Kakao und ihre Augen begannen zu leuchten, als sie sich aufwärmten und das köstliche Getränk schmeckten.

Also gab es doch noch etwas Licht.

So. Und nun geht es los.

„Bereit?", fragte Luke Arlington.

„Ja!", antworteten die Drei wie aus einem Munde.

„Die Katha – Upanischad", begann Arlington zu lesen.

„Es war einmal ein junger Inder, der war ein Teenager namens Nachiketa. Er hatte echt Stress mit seinem Vater, denn der Vater wollte sich im Jenseins Ruhm sichern und seinen ganzen Besitz verbrennen um seine schlechten Taten zu läutern.

Nachdem der Junge seinen Vater mehrere Male gefragt hatte, ob der wirklich daran glaube, dass man ein gutes Karma bekommt, wenn man alte Kühe, viele alte Bücher, seine treuen Diener und ein paar gammelige Teppiche verbrenne, wurde der Vater zornig.

Er rief Nachiketa zu, dass er ihn, seinen Sohn, mit verbrennen lassen würde. Er würde auch ihn opfern, wenn der nicht ruhig sei.

Nachiketa war nicht ruhig.

Und er machte sich auf den Weg, um herauszufinden, was es mit dem Tod auf sich hatte, vor dem alle sich so sehr fürchteten.

Klar war bisher noch kein Wesen je zurück gekommen, aber vielleicht war Nachiketa einfach nicht wachsam genug, um zu beobachten, ob nicht doch einer wiedergekommen war und sich befreit hat aus den Klauen des Todes.

Um das heraus zu finden, ging er, um Yama, den König des Todes, selbst zu fragen.

Drei Tage wartete Nachiketa vor dessen Hütte, denn der König war nicht da.

Als er wieder kam, entschuldigte er sich bei Nachiketa, denn er erkannte sofort dessen Aufrichtigkeit und Wahrheitsliebe.

Nachiketa möge ihm für jeden Tag, den er gewartet hatte, einen Wunsch nennen, den er ihm erfüllen werde.

Nichts will ich, außer das Geheimnis des Todes zu kennen.

Das erstaunte Yama und er schlug dem Jungen vor, dass er sich doch lieber viele hübsche Mädchen, großen Reichtum oder eine sexy Figur wünschen solle. Und schnelle Autos!

Nix da, sagte Nachiketa, mit solchen faulen Kompromissen gebe ich mich nicht zufrieden. Mädchen sind launig und laufen bald weg, großer Reichtum macht müde und eine sexy Figur muss man immer trainieren, die hält einige Jahre, dann setzt der Alterungsprozess ein, nein, da sei nichts zu machen, er wolle von Yama nur das Geheimnis des Todes erfahren, weiter nichts.

Du kannst alles von mir haben, nur verlange nicht dieses Geheimnis von mir, bat Yama.

Doch, entgegnete Nachiketa.

Quarcilla, Julius und Richard nahmen noch Kakao, dann hörten sie weiter gespannt zu. Vom Vater geopfert werden. Voll krass. Außerdem waren sie ebenfalls Teenager, wie Nachiketa.

Cool. Weiter geht's.

Yama merkte nun die Hartnäckigkeit des Jungen und erzählte ihm das Geheimnis des Todes.

Wenn der Körper stirbt, stirbt nicht die Seele, beziehungsweise der Geist.

Ist das alles?

Ja, im Grunde schon.
Vom Herzen gehen 101 Lebenslinien aus. Eine führt direkt zum Kopf, die zeigt zum Licht und bringt das Leben. Alle anderen bringen den Tod.

Wie das gemeint sei, wollte die Sent-Severin-Bande wissen.

Das Geheimnis liegt in der Lehre des Yoga. Es waren einmal drei Geschwister, Ida, Pingala und Sushumna. Sushumna wird als Einzige überleben.

Dies jedoch versteht nur, wer seine Wünsche, seinen Geist und seinen Willen vollkommen zur Ruhe bringen kann. Denn nur in der Stille liegt die Erfüllung. In der Ruhe liegt die Kraft.
Alles Weitere ist nur Auslegung, erklärte Yama.

Im Herzen gibt es eine Kammer. Das ist die Kammer des Lichts. Sie ist daumengroß und liegt an einem Ort, an dem niemals Tageslicht hinein gelangt, weder der Mond, noch die Sterne, nicht einmal die Strahlen der Sonne gelangen dort hinein. Auch wenn ein Mensch stirbt und man in das Herz hinein schaut, kann man dieses Licht nicht sehen.
Dennoch kann es von dort aus heller werden, als alles Licht der Welt. Es gehe darum, in dieser Dunkelheit Licht anzuzünden. Ein Feuer ohne Rauch.

Dieses Licht in der Mitte des Herzens ist das Geheimnis.

Als Nachiketa alles verstanden hatte, wurde er von Yama in der Kunst unterwiesen, auch in der Praxis, im wahren Leben immer im Licht zu sein und das heilige Feuer zu entzünden in seinem Herzen, was von nun an Nachiketas Name tragen solle.
So nannte Yama das heilige Feuer das Nachiketa-Feuer.

Diese Geschichte ist nicht mit dem Intellekt zu verstehen, erklärte Luke Arlington seinen drei Gästen und goss ihnen noch den Rest Kakao ein.

Sie schwiegen. Alles war etwas schwierig zu verstehen.

„Haben Sie diese Geschichte erfunden?", erkundigte sich Julius nach einer Weile.

„Nein. Es ist die Katha-Upanischad, eine alte indische Erzählung aus den Upanischaden," erläuterte Luke Arlington.

„Die finden wir sicher in der Stadtbibliothek," erkannte Quarcilla, die sehr praktisch veranlagt war.

„Ihr könnt mal gemeinsam zur Stadtbibliothek und dort nachfragen. Das macht sicher Spaß," sagte der Gastgeber.

„Ja," gab Richard zurück und lächelte.

Draußen war es längst dunkel. Ähnlich wie die heiligen drei Könige gingen die zwei Könige und die eine Königin nach Hause. Luke Arlington aber setzte sich und schrieb noch ein Kapitelchen über seine Oma. Bei Kaffee, versteht sich. Das ging so:

„Meine Oma hat Glück.

Meine Oma hat echt Glück, denn sie hat jemanden, der sich an sie erinnert. Und zwar mich, meine Mutter und den Sohn der Freundin meiner Mutter. Die Freundin meiner Mutter hat Demenz. Sie erkennt niemanden mehr, nicht einmal ihren eigenen Sohn. Dafür habe ich beobachtet, wie sie die Hand eines Patienten nahm. Einfach so. Still. Sie kann spüren, wenn es jemandem nicht gut geht. Ihr Herz schlägt. Sie atmet. Sie denkt kaum, jedenfalls anders, als die meisten Leute. Auch Mäuse, Ameisen und Pinguine überleben. Sie leben gut, auch mit einem relativ kleinen Gehirn. Und sie denken kaum.
Möglicherweise ist es an der Zeit, dass wir unsere Herzintelligenz erkennen. Empathie, Mitfreude, Mitgefühl und vollkommenes Verstehen sind alles Eigenschaften, die man mit dem Herzen vollbringt, nicht mit dem Kopf.
Möglicherweise wird unser Gehirn in seiner einmaligen Bedeutung ja völlig überbewertet und das Denken in Formen der Logik, Strategie und Analyse ist erst die Vorstufe zu etwas viel größerem, einer Welt von Wesen, die mit dem Herzen denken.
Man sieht nur mit dem Herzen gut. Das wusste schon Exupéry.
Und sein Buch „Der kleine Prinz" ist sicher schon einmal um die Welt gereist. Vielleicht hatte es ja sogar mal ein Astronaut mit auf der ISS, dann war es sogar im stationären Orbit.
Ich erinnere mich an meine Seelenstationen. Ich erinnere mich an meine Namen. Menschen denken allzu oft nur in Schubladen. Mal angenommen, Bismarck und Napoleon sind eine Seele. Können Sie sich das vorstellen?
Forscher gibt's, die beschäftigen sich mit voller Inbrunst mit dem Leben des Königs Leonidas von Sparta. Andere erforschen Karl den Großen. Wieder andere widmen sich der Vita Alexanders des Großen. Manche erkunden das Leben des Achilles, des Sohnes des Peleus. Wer aber erkennt, dass alle Vier die selbe Seele haben? Wer erkennt, dass Nachiketa, Buddha, Jesus und Mohammed die selbe Seele haben?
Ich, Maitreya, weiß es, denn es ist meine Seele."

Schubladendenken

Der Schriftsteller zog neue Tinte in seinem Füllfederhalter auf und schrieb weiter. Am liebsten schrieb er mit einem Füller, denn dieser Stift gleitet so mühelos über die Seiten, dass es dir ist, als ob du direkt mit deinem Geist schreibst und nicht mit deiner Hand oder einem Schreibgerät.

Manchmal bekam Arlington das Tintenfass nicht auf.

Das dauerte sechs Tage.

Dann, am siebten Tag, war er endlich in der Lage, das Fass auf zu bekommen, indem er es unter warmes Wasser hielt.

So ließ es sich mühelos öffnen.

Und er schrieb: „Schubladendenken ist nicht schlimm. Wir alle mussten erst in die Absonderung gehen, in die sogenannte Sünde, um wieder zusammen zu finden und uns zu einen, uns zu heilen.

Auch ich, der Herr Luke Arlington, bin oder zumindest war ja mal eine Frau.

Denn ich bin als Frau geboren, als Sabrina Arlington.

Wer als Frau geboren wird, könnte sich ab und zu in der Situation wieder finden, dass sie mal beim Frauenarzt in der Praxis sitzt. Die Frau hat beispielsweise Schmerzen im Unterleib und benötigt die Hilfe des Experten.

Sie ist Patientin beim Gynäkologen.

Oder bei der Gynäkologin.

Sie wundert sich, dass es für jeden Körperteil einen bestimmten Doktor gibt, denn eine Frau besteht ja nicht nur aus ihren Geschlechtsmerkmalen.

Es gibt also Ärzte für Frauenheilkunde. Ärzte für Männerheilkunde.

Dann gibt es Ärzte für bestimmte Krankheitsbilder und Ärzte für Alte. Die meisten Menschen finden das normal.

Ist auch logisch, weil sie gewöhnt sind, unser Dasein, alle Phänomene, alles, was ihnen begegnet, in Kategorien zu sortieren.

Ich habe begriffen: Das ist nicht böse gemeint. Die meisten Leute denken eben so.

Sie nehmen ihr Leben und ihre Umgebung durch diese „Brille von Kategorien", durch diese „Schubladenbrille" wahr.

Die meisten Menschen haben Schubladendenken und merken es selbst gar nicht.

So ist das auch in der Medizin und deshalb muss ich zu zwanzig Ärzten rennen, um ganz gesund zu werden, weil es ja für jedes Organ mindestens eine Fachrichtung gibt.

Klar. Es gibt Gott oder Allah oder Jahwe sei Dank oder zum Glück auch Ärzte für Allgemeinmedizin. Und Humanmedizin.

Seht mal, sogar bei unseren Göttern denken wir in Schubladen. Wir sprechen von Allah, Jahwe oder Gott, anstatt zu erkennen, dass sie alle EINE Manifestation unserer innigsten und höchsten Wünsche, Absichten und Ziele sind und deren Abspaltung die Manifestation unserer tiefsten Ängste und einsamsten Empfindungen wie Hass, Missgunst und Eifersucht. Das nennen wir dann Teufel, Mara oder Asasel.

Hermes Trismegistos erklärte uns, dass die Lebensgesetze sich im Kleinen ebenso äußern wie im Großen und so gibt es ebenso Formen der Heilung und der Gnade im Großen, wie die Vorstellung von dem EINEN Gott, der EINEN Göttin, die Allah, Jahwe und Gott zugleich ist auf der Erde für uns Menschen auch Formen der Heilung und der Gnade wie die EINE Medizin. Es gibt die Humanmedizin.

Aber betrachtet dieser Humanmediziner einen Menschen als Gesamtkunstwerk?

Hört er sich das Gesamtorchester an, oder lauscht er, wenn das Orchester schief spielt, nur den Pauken, hört nur, was die Oboe spielt oder konzentriert sich darauf, wie das Cello klingt?

Er hört natürlich nicht alle gleichzeitig, sondern ein Instrument nach dem anderen. Oder wie Joey so schön zu Emy sagt:

„Komm, jetzt sei nicht so. Einer auf die einer auf die einer auf die andere. Bitte, bitte! Nein, jetzt mach! Wenn du länger dauerst, brauche ich auch länger!"

Joey hat Recht. Eins nach dem anderen.

Dennoch ist es wichtig, dass wir das Werk als Gesamtkunst betrachten.

Jahwe, Gott und Allah sind EINS.

Türken, Polen, Russen, Amerikaner und alle weiteren sind EINS, auch wenn wir a bisserl verschieden aussehen und in verschiedenen Nationalstaaten leben, was auch gut ist, denn jede Seele lebt in einem Körper und kann so ein Bewusstsein ihrer Selbst bekommen. Jede Nation lebt auf ihrem Fleckchen Erde und kann so ein Nationalbewusstsein bekommen, das ist auch ein Bewusstsein ihrer Selbst, das ist die Volksseele.

Jeder darf für sich selbst die wichtigste Rolle spielen, denn wenn jeder an sich selbst denkt, wird niemand vergessen. Also sorgt für euch selbst und habt Frieden im Land und mit den Nachbarn!

Wir sollten endlich so weit sein und in Harmonie miteinander leben.

Ich liebe mich selbst aber lasse dem Anderen auch sein Recht, dies selbst zu tun.

Ein Dirigent dirigiert ja auch das ganze Orchester auf einmal und achtet auf den Gesamtklang, auf die Harmonie der einzelnen Instrumente untereinander.

Er hat sie alle im Blick.

Er nimmt jedes einzelne Instrument wahr.

Er erfasst auch die Töne, die nicht gespielt werden.

Und indem er eben diese ganzheitliche Wahrnehmung seines gesamten Orchesters hat, schafft er es auch, dass das Stück am Ende, also nach der Probe, schön und harmonisch klingt.

Ein gut klingendes Stück schaffst du nur mit einem vollkommen intakten Orchester.

Eine friedliche Welt kommt von in sich gefestigten Staaten.

So, wie ich nun die Arbeitsweise des Dirigenten erläutert habe in Bezug auf die Art, wie er an das Orchester und an das Stück, ein Musikstück, nehmen wir mal die Moldau von Friedrich Smetana, heran geht, so sollte, nach meiner Auffassung, ein guter Arzt arbeiten.

Das Orchester ist der Körper mit all seinen Organen und Funktionen, also unsere menschliche Anatomie und Physiologie.

Für Veterinärmediziner gilt dies natürlich entsprechend seiner Arbeitsweise auch.

So und das Stück, das gut klingen soll ist ein Beispiel für unsere Gesundheit.

Nicht nur Schmerzfreiheit und Freiheit von Krankheiten.

Ein gesunder Organismus – was ist das?

Was ist Gesundheit?

Ein gesunder Mensch fühlt sich frisch, kraftvoll und dynamisch, weiß sich selbst zu beherrschen und ist voller Selbstvertrauen. Er ist in der Lage, verantwortungsvoll mit sich und seiner Umwelt umzugehen und ist eine Person, der man vertrauen kann.

Diese Person ist heil und bringt Heil.

Das ist so, weil sie sich selbst achtet und gut mit sich selbst umgeht, sich selbst beschützt und mit sich selbst wie mit einem Gesamtkunstwerk umgeht.

Diese Person liebt sich selbst und ihre Umwelt gleichermaßen.

Die gesunde Person ist eine Person, die sich selbst wertschätzt.

Wäre es nicht besser, den Menschen als Gesamtkunstwerk zu betrachten in dem Gesamtgefüge, in dem er sich bewegt?

Wir sind ja nicht nur 'ne Wanne Wasser, 'ne Tasse Kalk, 'n bisschen Magnesium, 'n Eierbecher voll Eisen, 'n bisschen Kalium, 'ne Prise Kalzium und 'n paar Spurenelemente.

Wir essen ja auch den fertigen Kuchen und nicht etwa seine losen Bestandteile.

Wenn wir den Menschen auch in der Medizin ganzheitlich betrachten, werden wir feststellen, dass Gesundheit und Krankheit beide aus dem Menschen kommen und dass speziell Gesundheit nichts ist, was von außen in den Menschen hinein gelangen kann.

Der Körper hat bei allen Menschen die Funktion des Sprachrohrs der Seele. Nur wir erkennen es nicht.

Rüdiger Dahlke hat Recht, wenn er sagt, Krankheit sei die Sprache der Seele. Mit dem Ort der Krankheit weist unser Körper uns hin auf Aufgaben, die unsere Seele noch zu lösen hat.

Wenn wir unsere Symptome nur als lästig betrachten, nicht als Index, ans Anzeiger und Hinweis für innere, seelische Aufgabestellungen, werden wir immer wieder vor den gleichen Problemen stehen. Schlimmer noch: Probleme, die wir ignorieren, werden größer.

Krankheiten sind wie unser Karma.

Unser Karma ist unser Wille, es sind unsere Wünsche.

Es sind unsere Absichten und Ziele.

Es ist die Brille, durch die wir unsere Welt betrachten.

Wenn wir die Signale unseres Körpers missachten, werden sie immer wieder zu uns zurück kommen. Wenn wir lange nicht auf unseren Körper hören, kommen seine Signale in verstärktem Maße.

Selbst Krebs ist ein letzter, verzweifelter Heilprozess unseres Körpers.

Wenn wir nicht die Absicht haben, gesund zu sein, werden wir es auch nicht oder nicht einfach sein.

Karma ist auch unsere Absicht.

Buddha sagt: Es gibt vier Schätze, die er als einzig wertvoll erachtet.

Diese sind: Gesundheit, Zufriedenheit, Zuversicht und das Nirvana, letzteres nenne ich jetzt mal bedingungslose Freude.

Wer von uns kann schon von sich behaupten, einzig und allein diese vier Zustände zu wünschen?

Krankheit ist Karma.

Karma funktioniert wie ein Bumerang.

Unsere Krankheiten sind Hinweis für die Störfelder unserer Seele. Sie weisen uns auf die Bereiche hin, bei denen wir uns auf dem Weg zu unseren Zielen selbst im Weg stehen.

Wir könnten unsere Krankheiten nutzen, um an ihrer Botschaft zu wachsen. Sicher sollen wir auch unseren Körper heilen.

Optimal ist eine Herangehensweise an unsere Krankheiten, die einerseits Symptome als Hinweise für Disharmonien in unserem Leben nutzt und auf einer anderen Ebene die Hilfsmittel der Natur nutzt, um dem Körper bei seinem Heilprozess zu helfen.

Am besten heilt unser Körper in Ruhe und Stille und in einem dunklen Raum, wenn er wirklich krank ist, denn unsere Heilkräfte funktionieren am besten, wenn man sie bei ihrer Arbeit in Ruhe lässt und bei ihrer Tätigkeit nicht behindert.

Es ist wie im Schlaf.

Wenn wir wirklich ausgeschlafen sind, will sich unser Körper recken und strecken und wir fühlen uns frisch, erholt und ausgeruht.

Es ist notwendig, das Wesen von Krankheiten und den verschiedensten Symptomen zu verstehen.

Wenn wir Medizin in Schubladen denken, eliminieren wir nur Symptome und machen unseren Körper mundtot.

Unser Körper ist ein Kunstwerk. Sein Aufbau ist wunderschön und ist ein Abbild kosmischer, universeller Harmonie. Auch das, was wir als klinische Symptome oder Krankheit bezeichnen, sind alles Heil- und Reinigungsprozesse, Anstrengungen unseres Körpers, den Zustand der Gesundheit, der Funktionalität unseres Körpers und vor allem den korrekten, physiologischen Blut-pH-Wert wieder herzustellen. Akute Krankheit ist Heilung, ist Heilanstrengung, nichts weiter.

Je nachdem, wie gut wir auf die Signale unseres Körpers achten, müssen wir es erst gar nicht zu chronischen Regenerationsprozessen oder gar Notfällen kommen lassen.

Wenn wir beginnen, uns als ganzheitliche Wesen zu erkennen, die mehr sind als Milz, Lunge, Beine und Nieren zusammen, also mehr als die Summe ihrer Einzelteile, dann können wir von Gesundung, Heilung und Genesung sprechen.

Dann sind wir auf dem Weg, wirklich gesund zu werden!

Und dann werdet ihr vielleicht auch bald folgendes sehen, was ich euch jetzt erzählen werde.

Schubladendenken gilt nicht nur für Medizin.

Krankheit ist ein Heilversuch des Körpers, der immer und allein darauf ausgerichtet ist, sich zu reinigen, von Unrat, den wir hinein geschoben haben in unserer hektischen Überfluss- und Industriegesellschaft und sich selbst und alle seine Funktionen zu regulieren, zu reparieren und zu heilen.

Ebenso verhält es sich mit einem Staat, in dem sogar Terroristen und Attentäter nur einen letzten ohnmächtigen Versuch darstellen, etwas erreichen zu wollen, von dem sie glauben, dass ihnen ihr Staat dies nicht geben kann.

Leider werden wir im Westen eher zu Gier als zu Güte erzogen und daher nehmen die Leute fälschlicherweise an, der Staat, in dem sie leben, müsse ihnen alle Wünsche erfüllen.

Ein Staat, der seinen Menschen keinen inneren und äußeren stabilen Frieden geben kann, ist krank.

Auch an dieser Stelle muss sich ein Staat innerlich heilen.

Es ist ähnlich wie in der Medizin und bei dem soeben beschriebenen Orchester.

Schubladendenken ist offenbar normal, es gehört zu der dualistischen Lebensweise, die wir führen, einfach dazu, wie der Auspuff zum Verbrennermotor.

Das Wort Orchester erinnert mich an das Musikstück „die Moldau", an meine Kindheit und meine Zeit im Kindergarten.

Nein, ich bin kein Mozart, der im Kindergarten schon ein Instrument super gut spielen konnte.

Aber im Kindergarten haben wir dennoch viel gespielt, beispielsweise das Spiel „Die Reise nach Jerusalem". Es ist eigentlich sehr gemein.

Es geht wohl darum, die Kinder zu lehren:

„Wer zuerst kommt, malt zuerst".

Oder „Ich bin mir selbst der Nächste und alle anderen Kinder sind mir egal".

Als ich sagte, ich möchte nicht mit spielen, einer Freundin meinen Platz anbot und aus dem Kreis ging, wurde ich von Fräulein K., meiner Erzieherin in Düsseldorf-Hamm ausgelacht, die uns Kinder immer bat, „schlankes Fräulein K." zu ihr zu sagen.

Klar, das war 1978 und da galten junge Erzieherinnen die offenbar unverheiratet waren noch als Fräulein.

Wie sich die Zeit geändert hat.

Naja ich jedenfalls, als ich allein im Garten des Kindergartens zwischen den Büschen mit einigen Ästchen und Kastanien spielte, erinnerte mich immer an diese Worte: Reise nach Jerusalem.

Reise nach Jerusalem.
Tief verankert war dies in meinem Bewusstsein.
Und so erinnerte ich mich daran, als ich noch Sabrina genannt wurde und nicht Luke, dass ich mal nach Jerusalem gereist war.
Vor langer Zeit.

Ich saß in Versunkenheit also wie beim Meditieren in einem Raum. Ich war allein. Und ich war ein junger Mann. Mein Name war Mohammed. Und auf einmal war mir, als trüge mich ein weißes Pferd nach Jerusalem.
Ich traf dort Jesus und mir war, als erinnerte ich mich einfach nur an ein anderes, altes Leben. Ich selbst, Mohammed, der dort allein in diesem Raum meditierte, war einst Jesus von Nazareth.
Das habe ich bisher niemals irgend jemandem gesagt.
Ihr seid die Ersten, die es von mir erfahren.

Als ich den Eindruck hatte, mit Jesus gesprochen zu haben, traf ich auch Elija und Metatron, den Angesichtsengel.
Was bedeutet das: Angesichtsengel?
Es heißt, dass da eine Person ist, die sich selbst in Gott erkennt. Es heißt, dass da eine Person ist, die Gott in sich selbst erkennt. Und in ihrem Nächsten und in allen Menschen, Pflanzen, Tieren, Steinen, in der Luft, den Flüssen, Meeren und Seen und so weiter.
So einfach ist das.
Und ich erkannte: Ich, Jakob, hatte die Kabbalah gesehen in meinem Inneren, mit meinem inneren Auge in meinem Herzen!
Ich hatte sie in meinem Herzen gesehen, habe mit dem Herzen geschaut! Das ist das Vermächtnis unseres Herzens: Unsere Erinnerungen!
Ich war einst Jakob, Sohn des Isaak, ich war auch David, Vater des Salomon.
Ich bin und war der Schöpfer aller Konfessionsreligionen.
So einfach ist das.

Also sind alle drei Konfessionsreligionen Eins.

Sie sind eine Einheit.

Und weil ich der Buddha war, welcher den größten Teil seiner Erkenntnisse aus dem heiligen Kulturgut seiner hinduistisch geprägten brahmanischen Herkunft hat, sind alle fünf Weltreligionen Eins!

Klasse, Herr Hans Küng, sie haben 1990 mit ihrem Buch „Die Weltreligionen als Herausforderung" mir mein eigenes, persönliches Rätsel aufgegeben.

Ich erkannte sofort, dass etwas komisch ist an diesem Buch.

Da hatte ich die Geschichten aller Religionsgründer auf Einmal vor Augen und erkannte recht bald, dass alles im Grunde eine einzige Geschichte ist!

Es ist *eine* Seelenreise!

Jakob ist wiedergeboren worden als David.

Buddha ist die Reinkarnation von beispielsweise Nachiketa, von Jakob und David. Buddha wurde wiedergeboren als Jesus und Mohammed. Alles ist Eins. Alles ist eine Einheit. Ungetrennt.

Und so wie es ist, ist alles heil!

Und die meisten Menschen erkennen das nicht, weil sie in Schubladen denken. Beziehungsweise in Religionen.

Das ist aber nicht schlimm, denn ich würde einen Viertklässler ja auch nicht nach einer Abituraufgabe fragen. Einen Gärtnerlehrling im ersten Lehrjahr lasse ich keinen ganzen Park planen. Oder einen Hofgarten.

Einen Medizinstudenten im ersten Semester frage ich auch nicht, ob er eine hoch komplizierte Operationsmethode am offenen Herzen durchführen kann.

Wie Mercedes Miranda so schön sagt:

Wir müssen den Satz ablegen:

„Irren ist menschlich".

Sie sagt:

„Irren ist unmenschlich".

Im Jahr 1994 glaube ich, war es, in einem Inter Regio von Düsseldorf nach Köln Hauptbahnhof, da traf ich Mercedes Miranda in dem Zug. Sie reiste in Begleitung eines jungen Mannes, der eine wunderschöne Jacke trug. Oder einen Poncho.

Ich lächelte intuitiv und um mein Lächeln zu erklären, sprach ich die beiden auf Spanisch darauf an.

Nach einer angeregten, freundlichen Unterhaltung schenkten sie mir ein Buch mit dem Titel „Die Welt bittet um Liebe".

Ich nahm es dankbar an.

Äußerlich dankte ich.

Innerlich sagte ich mir:

„Liebe ist was für Tussis und für Weicheier".

Wer liebt ist dumm, denn er wird verletzt und ausgenutzt.

So dachte ich bei mir. So empfand ich in meinem Herzen.

Mittlerweile habe ich aber die Liebe erprobt und sie ist oft so schwer, sie schmerzt, sie ist harte Arbeit und immer wieder Arbeit und Arbeit und Arbeit, wenn du von Menschen verletzt, ignoriert, abgelehnt, gemobbt und gehänselt wirst und hast dir selbst zur Aufgabe gemacht, das mal einfach auszuprobieren, mal einfach diesen Weg zu gehen.

Versuche, zu lieben und noch mal zu lieben und bis zum bitteren Ende und weit und weiter und weiter und immer noch darüber hinaus zu lieben, sie in dcin Herz zu lassen auch wenn sie sich wie verrückte Kinder und ungebremste Jugendliche in deinem Herzen darin aufführen und toben, schreien, schlagen, grölen und deine Ohren, Nerven, deine Haut, dein Gesicht, alles an dir und vor allem dein Herz immer wieder verletzen, dann muss deine Liebe, dann muss dein Glaube, dann muss deine Hoffnung, dein Vertrauen, deine Güte, dein Vergeben, dein Verzeihen und dein Durchhalten immer wieder so stark sein, dass du letztlich echt erkennst, dass die Liebe nicht nur etwas für Tussis ist und für Weicheier, sondern dass Liebe nicht einfach ist.

Ein Mensch, der wirklich liebt, muss über starke Nerven und wirklich viel Liebe, Ausdauer und Durchhaltevermögen verfügen. Er muss hartnäckig sein wie Cäsar in Gallien oder Karl bei den Sachsen.

Und er muss an die Liebe glauben, wie auch Cäsar und Karl an ihren Sieg geglaubt haben. Welch ein Glück ich doch habe," schrieb Luke Arlington weiter, „dass ich selbst Cäsar und Karl

der Große war und dass ich über all diese Erfahrungen und ü-
ber die Hartnäckigkeit und den Glauben an meinen Sieg
verfüge. Den Glauben an den Sieg der Liebe."
Luke legte sein Schreibgerät für einen Moment beiseite und
überlegte, ob es an diesem Winter schneien würde.

„Ich kann euch nämlich noch eine Geschichte erzählen",
schrieb der Autor aus Düsseldorf weiter.

„Es begab sich zu einer Zeit in Jerusalem oder in der Gegend
von Jerusalem, das ist weniger wichtig, da war ich so um die
zwölf und betete in einem Tempel.
Zum Beten brauchte ich Ruhe.
Naja, manche Leute brauchen eben bei allen möglichen Sachen Ruhe, ich brauchte beim Beten Ruhe. Wir hatten das
Pesschachfest im Tempel gefeiert und meine Eltern waren
schon wieder auf dem Heimweg, da hörte ich die Gelehrten im
Tempel reden. Ich ging zu ihnen und hörte zu. Bald stellte ich
einige Fragen aber die Männer beantworteten diese mit Gegen-
fragen und bald bekam ich den Eindruck, dass ich ihnen mehr
sagen konnte, als sie mir.
Erst war das für mich ein komisches, fremdes und seltsames
Gefühl, doch dies legte sich bald und ich bemerkte Selbstsi-
cherheit in meinem Herzen, beantwortete ihre Fragen mit
Leichtigkeit und fand innere Ruhe.
Meine Feier stand bevor. Ich sollte aufgenommen werden in die
Gemeinschaft der Gläubigen.
Da wirst du eine gute Rede halten, sagten die Gelehrten. Wir
werden auch da sein, wir freuen uns schon darauf.
Ja. So ging es mir auch. Auf einmal standen meine Eltern mit
meinen Geschwistern vor mir. Mama fragte mich, wo ich war.
Ich bin in dem, was meines Vaters ist, sagte ich und ging mit
ihnen nach Hause.
Ja, so war das. Damals war das Leben einfach. Bis zu einem
Punkt, nämlich dem, an dem es Unverständnis gibt.
Es gibt einiges, das ich an den Menschen heute zunächst nicht
verstehe, doch wenn ich es genau betrachte erkenne ich, dass
auch sie nur verwirrt sind und einen Irrweg eingeschlagen ha-

ben, den Weg der Angst beispielsweise, denn mit Plastikgeld und Chipkarte kannst du genau nachvollziehen, wo sich eine Person befindet. Mit Bargeld hast du keine direkte Kontrolle.

Warum ist den Leuten im Staat diese Kontrolle auf einmal wichtig? Jetzt wollen sie all unser Münzgeld in Plastikkarten verwandeln, und bis 1980 oder so, hat es auch ohne funktioniert? Sie kontrollieren uns doch sowieso, durch Steuerfunktionen in Apps, in euren Smartphones, Handys, mit Siri und Alexa und wie diese Dinge alle heißen.

Diese Menschen, die das beabsichtigen, wie fern sind sie von Gott?

Ist ihre Gier so groß, dass sie nur glücklich sind, wenn sie andere kontrollieren, beschatten, bespitzeln und gerade so weit ausnehmen können, dass die gutgläubigen Leute es nicht merken.

Ich aber sage Euch, Menschen, die so wenig bei sich selbst sind, die so sehr „im Außen" sind, sind selbst innerlich ganz klein, schwach und krank. Sie sind ängstlich, denn sie klammern sich verzweifelt an vergängliche Güter wie Luxus, Macht und Konsum. Sie werden sich selbst zugrunde richten.

Ich mache ihre Masche einfach nicht mit.

Ich habe kein Smartphone, kein Whatsapp, kein Instagramm oder wie sie alle heißen, telefoniere mit einem Wählscheibentelefon und zahle weiter mit Bargeld.

Und außerdem möchte ich die Deutsche Mark wieder haben.

Wenigstens als Inlandswährung, so ähnlich wie den Brandenburger in Brandenburg."

So schrieb Luke Arlington.

„Die Korruption hat sich als unfähig erwiesen, die Menschen glücklich zu machen," schreibt auch Mercedes Miranda.

Hier stimmt Luke Arlington zu.

„Der Kapitalismus frisst seine Kinder und wir müssen acht geben, dass wir neben dem Schrecken des Krieges auch den Schrecken des Wirtschaftswunders verarbeiten und diese Fehler von Krieg und Konsumismus vermeiden und ersetzen durch eine Gesellschaft für Achtsamkeit und Nachhaltiges Leben.

Mercedes Miranda hat Recht.
Die Welt bittet tatsächlich um Liebe.
Doch es ist möglich, dass sie selbst es nicht merkt.

Um uns selbst zu erkennen, wie wir sind, müssen wir Selbstwertgefühl haben.
Wir brauchen Selbstwertgefühl schon einfach dafür, um zu erkennen, was gute und was schlechte Einflüsse für uns sind.
Ich selbst merke täglich, dass ich darauf achte, dass mir warm genug ist, dass ich warme Füße habe, genügend ausschlafe und dann esse, wenn ich Hunger habe, nicht nur aus Appetit.
Das ist Selbstschutz.
Und Selbstbeherrschung.
Und die kommt aus Selbstwertgefühl.

Es ist schlimm, wenn eine Person kein Selbstwertgefühl hat.
Mindestens ebenso schlimm ist es nach meiner Auffassung, wenn ein Staat, ein Land oder ein Volk kein Selbstwertgefühl hat.

Eines Tages sitze ich nach einem harten Arbeitstag in der vollen Straßenbahn. Ich bin sehr erschöpft, habe Hunger und Durst, muss ganz nötig zur Toilette und bin sehr froh, wenn ich gleich endlich zu Haus bin und mir Reis aufsetzen, einen Wecker stellen und etwas ruhen kann.
Und zur Toilette kann. Vielleicht hat Gott doch einen Fehler gemacht? Er hätte dem Menschen eine etwas größere Blase geben sollen. Die Vesica Urinaria. Die Harnblase. Die meine ich.

In der Bahn ist schon seit ich eingestiegen bin eine Familie mit zwei Kindern oder drei, ob der junge Mann mit dem Baby auf dem Arm auch ein Kind der Frau ist, kann sein. Das Kind im Kinderwagen ist ruhig aber der kleine fröhlich dreinblickende Bengel, der von dem jungen Mann kräftig zum Spielen und Jauchzen animiert wird schreit und jubelt so laut – vor Freude – aber es stört mich und auch andere Fahrgäste dermaßen, dass sich die Leute schon nach den lauten Menschen umsehen.

Boh.

Ich will mich ja in Mitfreude üben.

Aber als der Kleine einen weiteren gellenden, irre lauten Ruf ausstößt, lasse ich meinen schweren Rucksack eben auf meinem Sitzplatz stehen, gehe zu der Familie hin, sehe den jungen Mann an und sage mit klarer und ruhiger Stimme:
„Junger Mann! Der Junge schreit und ruft so laut, dass es mich und viele andere Personen hier in der Bahn erheblich stört. Die Bahn ist kein Spielplatz. Wenn sie sich nicht zurückhalten können, nehmen Sie sich ein Taxi!".
Alles mit Maske natürlich.
Die hatten diese lauten Leute übrigens auch nicht an.
Nun setze ich mich wieder.
Eine Weile herrscht Stille. Zumindest aus der Richtung der soeben erwähnten Familie.
Wenig später taucht plötzlich der junge Mann neben mir auf, stellt sich vor mich hin und sagt mit wutverzerrter Miene und Ärger in der Stimme:

„Du bist ein Nazi! Geh nach Hause du Arschloch!"

Interessant.
Mag jeder darüber denken, was er will.
Außerdem bin ich zu Hause.
Ich musste plötzlich unter meiner Maske heftig grinsen, weil es ja auch hätte sein können, dass ich Jude war oder Moslem, oder ein guter Christ mit feinen Ohren oder Stress, auf jeden Fall kein Nazi.
Und was hat ein Nazi mit der Tatsache zu tun, dass diese Leute über die Maßen laut sind?
Nach wenigen Haltestellen steigen sie aus.

Ich bin nachdenklich geworden.
Ist jetzt etwa jeder Deutsche, der Menschen mit Migrationshintergrund, die freundlich von diesem Staat, in dem sie mit der

Bahn fahren, aufgenommen werden, eine Grenze aufzeigt, ein Nazi?

Muss ich mich von Menschen beleidigen lassen, denen ich freundlich Gastrecht bei mir zu Hause gewährt habe?
Wenn ich jemanden bei mir zu Hause zu einer Party einlade oder zum gemeinsamen Essen und der oder die fängt an, mich zu beleidigen, dann sage ich dem ja auch:
„Hör mal, ich habe dich eingeladen, damit wir gemütlich zusammen Speisen und eine schöne Zeit miteinander verbringen. Ich habe dich nicht eingeladen, damit du mich beschimpfst und an mir deine schlechte Laune oder deinen Ärger und deine Unzufriedenheit ablässt.
Wenn dir was nicht passt, dann sage es anständig. Dafür gibt es klare soziale Regeln.
Wenn du aber nur rumstänkern willst, fordere ich dich hiermit auf, meine Wohnung umgehend zu verlassen."
Und das meine ich dann ernst.

Bei aller Güte – ich muss mir nicht alles gefallen lassen.
Weder Plastikgeld „von oben", noch Leute, die sich nicht an allgemein gültige Regeln im öffentlichen Raum halten wollen.
Für diese beiden Phänomene fällt mir auch sofort eine gute und praktische Lösung ein: Den buddhistisch geprägten Staat in einer Gesellschaft für Achtsamkeit und Nachhaltiges Leben.

Eine neue Währung für Deutschland einerseits. Der Euro kann bleiben, wenn wir in der EU bleiben wollen.
Aber als Inlandswährung, die nur innerhalb der BRD Zahlungswert hat und die deutsche Wirtschaft stärken soll, gibt es Banknoten mit Symbolen ähnlich der Deutschen Mark, die aber über die heutigen Sicherheitsstandards verfügen und ebenso fälschungssicher sind wie der Euro beziehungsweise eine moderne Währung einer führenden europäischen Nation.
Möglicherweise zeigen wir einige Entwürfe später hier in diesem Buch.

Straßen - Sozialarbeiter als Unterstützung für Polizei und Ordnungsamt andererseits, die mit Freundlichkeit und Konsequenz Menschen die Gesellschaftsregeln von Ordnung, Disziplin ebenso wie soziale Fürsorge und Hilfe an öffentlichen Plätzen nahe bringen und die gleiche Verfügungsgewalt besitzen wie ein Polizist oder eine Person des Ordnungsamtes löst das zweite Problem. Sie sind Bindeglied zwischen dem Sozialamt und der Polizei beziehungsweise dem Ordnungsamt und arbeiten auf der Grundlage einer staatlich regulierten Ausbildung ähnlich der eines Streetworkers.

Gleichzeitig werden auf internationaler Ebene die Staaten und Nationen, in denen Chaos und Krieg herrschen, bei ihrer Selbstregulation zu innerem Frieden und einem gesunden, durch rechtlich geregelte Verwaltung geführten Staat unterstützt und begleitet, bis sie wieder Frieden sowie eine eigene Bildungsstruktur, Verwaltung, Wasserversorgung, Müllrecycling nach Braungart aus Hamburg und eine ökologisch-dynamische Agrarstruktur aufgebaut haben auf Grund welcher die Nation wieder von allein funktioniert und sich selbst stabilisiert.

Wenn es sich in Syrien und in den modernen Krisengebieten wieder gut leben lässt, weil Chaos und Leid gegangen, Korruption, Elend und Krieg gewichen sind und wenn wieder innerer Friede, Ruhe, Gesundheit und Stabilität eingekehrt sind, wird auch niemand mehr aus diesen Ländern in andere Länder fliehen wollen.

Auch hier hat nämlich Mercedes Miranda wieder Recht: Die Welt bittet wirklich um Liebe.

Jeder Mensch möchte am liebsten dauerhaft in Frieden zu Hause leben. Außer jene Wenigen, welche gern Weltreisen machen. Und wenn das wieder möglich ist für alle Menschen, haben wir auch die Flüchtlingskrise bewältigt: Win-Win-Lösung!

Möglicherweise benötigen wir in Deutschland einfach nur eine Prise mehr Selbstwertgefühl.

Wenn jeder an sich selber denkt, wird niemand vergessen."

Zufrieden mir seiner Niederschrift und glücklich darüber, zu wissen, wie man den Problemen der Welt mit Klarheit, Verständnis, Vertrauen, Vernunft und Konsequenz begegnen kann, zuversichtlich und glücklich, war der Autor dankbar für seine Gesundheit, die Wohnung und den Reis auf seinem Herd.

Der Reis war mittlerweile lecker aufgequollen, gar und hatte mit einem Stich Butter und einer Prise Kräutersalz herrlich begonnen zu duften!

Menschsein ist oft anstrengend. Daher will ich mir auch mal was Gutes gönnen, dachte Luke Arlington, während er vom olfaktorischen Reiz seiner Mahlzeit kostete.

Aber es ist auch nicht leicht, ein Gott zu sein.

„Medizin muss bitter schmecken! Sonst wirkt sie nicht!".

So heißt es in der „Feuerzangenbowle". Das mag auch sein. Aber ich muss och „jönne könne". Besonders mir selbst.

Dieser Duft! Klebereis mit etwas Salz!
Köstlich!
Herrlich!
Du sollst am besten mit allen Sinnen leben und den vollen Genuss des sinnlichen Daseins auskosten (damit du letztlich dessen Endlichkeit und Unbeständigkeit erfährst und erkennst, dass es leidvoll, substanzlos und unbeständig ist, wie der Buddha es uns erklärt), denn es ist eine Gnade Deines eigenen Daseins, die Du Dir selbst in die Wiege gelegt hast!

Das weiß auch schon die Kabbalah, die Lehre von der Gnade und der Strenge, die, auch wenn es nur in Form eines Hauchs – auf Hebräisch „Ruach" – oder einer Prise ist, bereits vor mehr als 4000 Jahren davon kündet, dass in jeder Situation, die uns in unserem Leben begegnet, gleichzeitig ein Anteil Gnade und eine Komponente der Herausforderung enthalten ist.

Das Institut für Coaching and Selfmanagement, kurz ICS, das sich in Düsseldorf – Derendorf befand, in dem der Autor zur Schule ging, verfügte ebenfalls über eine kleine Küche.

Luke Arlington nannte es scherzhaft immer das „Iesus Christ Society". ICS halt.

Auch dort hätte er essen können.

Aber hier zu Haus ist es doch am gemütlichsten, erkannte er zufrieden, während er achtsam und schweigend seine Mahlzeit genoss.

In Kontemplation.

In der Stille.

Rumi hat Recht, wenn er schreibt, dass Gott allein in der Stille zu finden ist.

Nicht umsonst habe ich in meinem Leben als Gaius Julius Cäsar und auch in der Zeit, als mein Name Karl war und ich von meiner Hofgesellschaft und auch nach meinem Tode „der Große" genannt wurde, sehr viel Leid auf der Erde verbreitet und hab auch sehr viel selbst gelitten.

Weil ich damals eben nicht in der Stille war.

Weil ich damals nicht im inneren Frieden war.

Weil ich meine Göttlichkeit vergessen hatte. Vergessen wollte.

Die Erfahrung, als Julius Cäsar und bald darauf dann auch in meinem Leben als Arminius von meinen Freunden, von Bekannten, Berufskollegen und Verwandten, von der eigenen Sippe getötet zu werden, in ihre hassverzerrten Fratzen zu blicken im Augenblick des „Todes", Fratzen, aus deren Augen mir Abneigung, Angewidertsein und Ablehnung, Verachtung, Verletzung, Enttäuschung, Hochmut und Triumph begegnen.

Alles Gefühle, Emotionen, Eindrücke, welche ich selbst auch ihnen gegenüber all zu oft empfunden habe.

Deshalb und nur deshalb kann ich es ihnen heute nachsehen.

Ich habe das Gleiche gefühlt, Leute.

Ich vergebe Euch.

Nun brauche ich nicht mehr zu sagen:

„Herr! Vergib ihnen! Denn sie wissen nicht, was sie tun!"

Heute sage ich hier still in meinem Kämmerlein, in der Kammer meines Herzens, meiner Herzkammer und mit den Auricula Atrii, den Herzohren, die wie Drüsen sind und aus denen das Herzchakra gebildet wird: Ich liebe Euch!

So begegnen wir uns!

Und damit sitzen wir im gleichen Boot.

Ich selbst vergebe mir und allen, die mich je verletzt haben.

Wir begegnen uns in der Sünde.

In der Absonderung von der Allseele.
Das ist wahre Erkenntnis.
Wahres Vergeben.
Wahres Mitgefühl.
Heute kann ich es leben.
Denn heute bin ich mir meiner Göttlichkeit bewusst.
Ich erinnere mich an vieles.
Bei weitem sicherlich noch nicht an alles.
Da geht noch was.
Ein Gott zu sein bedeutet, unbedingt zu lieben.
Unentwegt zu vertrauen.
Unbeirrt zu glauben.
Unerlässlich zu mir zu stehen, wie ich zu euch stehe.
Lieben ohne Unterlass.
Bis zum bitteren Ende.
Wie es die „Toten Hosen" sagen.
Ob sie das damit meinen?
Lieben bis zum bitteren Ende?
Ich muss sie mal danach fragen.

Meine Liebe geht über den Tod hinaus.
Wenn ich genau hin sehe, gibt es keinen Tod.
Es gibt nur **ein** Leben und zwar ist dieses eine Leben manchmal ein Körperloses und manchmal ein Körperhaftes.
So einfach ist das.
Ich war auch mal Japaner.
Mehrmals bestimmt, sicher aber, denn daran erinnere ich mich völlig bewusst, aufrichtig und klar, war ich der Erste Reichseiniger Japans, Oda Nobunaga.
Auch damals, in meiner Lebenszeit, die offiziell 1534 begann, in dem Jahr, in dem Martin Luthers Bibel in den Erstdruck ging, und 1582 endete, nur offiziell natürlich, war mir bewusst, dass nur das Fleisch stirbt und die Knochen, die Haut, aller Knorpel und die Sehnen.
Irgendwann, wenn sie nicht versteinern, verfallen auch die Zähne.

Also all jenes, was wir in der Ausstellung „Körperwelten" bewundern durften.
Ich war nicht da, ich kenne den menschlichen Körper zu Genüge. Auch ein Soldat, ein Heerführer und Daimyo studiert auf seine Art und Weise Pathologie.

Watson sagte einmal zu seinem Freund Holmes:
„Also glauben Sie mir, Mr. Holmes, ich habe den Tod studiert und dieser Mensch ist tot."
Und Holmes, der wusste, dass Watson Recht hatte, glaubte diesem.
Es ist interessant.
Ärzte verbringen sehr viel Zeit damit, den Tod zu studieren.
Wann beginnen sie, das Leben zu studieren?
Ich frage Euch:
Wer den Tod kennt, kennt der auch das Leben?
Wer das Leben nicht kennt, weiß der nichts vom Gesundsein?
Wer nichts vom Gesundsein weiß, wie soll er heilen?

Glück hat, wer einen Freund hat, der Pilze findet, sagte der kleine Tiger.

Ja, das stimmt. Sagte der kleine Bär.

Glück habe ich, dass ich einen Hausarzt habe, der gut zuhören kann. Mindestens so gut wie Dr. Watson. Vielleicht sogar noch besser. Sagte der kleine Tiger.

Das stimmt auch. Sagte der kleine Bär.

Ich habe es gut, dachte Luke Arlington, während er langsam und bewusst jeden Bissen Reis genoss, während er sich bewusst machte, dass Reis eine Pflanze ist, die in einer Wasserkultur angebaut wird.
Dass speziell das kostbare biologisch-dynamisch angebaute Korn von fleißigen Reisbauern achtsam und liebevoll mit der Hand kultiviert wurde.
Dies machte Luke sich bei jeder Kaubewegung neu bewusst.

Es gibt einen Reisbauern, der oben auf einem Dach in Tokyo Reis anbaut. Dieser Herr ist ein Nachfahre von Oda Nobunaga, glaube ich, denn er heißt Asami Oda.
Ob er wirklich mein Nachkomme ist?
Muss ihn mal fragen.
Später kann ich euch ja dann berichten, was daraus geworden ist.

Luke kaute bewusst und langsam, viel, damit die Nahrung gut eingespeichelt wird, denn dann wird sie leichter und besser also vollständiger aufgeschlossen und verdaut.
Gesundheit ist wichtig.
Nicht umsonst ist sie eine der vier Schätze Buddhas.

Er kostete alles achtsam und erkannte die Liebe, die Sonne, den Wind, den Regen, die Erde, all die liebevolle Pflege in dem Reis, in den duftenden Kräutern und herrlich schmeckenden Gewürzen. Da saß er in seiner Hütte in Düsseldorf-Hamm.
So in Versunkenheit genießend erkannte er, dass es nichts gibt, dass in der Materie wirklich ein „Reiskorn" ist oder „Salz" oder ein „Kraut".
Kraut und Reis sind aus Molekülen und Atomen zusammengesetzt ebenso wie unsere Körperteile und selbst das Salz, das ebenfalls ein Molekül ist oder zwei in Form eben seiner häufigsten Grundbestandteile, nämlich Natrium und Chlorid, oder Natriumchlorid oder kurz NaCl oder auch Kochsalzlösung, das Salz besteht auch wieder aus Atomen und diese letztlich aus reiner Energie.
Aus Schwingung.

Und mein Geschmack, also mein Geschmackssinn, den ich beim Essen nutze und auch mein Geruchssinn sind im Grunde nichts Festes.
Wenn ich sterbe vergehen sie beziehungsweise wenn mein Körper stirbt, dann lösen sie sich einfach wieder in ihre Grundbestandteile auf: In Erde. In Humus.
In reine Energie. In Schwingung.
Somit gibt es in Wahrheit keine Dualität.

Es existiert keine Trennung.

In Wahrheit ist alles Ungetrenntheit und wir befinden uns bereits in der Einheit. In Vollkommenheit. Im Paradies.

Warum habt ihr das nicht kapiert, als ich es euch als Jesus von Nazareth erklärte?

Drücke ich mich so unklar aus?

Doch es bleibt die Wahrheit:

In Wahrheit gibt es keinen Duft und keine Nase.

Keine Choanen und keinen Nervus Olfactorius.

Das sind so Teile in der Nase, klar?

Mann ihr könnt euch freuen, wenn ihr das hier kapiert. Heute in der modernen Zeit ist es vielleicht einfacher zu verstehen. Es ist eine Wahrheit, die man nicht mit den beiden Augen zu sehen vermag, mit denen wir meistens aus den Fenstern unserer Seele blicken.

Meistens können wir diese Wahrheit nicht mit unseren Augen schauen.

Ihr könnt von Glück sagen, dass ihr das hier lesen könnt, denn vor einigen Jahrhunderten, als der Bodhisattva Avalokiteshvara diese Erkenntnis darlegte, hörten oder lasen beziehungsweise verstanden diese Wahrheit ausschließlich eine Hand voll Nonnen und Mönche.

Auch sie erkannten:

Es existiert kein Essen. Keine Zunge.

Keine Nahrung gibt es und keinen Genährten.

Keine Speise und niemanden, der eine Speise kostet.

Alles ist Schwingung. Alles ist Eins. Energie ist es.

Reine Energie.

Da alles Schwingung ist, reine Energie, gibt es in Wahrheit keine Trennung.

Weil es keine Trennung gibt, sind wir bereits das, zu dem wir geworden sind, bevor wir es geworden sind.

Wir sind immer Kinder geblieben.

Es gibt kein Entstehen, kein Vergehen.

Wir sind und bleiben Kinder Gottes.

Weil wir Kinder Gottes sind, waren und bleiben wir immer:

Geschöpfe Allahs. Kinder Jahwes. Splitter der Allseele. Wir werden zu Gott: Wir werden die Allseele.

Das wusste auch schon der Bodhisattva Avalokiteshvara. Auf Japanisch kurz Kannon genannt. Als er uns seine Erkenntnis vom Vollkommenen Verstehen übermittelte:
Das Herz-Sutra.
Auf Japanisch: Ma ka han nya ha ra mi ta shin gyo.
Auf Deutsch: Das Herz der vollkommenen Weisheit.

Danke, Frau Doris Dörrie, dass Sie einen Film namens „Erleuchtung garantiert" gemacht haben, durch welchen Sie mir eben jenes Herz-Sutra und diese Wahrheit nahe gebracht haben und ich es somit verstehen durfte.
Das Vollkommene Verstehen.
Je tiefer wir die Dinge betrachten, desto mehr lösen sie sich auf und werden Eins.
Werden Einheit.
Werden Ungetrenntheit.

Tja.
Solcherlei Sachverhalte sinniere ich beim Genuss meiner Speisen spielerisch sinnlich selbst in Versunkenheit.
In der Alleinheit.
Vollkommenheit.
Ungetrenntheit.
Dann erkenne ich, dass ich und mein Essen bereits Eins sind, bevor ich es gegessen habe.
Klingt komisch, ist aber so.

Manchmal ist es doch leicht, ein Gott zu sein.
Selbst dieser Text besteht nur aus Punkten.
Schreibe ich mit Schreibmaschine, ist alles nur Druckerschwärze und Papier. Ein wenig Leim. Pappe.

Liest du ein E-Book, ist alles ein wenig Strom. Rechenleistung. Plastik. Etwas Metall.

Die Augen, mit denen du schaust, das Gehirn, was Eindrücke registriert, alles besteht letzlich aus Schwingung, aus reiner Energie.

Es ist ein wenig wie Gusseisen. Oder Spritzgussverfahren.

Alles ist Guss.

Unsere Erde ist im Inneren Feuer.

Wie auch unsere Sonne.

Wir alle sind Regenbögen.

Wir sind aus Licht gemacht.

Gott von Gott. Licht vom Licht.

Das Herz-Sutra ist auf Japanisch passender übersetzt.

Denn in der japanischen Sprache kann man das Wort oder die Silbe „Shin" auf zwei Arten und Weisen übersetzen:

Erstens: Shin wird übersetzt mit „Geist", was wohl hier in den Fassungen des Hannya-Shingyo, die mir immer wieder begegnen, geschehen ist, dann bedeutet Shin „Weisheit", „Verstehen".

Beides sind in der europäischen Kultur Angelegenheiten des Kopfes.

Der Kopf jedoch analysiert, rechnet und das Herz fühlt.

Und da dieser Text ja **HERZ** – Sutra heißt und nicht Kopf-Sutra:

Empfinden und besonders Mitempfinden, Mitfühlen, Empathie, ein Sich – Hineinversetzen in mein Gegenüber kann nur mit meinem **Herzen** geschehen, kann nur von Herzen kommen, ist nur erlebbar mit dem Organ des Herzens, nicht dem des Gehirns oder des Geistes.

Wir *denken* mit dem Kopf aber wir **fühlen** mit dem Herzen.

Im Westen sind wir zu unachtsam und registrieren, beobachten die Vorgänge in unserem Inneren zu nachlässig, zu ungenau um dies wahrlich zu erfassen.

Wenn ich also das Wagnis unternehme, in meiner neuen Übersetzung statt „Verstehen", „Geist" oder „Weisheit" das recht moderne Wort *Empathie"* oder *„Herzkraft"*, *„Sympathie"*, also *„Mitempfinden"*, **„Mitgefühl"** zu gebrauchen, dann bekommt das Hannya-Shingyo einen völlig anderen Klang und eine völlig neue Bedeutung!!

Eine größere, höhere Bedeutung, denn sogar im organischen Zusammenhang gibt das Herz den Ton an, der Sinusknoten „steuert" unser Herz autark, das gesunde Herz jedenfalls.

In der deutschen Übersetzung des Hannya-Shingyo kommt das Wort Herz am Ende nicht vor. Aber es *sollte* vorkommen!

Es muss im Hinblick auf das Herz neu übersetzt werden, denn schließlich heißt es einerseits Herzsutra und andererseits ist das Herz der einzige Ort oder das einzige Organ, das spirituelle Organ, mit dem wir die Wahrheit dieses Herzsutras erleben und somit erkennen können!!

Nur mit unserem Herzen können wir unsere Mitmenschen wahrhaft erleben!

Also los!

Hier folgt meine kleine aber höchst bedeutungsvolle Änderung der Übersetzung des japanischen Herzsutras ins Deutsche!

„Das Herz des Vollkommenen *Mitgefühls*.

Der Bodhisattva Avalokiteshvara,
tief im Strom vollkommenen *Mitgefühls*,
erhellte die fünf Skandhas und fand sie gleichermaßen leer.
Dies durchdringend überwand er alles Leiden.

Höre, Shariputra,
Form ist Leerheit, Leerheit ist Form,
Form ist nichts anderes als Leerheit,
Leerheit ist nichts anderes als Form.
Dasselbe gilt für Empfindungen,
Wahrnehmungen, geistige Formkräfte und Bewusstsein.

Höre, Shariputra,
Alle Dharmas sind durch Leerheit gekennzeichnet.
Weder entstehen sie, noch vergehen sie,
sie sind weder rein noch unrein,
weder werden sie größer, noch werden sie kleiner.
Daher gibt es in der Leerheit weder Form
Noch Empfindung, noch Wahrnehmung,
noch geistige Formkraft, noch Bewusstsein;
kein Auge, kein Ohr, keine Nase, keine Zunge,
keinen Körper, keinen Geist;
keine Form, keinen Klang,
keinen Geruch, keinen Geschmack,
kein Berührbares, kein Objekt des Geistes;
keinen Bereich der Elemente
kein bedingtes Entstehen und
kein Erlöschen des bedingten Entstehens
kein Leiden, keinen Ursprung des Leidens,
kein Ende des Leidens und keinen Weg;
kein Verstehen, kein Erlangen.

Weil es kein Erlangen gibt, finden die Bodhisattvas,
in vollkommenem *Mitgefühl* ruhend,
keine Hindernisse in ihrem *Herzen*.
Keine Hindernisse erlebend, überwinden sie die Angst,
befreien sich selbst für immer von Täuschung
und verwirklichen vollkommenes Nirvana.
Alle Buddhas der Vergangenheit,
Gegenwart und Zukunft
erlangen dank dieses vollkommenen *Mitgefühls*
Volle, wahre und universale Erleuchtung.

Daher sollte man wissen, dass vollkommenes *Mitgefühl*
das höchste Mantra ist, das Mantra ohnegleichen,
das alles Leiden aufhebt, die unzerstörbare Wahrheit.
Das Mantra der Prajnaparamita sollte daher verkündet werden.
Dies ist das Mantra:

Gate gate paragate
Parasamgate
Bodhi svaha."

Mitgefühl. Mitempfinden. Herzkraft. Das ist es!
Es ist der Schlüssel zu Nirvana, zu Nibbana auf Pali, das bedeutet „Nicht-brennen". Not burn. Nibbana.

Dieses Sutra ist so überaus wertvoll!
Es ist wertvoller als alle irdischen Reichtümer! Es ist wunderbar! Es ist der Weg ins Nirvana, es bezeichnet den Weg aus dem Leiden und ist in meinen Augen, nach meinem Empfinden, nach meinem Herzgefühl gleichzusetzen mit dem Hohelied der Liebe des Apostels Paulus im Neuen Testament in der Bibel.

Leute, lernt dieses Gut mehr zu schätzen!!

Bin ich nun, da ich dieses Herzsutra eines Bodhisattva solcherart mitempfinde ebenfalls ein Bodhisattva?
Wenn ich zu Karneval so wie ich bin auf die Straße gehe und jemand fragt:

„Hey, warum trägst du kein Kostüm?", dann kann ich locker bleiben und schlicht antworten:

„Ey, chill mal, Bro! Ich bin als Mensch verkleidet! Ha! Ha! Ha!"

Mohnblumen im Kornfeld

„Ich bin erwacht. Nicht nur, weil es fünf Uhr am Morgen ist.
Ich bin bereit, mich selbst in meinem Gegenüber zu erkennen.
Ich bin bereit, mich in Allem zu erkennen, das mich umgibt."
Luke holte tief Luft und sprach weiter:
„Wie das Universum trage ich selbst eine Innenwelt in mir, die unendlich weit ist.
Wie eine Sonne trage ich ein Licht in mir, das mächtig hell ist.
Wie die Sterne, Planeten, Kometen, Gase und Wolken trage ich einen Körper aus Materie.
Wie das Licht der Sonne besitze auch ich einen feinstofflichen Lichtkörper, der in den Farben des Regenbogens leuchtet.
Wie die Luft atme ich, wie die Atmosphäre trage ich Gase in mir und wenn ich Bohnen gegessen habe, kann man diese Gase manchmal sogar hören. Oder riechen.
Wie Steine kann ich Temperaturunterschiede wahrnehmen.
Wie Pflanzen kann ich zwischen Licht und Dunkel, zwischen Tag und Nacht unterscheiden.
Wie Tiere erkenne ich instinktiv, ob ich hungrig oder satt bin.
Ich bin bereit, mich in Allem zu erkennen, das mich umgibt.
Wie *du* schaue ich aus zwei Augen in die Welt und spreche mit einer Stimme und lausche der Welt mit meinen Ohren und schmecke mein Essen mit der Zunge, rieche mit meiner Nase den Duft der frischen Morgenluft oder auch die Abgase unserer Zivilisation, fühle deine Hand, wenn du sie mir reichst und erkenne, dass da ein Herz in deiner Brust schlägt, wie auch ein Herz in meiner Brust schlägt.
Gemeint ist der Brustkorb, nicht der weibliche Busen.
Frauen mit Bewusstsein für ihr Herz, für ihre Herzkraft, Frauen, die wissen, dass ihr Herz nicht ausschließlich eine „Pumpe" ist, gibt es glücklicherweise oft. Das ist gewiss.
Männer haben auch Herzen.
Herzen, die nicht nur Pumpen sind. Sie haben's kapiert.
Sie haben nur seltener den Mut, es zu zeigen.
Mit meinem liebevollen Herzen vermag ich mich mit allem zu verbinden, mit mir, mit dir, mit den Pflanzen, Tieren und Steinen

und ich vermag alles zu berühren, ohne daran festhalten zu wollen.

Dankbar bin ich, dass es so ist, wie es ist.

Es war schon immer so.

Mein Herz und besonders das ewige Licht in der Kammer meines Herzens sind schon immer da gewesen.

Nur manchmal habe ich es nicht erkannt.

Ich hatte es vergessen.

Es ist ein Licht, das wir eben nicht mit diesen zwei Augen sehen können.

Ein Glück für die Blinden. Sie sind vielleicht deshalb näher dran. Aber ich wiederhole mich. Meine Seligpreisungen beziehungsweise die Bergpredigt kennt ihr ja vielleicht schon.

Meist sind wir so voller Leid, voller Kummer, Angst, Not, Wehe, Schmerz und Stress, Stress, den wir uns oft selber machen, weil wir uns nicht mögen und Bestätigung brauchen, Bestätigung suchen, in der Außenwelt.

Dann sind wir so karrieregeil, dass wir das Leben verpassen.

Oder das Himmelreich. Hier. Auf der Erde.

Wir sind so sehr voller Arbeitswut, dass wir uns selbst, unseren Nächsten und auch uns selbst in unserem Nächsten nicht erkennen. Wie oft habe ich zu Euch gesprochen, aber ihr habt mich nicht gehört. Wie oft redete ich in den verschiedenen Sprachen mit Eurem Munde, doch ihr selbst erkanntet es nicht.

Ihr verstandet mich nicht.

Kennt ihr die Serie „Luzifer"? Luzifer Morningstar?

Diese Geschichte ist auch meine Geschichte, denn ich bin Luzifer, der hieß nur damals anders, im Alten Testament heißt er Asasel. Vielleicht ist in der Serie der Bruder Luzifers, Amenadiel, dessen Name auch mit A beginnt, die Entsprechung des alten Asasel. Vielleicht darf diesen Namen auch niemand nennen, wie JHWH, den Namen Gottes, außer ich selbst.

Asasel.

Mit ihm wird alles heil.

Ich, Jesus, ich, Asasel, vereine mich wieder zu Gott.

Der Luzifer in der Serie sagt mal einen guten Satz: Er sagt:

„Die Sprechanlage funktioniert nur in eine Richtung."

Das ist wohl wahr. Die Menschen können zu Gott sprechen und Gott versteht die Menschen. Er hört sie. Er erhört sie. Manchmal. Wenn sie weit genug sind. Wenn sie bereit sind. Bereit für eine neue Lektion.
Und umgekehrt? Hören die Menschen auch Gott? Vernehmt ihr meine Stimme? Hört ihr mich? Versteht ihr meine Worte, wenn ich zu Euch spreche?
Versteht ihr die Worte: „Heilt euch selbst?"
Wie oft kam ich zu Euch und ihr habt mich nicht erkannt?
Wie behutsam, liebevoll, wie gewaltsam, brutal und gebieterisch trat ich vor euch hin und weder erkanntet ihr mich, noch verstandet ihr mich?
Seid ihr taub?
Habe ich denn taube, dumme und feige Menschen erschaffen?
Wo ist Euer Herz?
Wo ist Eure Liebe?
Wo ist Eure Allgüte?
Wo ist Eure Barmherzigkeit?
Bin ich immer noch der Einzige in meiner Klasse, der all dies vermag?

Die Sprechanlage funktioniert nur in eine Richtung.
Es ist wahrlich Zeit, dass sich dies ändert!
Ich kam oft zu Euch mit Anstrengung und Macht.
Ich gab Euch viel von meiner Macht.
Und was habt ihr daraus gemacht?
Gar nichts!

Es ist Zeit, dass sich das ändert!
Ich habe Euch den hart arbeitenden Jesus gezeigt, welcher sich selbst opfert. Anstatt zu begreifen, dass dies ein Zeichen war, ein Symbol für die Unsterblichkeit der Seele, ein Hinweis auf Wiedergeburt nach dem Tod, die Erklärung für die Wahrheit

der Reinkarnation, habt ihr mir buchstäblich alles nachgemacht und habt angefangen, euch auch zu opfern.

Wahrscheinlich würdet ihr auch eine Sandale ausziehen, wenn ich eine Sandale ausziehe.

Wenn ich dann einen Feind umarme, seht ihr schnell weg und sagt: „Hab ich nicht gesehen".

Was? Ist doch so!

Warum?

Seid Ihr feige?

Es tut mir weh, wenn ich sehe, dass Menschen mehr als nötig arbeiten gehen, anstatt sich einfach lieb zu haben und aneinander zu freuen.

Arbeit, die mehr Lohn bringen soll, als man benötigt, ist oft nur eine Suche nach Bestätigung und ist nicht selten ein Davonlaufen.

Wie oft bin ich von meinem Schatz fort gegangen, um Arbeiten zu gehen, um irgendwas zu bewegen, obwohl ich bereits alles hatte. Zum Beispiel in meinem Leben als Gaius Julius Cäsar.

Ihr könnt Calpurnia fragen. Wie wahrhaft hat sie sich nach mir gesehnt? Wie aufrichtig hat sie an meine Rückkehr geglaubt?

Wie standhaft ist sie mir treu geblieben?

Und als ich wieder kam?

Da brachte ich ihr ein Geschenk mit: Kleopatra!!

Da wurde ihr Herz geprüft auf bedingungslose Liebe!

Das ist schwer!

Ich weiß. Es ist keine leichte Aufgabe.

Aber warum tat ich das? Weil es mich glücklich machte. Weil ich so auch die Kornkammer des Reiches mit Schätzen füllte.

Und meine Eigene. Ich war Pontifex Maximus. Bei den Spielen erledigte ich oft meine Akten.

Heute fühle ich mich von Euch zurück gewiesen.

Ich erinnere mich, wie Calpurnia neben mir saß, eines Tages bei den Spielen und stink sauer war.

Sie sagte kein Wort.

Das brauchte sie auch nicht.

Ihr Schweigen sagte alles.

Sie war eine Frau, die ihre Worte mit Bedacht wählte.

Auch deshalb liebte ich sie.

Ich liebe sie bis heute.

Ihr sagt immer: „Bis dass der Tod uns scheidet".

Seid ihr feige?

Meine Calpurnia war nicht feige. Sie war noch nicht so weit.

Vielleicht seid ihr auch noch nicht so weit, zu begreifen, dass Liebe über den Tod hinaus dauert.

Auch Feindesliebe!

Das weiß ich mindestens seit damals. Vercingetorix habe ich nicht gehasst. Keinen meiner Gegner. Ich achtete sie. Ich achte sie auch heute. Ich achte auch Calpurnia.

Ich habe sie vor den Kopf gestoßen. Sie war böse. Auf mich. Wegen Kleopatra. Sie verstand es nicht. Wie sollte sie auch. Wie sollte sie dies, meine lange Abwesenheit und dann DAS, wie sollte sie dies auch verstehen? Und akzeptieren?

Nur mit dem Herzen kann man das verstehen. Dafür muss man schon das Herz eines Gottes haben, um so lieben zu können.

Wie hätte ich empfunden, wenn sie, als ich aus Gallien kam, einen einflussreichen Liebhaber an der Hand gehabt hätte, gut aussehend, mit Macht, Ansehen, einen Mann wie Pompejus vielleicht? Wie hätte ich reagiert? Wie ein Mensch oder wie ein Gott: Mit vollkommener Liebe?

Wie weit war mein Herz damals? Wie weit ist es heute?

Spielt Zeit in dieser Hinsicht überhaupt eine Rolle?

Meine Erinnerung zeigt mir, dass sich Calpurnia nur von mir zurück gewiesen fühlte, dass sie nur auf solche Art empfinden konnte, weil sie noch nicht in der vollkommenen Liebe war.

Weil sie noch nicht fähig war, noch nicht bereit war, bedingungslos zu lieben. Weil sie noch nicht bereit war, das Herz eines Gottes zu haben.

Ein göttliches Herz. Darum geht es. Das ist mir durch meine Erinnerung klar geworden jetzt.

In meinem Leben als Cäsar liebte ich mich vollkommen. Ich war mir nur dessen noch nicht bewusst. Als ich dann als Jesus wieder geboren wurde, vollendete ich meine Aufgabe als Pontifex Maximus. Ich nahm den Erzengel Uriel in mir, den ich, wie alle Erzengel, in mir trage, und ging seinen ganz besonderen Weg.

Ich vollbrachte seine ganz besondere Aufgabe:

Ich führte Euch über die Brücke:

Dies ist die Sefirah Daat. Die verborgene Sefirah. Dies ist die Geheimlehre. Die Esoterik, die Lehre der inneren Zirkel. Die zeigte ich Euch. Ich offenbarte sie euch.

Ihr aber habt es nicht kapiert. Zumindest die meisten von Euch nicht.

Ich wollte etwas bewegen, als ich Cäsar war, wollte Spuren hinterlassen. Und wenn es nur ein Vermerk ist oder eine Aktennotiz.

Dann bin ich es wenigstens, der abgezeichnet hat.

Ich. So oft sehen wir nur das Ich, dass wir das Wir darüber vergessen.

Mich schmerzt es, dass die Menschen an Weihnachten Arbeiten gehen auch, wenn es kein Notfall ist. Oder an den Adventssonntagen.

Ad-Vent. Was bedeutet das?

Es bedeutet: Hin- oder Zu–Kommt. Zu Euch kommt Jesus Christus.

Werdet ihr mir öffnen, wenn ich an eure Türe klopfe? Mir, das kann ein armer Mann, eine arme Frau, ein Bettler, eine Obdachlose, ein Kind oder ein Flüchtling sein. Eben jemand der in Not ist.

Oder jemand, der oder die euch eine Freude bringen und sein Glück mit euch teilen will, seinen Mut, seinen tiefen Glauben, seinen Frieden oder seine Hoffnung.

Oder ein Wesen, ein Hund, eine Katze, die einfach nur bei euch sein will.

Was bedeutet es für euch, dass ich zu euch zurück gekommen bin?

Alle Jahre wieder?

Wann werdet IHR zu mir zurück kommen?

Wann werdet ihr den Weg finden?

Wann wird euer Herz so sehr schmerzen, dass ihr euch wünscht, Mohammed, David, Jesus oder den Buddha zu sehen?

Wann werdet ihr den Weg zu mir finden?

Schmal ist der Pfad, der zur Erfüllung führt und wenige sind's, die ihn finden.

Muss das so bleiben?

Eins kann ich euch verraten, so gut eine App auch sein mag, mit einem Handy werdet ihr diesen Pfad nicht finden.

Diesen Weg müsst ihr selber gehen.

Es mag für den oder die eine oder andere brutal klingen aber es ist wahr: Den Weg zu mir kann nur jede und jeder ganz allein gehen und finden. Allein. Ohne technische Hilfe.

Diesen Weg geht man auch nicht mit den Füßen.

Manche mögen ihn auf dem Jakobsweg gehen, wie Hape Kerkeling und seine Wortwahl für den Titel seines Buches ist gut, denn es heißt: „Ich bin dann mal weg", wobei aber der Weg, den *ihr zu mir* finden werdet, bedeutet, nicht weg, sondern ganz **DA** zu sein.

Diesen schmalen Pfad, der nachher ganz breit wird, den kannst du nur mit deinem eigenen Herzen gehen.

Diesmal hab' ich keinen Bock mehr, mich zu opfern. Weder für Euch noch für sonst jemanden.

Lieber pflege ich die dicken Hornplatten an meinen Fersen.

Die haben sich da schon gebildet vom Vielen Füße Hochlegen.

Damit ich vom Nichtstun keine Druckstellen kriege an den Fersen.

Gut, dass ich von mir behaupte, Gott zu sein, ist ja nur ein Scherz, den ich mir in meiner schriftstellerischen Freiheit erlaube, um euch an die Botschaft des Jesus Christus zu erinnern.

Und was ist mit den Wundern, werdet ihr jetzt fragen, kannst du das noch?

Nö. Kein Bock. Heilt euch doch selbst.

Was die Fähigkeiten hinter diesen Wundern angeht, fragt Professor Markschies. Der kann es erklären. Er macht das gut.

Die buddhistische Nonne Ayya Khema hat zum Thema Weihnachten ein bedeutsames kleines Büchlein heraus gebracht.

Verlegt wird es beim Jhana-Verlag und es heißt:
„Weihnachten aus buddhistischer Sicht" oder „Das Weihnachts-
fest aus buddhistischer Sicht".
Ich weiß es nicht genau, denn mein Letztes habe ich ver-
schenkt. Schaut doch mal rein in das Angebot des Jhana-
Verlages. Die Büchlein sind nicht teuer und sie bringen euch
vielleicht einen so unermesslichen inneren Reichtum, den der
Preis der Bücher allemal wert ist.
Was wünsche *ich* mir denn zu Weihnachten?

Cool, ne – Jesus sagt Euch, was ER beziehungsweise SIE sich
von Euch zu Weihnachten wünscht! Oder zu Ostern!
Ich wünsche mir von Euch, dass Ihr meine Bücher lest, besonders „Corona als Karma" oder „Achtsamkeit für Deutschland",
wie ich es auch nennen werde und ich wünsche, dass Ihr die
Wahrheit darin als solche erkennt. Ich wünsche mir, endlich mit
meiner Wahrheit zu Euch durchzudringen!
Mein Wunsch ist, dass wir Deutschland in den ersten, durch
buddhistische Prinzipien der Achtsamkeit und Nachhaltigkeit
geprägten Staat verwandeln.
Gemeinsam.
Und die Energiefrage?
Meine Antwort: Desertec!
Da gab's mal einen super Typ, ein Deutscher, glaub' ich, der
einen Sonnenkollektor erfunden hat, der wirklich genial ist.
Ich geh sofort damit zu meiner Bekannten vom BUND.
Damals, etwa 2011.
Kenn ich schon, sagt die, taugt aber nichts.
Warum?
Weil es zu zentralisiert ist, das gibt Machtprobleme, sagt sie.
Warum, Leute????
Warum macht Ihr nicht einfach ganz viele Desertecs, in jeder
Stadt, in jedem Bundesland, ganze Felder und Plätze, so wie
Solarpaneele, und in jedem Staat auf der Welt, wir Deutschen
könnten damit Marktführer werden, das ist doch viel besser, als
die Staatskassen mit Waffenhandel, Militärtechnik und Krieg zu
füllen, der eben nicht im eigenen Land, dafür aber in armen

Drittländern geführt wird, die eh schon so viel Elend haben. Und was macht ihr?

Ihr seht mal wieder weg! Dadurch wird das Elend auch nicht besser! Und unser Karma auch nicht.

Wir brauchen dringend ein achtsames Staatskonzept!

In Theorie und Praxis! Das ist in meinem Buch „Corona als Karma" drin!

Andere Staaten dürfen unserem Beispiel dann gern folgen.

Besonders gern würde ich die USA in diesem Reigen begrüßen, denn eines der Grundlagenwerke, auf dem mein nachhaltiges Staatskonzept basiert, ist das Werk „Small is beautiful" von E. F. Schumacher und der ist Amerikaner.

Das Hauptkonzept, auf dem mein Werk eines Achtsamen Staatskonzeptes basiert, ist die „Natural Hygiene", zu Deutsch Natürliche Gesundheitslehre. Aus welchem Land stammt diese Lehre? Aus den USA.

Also für einen fröhlichen, gut gelaunten und tatenreichen Start in das Wassermannzeitalter ist hiermit auf jeden Fall gesorgt, wobei ich selbst dazu aufs Höchste autorisiert bin, diesen Start einzuleiten, weil ich Wassermann bin!!"

So sprach Luke in seinen gar nicht mehr so leeren Raum hinein und lachte. Mittlerweile wohnte er seit einigen Wochen hier und es hatten sich viele wichtige Sachen, jede Menge kreatives Chaos angesammelt und es sah wohnlich aus.

Hier lebte jemand. Das erkannte man auf den ersten Blick.

„Das Bild meines Horoskops ist richtig geometrisch", dachte Luke, „eine solche Geometrie in einem Horoskop ist meines Wissens selten. Es sind spannende Zeiten, die da vor uns liegen und wir werden immer genug Licht bei uns haben, weil wir es in uns tragen. Wir dürfen uns immer gern daran erinnern, besonders dann, wenns in der Außenwelt gerade mal nicht so gut läuft aber das ist halt normal in der materiellen Welt.

Die irdischen Gesetze sind einfach da. Sie sind unpersönlich.

Wir müssen sie achten, da wir ihnen in der materiellen Welt nun einmal unterliegen aber wir müssen uns selbst nicht verachten, wenn etwas mal nicht so klappt, wie wir es wollen.

Dann dürfen wir freundlich zu uns sein.

Schon Charles Murphy oder wie der hieß hat sein Lebensgesetz schlicht zusammengefasst mit den treffenden Worten:
„Shit happens!" Ist das nicht eine herrliche Formulierung für die erste der Vier Edlen Wahrheiten?
Und was ist mit den Mohnblumen?
Dazu komme ich später noch, denn zuerst mache ich jetzt Werbung in eigener Sache," überlegte Luke Arlington, während er eine neue Packung Kaffeepads öffnete.
„Wenigstens Bio", dachte er. Man gönnt sich ja sonst nichts.
Die Heizung in seiner Wohnung funktionierte mittlerweile prächtig. Er hatte nach drei frostkalten Nächten die Vermieterin um Hilfe gebeten. Das Gespräch war erfolgreicher verlaufen, als er erwartet hatte. Welche Wunder doch passieren können, wenn man Leuten vertraut, erkannte er.
Und so legte er los um endlich zum Kern zu kommen, der Lehre des Buddha und wie wir sie heute im Alltag umsetzen können. Über ihre Vorteile, denn Nachteile hat sie eigentlich keine, wenn wir es locker angehen. Er hatte jetzt echt Lust darauf!!

Glück in vier Schritten

Das Dhamma ist das von Buddha erkannte und verkündete Gesetz. Es ist zusammengefasst in den Vier Edlen Wahrheiten.

Die Vier Edlen Wahrheiten sind:

1 Die Lehre von der Wahrheit des Leidens
2 Die Lehre von der Wahrheit der Entstehung des Leidens
3 Die Lehre von der Wahrheit der Überwindung des Leidens
4 Die Lehre von der Wahrheit des Weges zur Überwindung des Leidens.

In Kurz: Leiden, Entstehung, Überwindung, Weg zur Überwindung.

Der Weg zur Überwindung des Leidens ist der „Edle Achtfache Pfad". Er wird in der folgenden Tabelle vorgestellt.

Der Edle Achtfache Pfad *

1 rechte Ansicht	Die Wahrheit erkennen	samma ditthi
2 rechte Gesinnung	Sich befreien	samma sankappa
3 rechte Rede	Freundlich Kommunizieren	samma vacca
4 rechtes Handeln	Liebevoll handeln	samma kammanta
5 rechter Lebenserwerb	Mitfühlend Geld verdienen	samma ajiva
6 rechte Anstrengung	Den Geist trainieren	samma vayama
7 rechte Achtsamkeit	Aufwachen	samma sati
8 rechte Konzentration	Zur Ruhe kommen	samma samadhi

* deutsche Übersetzung teilweise entnommen aus: Quelle 1.

„Rechte" Ansicht und so weiter bedeutet so viel wie „aufrichtig".

Es bedeutet „mit dem Herzen", „aus dem Herzen heraus". Es heißt „mit lauterem Herzen" oder „mit geläutertem Herzen".

Formuliert das erste Glied oder den ersten Schritt, den ersten Aspekt des Edlen Achtfachen Pfades ruhig so:

„Die Welt und sich selbst mit geläutertem Herzen betrachten".

Bitte übersetzt „rechte" Ansicht mit „richtige" Ansicht.

Sagt statt „rechte" Gesinnung „aufrichtige" Gesinnung.

Nehmt bei „rechte" Rede „richtige" Rede oder:

„Eine Sprache, die von Herzen kommt.

„Rechtes" Handeln meint nicht, Swastikasymbole an die Wände zu schmieren, sondern aus einem lauteren Herzen heraus zu handeln. Es meint, aufrichtig, mit reinem Herzen den eigenen Weg zu gehen. Es bedeutet, sich einzugestehen, dass jeder Mensch das Geburtsrecht hat, ihren und seinen ganz eigenen Weg im Leben zu gehen.

„Rechter" Lebenserwerb bedeutet nicht, Menschen auszubeuten, Zwangsarbeiter zu beschäftigen, Dumpinglöhne zu tolerieren und den Niedriglohnsektor weiter auszubauen.

Es bedeutet nicht, am Arbeitsplatz wegzusehen, wenn Waffen produziert und in Drittweltländer geliefert werden. Es bedeutet nicht, Tiere zu quälen, unsere Erde weiter mit Straßen, Plätzen und KFZ - Stellplätzen voll zu betonieren und Kindern und Tieren ihren natürlichen Lebensraum wegzunehmen. Es bedeutet nicht, unsere Gesellschaft zu digitalisieren und immer mehr Leute auf die Straße zu schicken.

Es bedeutet auch nicht, Menschenmassen aus dem eigenen Land fort zu jagen, damit sie hilflos und verzweifelt in der Welt umherziehen müssen, elend und grausam getrieben von der Angst vor Heimatlosigkeit. Es bedeutet nicht, Mädchen zu beschneiden.

Es bedeutet nicht, gleichgültig und egoistisch am Arbeitsplatz zu sein.

„Rechte" Arbeit heißt auch nicht, dass man dort arbeiten muss, wo kürzlich ein Video von extra 3 im Internet drüber zu sehen war: bei der Bundeswehr. Es bedeutet nicht, als Soldat Werbung für die Bundeswehr an Schulen zu machen.

„Rechter" Lebenserwerb meint von all dem das Gegenteil.

Rechter Lebenserwerb heißt, sich selbst und seine eigenen Bedürfnisse am Arbeitsplatz ebenso im Blick zu haben, wie die anderen Menschen und deren Bedürfnisse.

Rechte Arbeit oder rechter Lebenserwerb bedeutet, sich nicht mobben zu lassen aber auch, nicht selbst zu mobben.

Rechte Arbeit bedeutet schlicht, sich selbst mutig und mit eigenem Beispiel für Gerechtigkeit, ein menschenfreundliches Klima, für die eigene und gegenseitige Wertschätzung am Arbeitsplatz einzusetzen.

Es meint, sich einen Beruf auszusuchen, in dem man seinen Lohn nicht mit der Armut, dem Leid oder dem Leben Anderer verdient. Menschen können wie Hyänen sein, egozentrisch, grausam und gemein, daher muss man sich im Beruf auch für sich selbst einsetzen. Hyänen tun das auch nur. Auch das heißt „rechtes" Arbeiten.

„Rechte" Anstrengung meint aufrichtige, willensstarke Anstrengung.

„Rechte Achtsamkeit", samma sati, meint Sorgfalt, Fingerspitzengefühl, das angemessene Maß an Kraft und Energie und dabei immer noch Feinfühligkeit und Aufmerksamkeit in allen Lebenssituationen.

„Rechte Konzentration" heißt Wachheit und Präsenz bei allem, was man tut.

Das Känguru hat Recht. Warum bedeutet es „Recht" haben und nicht „Link" haben? Na, weil es von den Worten „Samma" aus dem Sanskrit, dem Pali, weil es von „Ortho-" stammt, von „Rectus" und das meint alles „richtig", aufrichtig, lauter, geläutert, rein, korrekt.

Wie gut, dass das Känguru einen Freund hat, der Theaterwissenschaft studiert hat. So hab' ich das jedenfalls in Erinnerung.

Ist doch recht so, ich meine, richtig, oder?

Neben den „Vier edlen Wahrheiten" und dem „Edlen Achtfachen Pfad" sind noch zwei Potenziale buddhistischer Lebenshaltung zu erwähnen, eine sind die *Vier Grundlagen der Achtsamkeit*, die andere sind die „*Vier Verweilungsstätten*".

Die *Vier Grundlagen der Achtsamkeit* sind grundsätzliche Betonungen achtsamen Denkens, Fühlens und Handelns im Alltag, die von jedem Menschen mit etwas gutem Willen und Überzeugung erlebt und durchgeführt werden können. Es geht um ein bewusstes Erleben des Moments, des Augenblicks, um mehr Klarheit und Bewusstheit im Alltag.

Die vier Grundlagen der Achtsamkeit sind:

- Achtsamkeit auf den Körper
- Achtsamkeit auf die Gefühle
- Achtsamkeit auf den Geist
- Achtsamkeit auf die Geistesobjekte.

Der Geist, das Denken selbst wird als eigener Sinn beziehungsweise als reine Kraft betrachtet.

Geistesobjekte sind die Dinge, mit denen sich unser Geist beschäftigt, im Normalfall sind dies bei einem Menschen Zukunft oder Vergangenheit. Und was, Leute, ist mit der Gegenwart, dem JETZT?
Die *„Vier Verweilungsstätten"* haben mit der Achtsamkeit auf die Gefühle zu tun und sind unsere geläuterten, gereinigten Emotionen.
Die „Vier Verweilungsstätten" braucht ein Mensch, der gern mit „leichtem Gepäck" unterwegs ist und nun auch bei seinen Gefühlen mächtig ausgemistet hat.

Mit den im Folgenden genannten vier Gefühlen können wir ein Leben lang auskommen, wenn wir es geübt haben.
Diese vier Gefühle sind (Name erst auf Sanskrit):

- Metta: Bedingungslose Liebe
- Upekkha: Gleichmut (mitfühlende Gelassenheit)
- Mudita: Mitfreude
- Karuna: Mitgefühl.

Ihr glaubt nicht, dass man mit diesen Gefühlen in allen Lebenslagen auskommt?

Probiert's doch mal aus!

Erst eine Stunde, dann einen Tag, eine Woche.
Vielleicht schafft ihr es auch länger. Seid ehrlich zu euch.
Diese Übung ist nicht einfach.
Wer mag, kann Tagebuch darüber führen und sich mit anderen Menschen, die dies auch tun, darüber austauschen!
Über Instagramm, Twitter, Facebook, Snapchat, Youtube.
Ich wünsche mir, das Ihr Interessengruppen bildet zum Thema „Vier Verweilungsstätten" und diese vier Gefühlszustände wirklich übt!

Nutzt doch Whatsapp, macht mal hin, jetzt!!!

Übrigens, wer die Serie „Luzifer" gesehen hat, ich bin jetzt bei Staffel 2, da sagt Luzifer zu seiner Therapeutin, ich glaube, es ist in Folge 16, nachdem er mit Chloes Tochter in der Schule war, in der man lernt, Gefühle zu kontrollieren, er sagt also:

„Es stimmt übrigens. Man kann Gefühle nicht kontrollieren," und dann beschreibt er, was er in der Schule erlebt hat.

Ich stimme ihm zu. Kontrollieren kann man Gefühle nicht. Das wäre, um es mit meinen Worten zu sagen, als wenn man einen Zuchtbullen in einem Gehege mit sexbereiten Kühen einsperrt oder den Teufel in ein Nonnenkloster. Das gibt Chaos und jede Menge Leid.

Ich kann aber meine Gefühle betrachten. Ohne sie zu werten. Ich kann mir meiner Gefühle bewusst werden. Ich kann sie wegatmen wie meine Tochter letztens ihren Schokopudding einfach weggeatmet hat.

Ja, der war so klein, den hat sie weggeatmet, sagt sie, zwei Löffel und weg war er. Na und dann übt man sich eben in den Vier Verweilungsstätten. Ich mach das so und es geht gut. Mit der regelmäßigen Meditation. Möglicherweise ist es gut, dafür Meditationsgruppen zu bilden. Kleine Gruppen.

Und nutzt doch einfach die Social Media, um euch darüber auszutauschen!! Chattet, SMSt Euch über Eure Anfänge, mögliche Schwierigkeiten, den Verlauf und vielleicht lustige Ereignisse damit!!

Das wäre doch mal 'ne super sinnvolle Art, Chatrooms wie Twitter, Insta und so weiter zu nutzen! Traut Euch das zu!

Ich traue Euch das zu!!

Na los! Fangt an! Probiert's mal aus!

Damit macht Ihr mir eine sehr große Freude!!

Freedom is big!
Let it flow!!

Wir sind Regenbögen

Ja, wirklich, manchmal nervt mich der Kapitalismus in Deutschland. Da gehst du zum Arzt beziehungsweise zu einem Facharzt für Lungenheilkunde und sogar der, dem du sagst, dass mit deinem Asthma seit einem Jahr alles in Ordnung ist, dass du seit einem Jahr kaum bis gar kein Asthmaspray benötigst, fragt dich zweimal, ob du nicht doch welches brauchst.
Sicher ist das nur aus Vorsicht gefragt und aus Sorge um das Wohl des Patienten.
Der Arzt möchte mir damit etwas gutes tun.
Ich jedoch kann keine Medikamente mehr sehen, denn ich bekomme immer die Nebenwirkungen.
Wenn ich mit der gleichen Wahrscheinlichkeit und Treffsicherheit, wie ich die Nebenwirkungen von Arzneimitteln bekomme, Lotto spielen könnte, hätte ich schon lange keine Geldsorgen mehr, begriff Luke und spielte mit seinem leeren Portemonnaie.

Mal im Ernst. Hier geht's doch immer um Geld. Selbst an Weihnachten oder besser gesagt: Besonders an Weihnachten!
Wenn Jesus heute wieder auf die Welt käme, wie würde er uns dann begegnen?
Als kleines Kind?
Als Bettler am Straßenrand?
Begegnet uns Jesus nicht in jedem Menschen?
In jedem Wesen?

Und wir? Wo begegnen wir Jesus?
Begegnen wir heute überhaupt noch Jesus?
Wer suchet, der findet, so heißt es in der Bibel.
Jedoch was ist, wenn keiner mehr sucht?
Aus unserer Suche ist schon Sucht geworden.

Und was ist Weihnachten heute?
Wollen wir dann Christus begegnen?
Was den Kapitalismus angeht, wäre Jesus Christus doch heute Staatsfeind Nummer Eins.

Wieso? Na, unentgeltlich heilen, umher ziehen und als Pilger Menschen aus ihrer Not retten, ohne eine Gegenleistung zu verlangen, das spricht gegen das Heilkundegesetz!
Und was wird aus der Gewerbesteuer?
Das geht gar nicht! Einfach keine Umsatzsteuer erwirtschaften, als Tauschhandel oder als Geschenk arbeiten als Priester, Heiler oder Seher, das killt den Kapitalismus!

Das ist es doch, warum wir Jesus aus unserem Alltag verdrängt haben. Apps und Handys haben heute das Jesusgebet ersetzt.
Echt. Jesus killt den Kapitalismus!

Unser System kann sich einen Heiler wie Jesu Christ Superstar gar nicht leisten!
Jesus wollte keine Kirchen, keine Hierarchien, keine Ämter in seinem Glauben.
Frauen und Männer waren selbstverständlich gleichberechtigt.
Jesus aß kein Fleisch, denn im Wesen des Tieres begegnest du Gott. In Deinem Herzen begegnest du Gott.
Du begegnest Gott in dir selbst.
Im Wesen des Tieres begegnest du dir selbst.
In deinem Nächsten.
In allen Steinen, Tieren und Pflanzen.
Selbst in der Irminsul.

Wenn Karl der Große, dessen Ziel es war, ein christliches Reich aufzubauen, das gecheckt hätte, dass die Irminsul, der Lebensbaum der alten Sachsen, das gleiche bedeutet, wie der Baum des Lebens der alten Juden, die Kabbalah, wie die Yggdrasil der alten Germanen, wie der Hermesstab der alten Griechen, wie das System des Prana mit den drei Nadis Ida, Pingala und Sushumna, dann hätte Karl der Große die Irminsul nicht abrasiert.
Bin halt ein Spätzünder.
Wir träumen von Allah. Wir träumen von JHWH.
Wir träumen von Gott. Ich bin Gott, ich weiß es. Aber das mit der Irminsul hab' ich damals auch nicht kapiert, als ich sie fällte:

Sie war das Vermächtnis der Kabbalah, das Symbol des Lebensbaumes aus den alten Überliefungen, aus den westlichen Mysterientraditionen.

Und ich, Karl, der ich einst selbst als Jakob, Sohn des Isaak dieses Vermächtnis in die Welt setzte, hatte dies vergessen.

Dumm gelaufen, Karl. Weißt du, wenn du dir 'nen Wecker stellst am Abend, fragst du dich doch auch am nächsten Morgen nicht, was da um Gottes Willen so laut piept und warum?!

Nee, nee! Ich hatte mir selbst den Wecker gestellt und hatte es vergessen!

Ich hatte selbst diese Vision der Kabbalah, des Lebensbaumes, der Himmelsleiter, auf der Engel auf und ab steigen in die Welt gebracht und hatte sie vergessen!

Ich bin ein Engel. Ich habe es nur vergessen.

Wir sind Engel und haben es vergessen.

Ich schelte mich nicht dafür, dass ich vergaß, wie heil ich bin.

Ich tadele mich nicht dafür, dass ich verlernte, wie mächtig ich bin. Ich bin dankbar dafür, mich heute zu erinnern!

Nach meinem Leben als Mohammed kam ich als Karl zur Welt, Sohn des Hausmeiers Pippin und der Bertrada, der Berta mit dem großen Fuß.

Bekannt wurde ich als Karl der Große.

Und heute sitze ich in der S-Bahn, die von Solingen nach Düsseldorf fährt. In Derendorf bin ich eingestiegen.

Ich erinnere mich an meinen allerersten Tag bei der Ausbildung zum Coach und Lebensberater. Es hatte geregnet.

Ich wasche mir jeden Morgen die Haare und trug eine Mütze, die ich an meinem ersten Tag, das erste mal im Seminarraum auszog und von einer Frau im Kurs sofort folgenden Spruch hörte:

„Bah! Ich hasse Männer mit fettigen Haaren!"

Da war ich erst mal platt und überlegte:
Meint die mich?

Meine Haare sind gewaschen, sie sind nur platt gedrückt von der Mütze. Wie kann ein Mensch, der andere Leute unterstützen und coachen will, solch eine oberflächliche, gering schätzende, abwertende Haltung anderen Menschen gegenüber haben?

Gut, ich tue mich auch mit einigen Dingen bei den Menschen schwer, aber die sage ich nicht. Jedenfalls nicht laut.

An dem Tag lernten wir in sechs Stunden in meinem ersten Unterricht in der Ausbildung zum Coach drei Dinge:
Kommunikation aus der Perspektive eines gewissen Friedemann Schulz von Thun, der einen Dreiteiler geschrieben hat, der heißt „Miteinander reden".
Diese Bücher sollten wir lesen.
Dann gibt es ein Werk mit dem Titel „Erfolgsfaktor Menschlichkeit" und behandelt das Thema Wertschätzende Kommunikation.
Anschließend wurden wir in die Grundlagen eines Mediatoren - Trainings eingeführt.

All dies war sehr aufregend für mich.
Die Aussage der Frau am Morgen beschäftigte mich noch mittags auf dem Heimweg. Ich hatte nicht die Gelegenheit gehabt, sie darauf anzusprechen. Ob das nötig ist? Es wird sich zeigen. Zunächst lasse ich die Ereignisse einfach mal so stehen. Alles, was Menschen tun, tun sie, um selbst ans Ziel zu kommen und nicht, um anderen zu schaden, habe ich heute gelernt.
Das steht nämlich in dem Buch zur Wertschätzenden Kommunikation.
In meiner S-Bahn überlege ich mir einige mögliche Szenarien, wie ich mit meinen Erlebnissen umgehen kann.
Ich fühle mich oft beleidigt.
Das Skurrile daran ist, dass ich sehr oft träume, Otto von Bismarck gewesen zu sein.
Naja, vielleicht ist es nur ein Wunschtraum, um meine kleine Körperstatur und meine Erfolglosigkeit auszugleichen, obwohl ich mit meiner für einen Mann relativ geringen Körpergröße im

Grunde sehr zufrieden bin, denn ich weiß, es geht auch noch kleiner. Ich glaube, 1,64 Meter steht in meinem Perso, muss mal nachsehen.

Und dass momentan meine literarischen Werke wie „Corona als Karma" oder „Als König David das Dritte Reich erschuf" beziehungsweise „Israel! Freue Dich!" noch keine Resonanz hervorrufen, mag daran liegen, dass ich mich noch mehr in den Zeitgeist hineinfühlen und hineinschreiben muss und dann auch mal die Radiosender oder Zeitungen und möglicherweise doch mal den einen oder anderen Verlag zusätzlich zu Books-on-Demand kontaktieren sollte.

Seit meiner Kindheit fühle ich mich sehr oft verletzt und missverstanden. Immer wieder.

In diesem Buch, „Erfolgsfaktor Menschlichkeit", Junfermann Verlag, Paderborn, 2011, Seite 179 oben, da steht der Satz, die mögliche Lösung all meiner Probleme, wenn ich es nur ganz annehme und mich darauf total einlasse:

„Sehen Sie das Verhalten des Anderen als Handlung gegen Sie oder für ihn (den anderen Menschen)?"

Das ist es. Ich habe bisher immer das Verhalten des Anderen oder der Anderen als Handlung gegen mich gesehen. Nicht für die andere Person selbst.

Auch die SAP wollte kämpfen, damit die armen Arbeiter ein besseres Leben haben. Auch mein Sohn Herbert wollte schlicht sein Leben leben.

Ein kluger und weiser Vater erkennt das.

Ich jedoch interpretierte all diese Handlungen nur als Unfreundlichkeiten und traute mich nicht meine „Ich" – Brille ein einziges Mal abzulegen.

Über diese Unfreundlichkeiten stolpere ich immer wieder.

Weder Cäsar, noch Jesus, noch Arminius, die alle drei getötet worden sind von ihren Freunden, von Menschen, denen sie vertrauten, können sich davon frei sprechen, Opfer von Hass und Ablehnung gewesen zu sein.

Sie könnten aber auch zu dem Schluss kommen, dass die Morde an ihnen aus unpersönlicher Absicht geschehen sind, dass sie nicht gegen Cäsar & Co gerichtet waren sondern eine persönliche Erfolgsstrategie der Mörder waren, die wiederum eben einfach nur ihren eigenen Zielen gefolgt sind.

In vielen Träumen wurde mir klar, dass solche Menschen wie Cäsar sich ja auch reinkarnieren, nicht nur Buddhisten reinkarnieren.
Wie soll das auch sonst gehen?
Ich bin Katholik sagen wir mal bis ich zwanzig bin, dann wechsele ich zum Buddhismus und da ich nun auch an Reinkarnation glaube, erlaube ich mir, den Gedanken zu denken, dass ich selbst wiedergeboren werde.
Aha. Klar soweit?
Nun, man muss nicht so verrückt wie Captain Sparrow sein, um zu erkennen, dass es jetzt völlig sinnfrei wäre, anzunehmen, dass, sagen wir mal, wenn ich jetzt wieder katholisch werden will, weil meine Frau Claudia auch katholisch ist und nur einen katholischen Mann heiraten will, dass ich jetzt nun nicht mehr wiedergeboren werde.
Wiedergeboren zu werden gehört entweder zur Natur des Menschen oder nicht.
Reinkarnation ist entweder unsere Natur oder sie ist es nicht.
Wir alle tragen entweder einen feinstofflichen Lichtkörper in uns oder wir besitzen ihn nicht.
Das ist wie bei einem Kernkraftwerk: Man kann es nicht mal eben an- oder abschalten.
So auch unsere Wiedergeburt sowie unseren Lichtkörper.

Ich habe mindestens sieben Chakren in meinem Körper. Mein Körper ist der Träger dieser Chakren so wie der Blumentopf der Träger der Blumenerde ist.
So in etwa.

Und ich besitze ein spirituelles Herz, in dem all meine Erinnerungen an all meine Leben nachklingen und darin geborgen sind. Sie sind mein Schatz und ich folge der Stimme meines Herzens.

Mein Herz spricht zu mir in der Stille und ich verstehe seinen Klang.

Dieser Klang meines Herzens ist so ein Phänomen, das wir auf eine besondere Art verstehen müssen.

Das spirituelle Herz ist eine höchst spezielle Erscheinungsform, der wir uns nur auf außergewöhnliche Weise nähern dürfen.

Wenn ich mein Ohr an eine Schallplatte halte, werde ich ihr keine Töne entlocken.

Weder ein Tonband, noch eine Kassette, eine CD, eine DVD, eine SD-Card, ein Mikrochip, ein wie auch immer geartetes Speichermedium kann ich noch so lange mit meinen bloßen Augen betrachten, ihm mit den Ohren lauschen und mich noch so sehr anstrengen, ihr könntet mein Herz zerteilen und aufschneiden, sowie auch die CD, die Schallplatte oder den Speicherchip, da würdet ihr viel Blut oder Plastik und Metalle finden, nur kaputte Materie aber ihr werdet nicht die Stimme meines Herzens hören, die nehme nur ich wahr, jedoch nicht mit meinen Ohren.

Gemeint ist nicht das Schlagen des Herzens. Gemeint ist nicht das Pochen, nicht der Herzschlag.

Es ist das Gefühl.

Mein Kompass.

Meine Wünschelrute.

Mein Gyroskop.

Dieser unermesslich wertvolle Raum in meinem Herzen, mein spirituelles Herz, mein spirituelles Wesen offenbart sich nur mir selbst, nur ich kann es hören und verstehen.

Meine innere Stimme ist die Stimme meines Herzens!

Und wenn ihr mir ein anderes Herz transplantieren würdet, dann hörte ich die Stimme eines anderen Herzens aber ich würde sie vielleicht nicht verstehen.

Aber wem erzähle ich das?

Für euch ist ein Herz doch nur ein Organ. Lebenswichtig zwar, aber ihr nennt es Pumpe oder Motor. Ihr sprecht von der Wohnung Gottes wie vom Teil einer Maschine und redet herzlos über das Herz. Für euch ist es austauschbar. Ersetzlich.

Wie oft muss ich noch wiederkommen, bis ihr versteht?

Mal ehrlich, es wird langsam anstrengend.

Ja, es stimmt, in dem Gedicht „Upaya" steht geschrieben, dass ich „beständig das Gesetz predige, lehre und verwandle, zahllose Millionen von Lebewesen veranlasse, auf dem Buddhaweg zu gehen und unermessliche Weltzeitalter das Nirvana sehen lasse, der ich gekommen bin für die Befreiung der Menschen.

Nun, langsam habe ich dazu keinen Bock mehr, heute will ich lieber Nirvana hören. Das Känguru und Marc Uwe liegen da schon richtig.

Aber in Wahrheit bin ich nicht erloschen und hinübergegangen.

Beständig bin ich hier und predige das Gesetz.

Ich bin beständig hier und mit meiner überirdisch durchdringenden Kraft veranlasse ich die Lebewesen, die verwirrt sind, dass sie mich, obwohl ich nahe bin, nicht sehen."

Ich bin müde. Ich gebe zu, ich habe keine Lust mehr.

Wenn ihr weiterhin glaubt, dass Verschwörer euch Corona brachten und nicht ihr alle selbst durch eure unbewussten Wünsche, wenn ihr mich nicht erkennt, obwohl ich vor euch stehe, wenn ich wie ihr leide, lebe, mit der Bahn fahre, krank werde und zum Arzt gehe.

Und wenn ihr mich dann immer noch nicht erkennt, dann erinnere ich mich an meine Zeit als Bismarck oder Karl der Große und erkenne, dass auch ich oft eitel, fern der Weißheit und meilenweit entfernt von Güte, Verständnis oder Klugheit war.

Wenn junge Menschen bei Wind und Regen lieber ihre lange gestylte Frisur zur Show stellen, als eine Mütze zu tragen, fühle ich mich, der mir meine Gesundheit sehr wichtig ist, oft einsam und unverstanden und halte euch für eitel, oberflächlich und verständnislos.

Aber ich war oft selber so. Es ist nur so lange her, dass ich mich kaum daran erinnere.

Doch ich muss es mir zugestehen. Dann geht es mir besser.

Ich lebe wie ihr, ich esse wie ihr, ich atme wie ihr.

Ich bin zu euch gekommen, um mein Werk zu vollenden.

Ich muss, ich darf erkennen, dass der Unterschied zwischen uns gar nicht so groß ist. Wir sind als Buddha geboren.

Wir haben es nur vergessen.

Am Ende vieler meiner Leben wurde ich getötet.
Das schlimmste, woran ich mich erinnere, war der Tod des William Wallace, ich glaube, an der London Bridge.
Muss ich mich deshalb aber als Opfer betrachten?
Muss ich deshalb die Engländer hassen?
Nein.
Die Römer, die Jesus und Cäsar töteten und die Freunde, Bekannten und Verwandten, welche Arminius umbrachten, Hermann, den Cherusker, wollten ihre, wie immer gearteten, Ziele erreichen. Sie taten ihre Tat nicht, um mir zu schaden, sondern um sich selbst zu helfen.
So wird es denn auch bei den Engländern gewesen sein.
Und bei der Frau, die sich von meiner platt gedrückten, frisch gewaschenen Frisur angeekelt fühlte.

Während ich aus der S-Bahn aus steige und langsam durch den Regen nach Haus gehe, werde ich mir allmählich meiner Ähnlichkeit zu euch bewusst.
Wir sind als Buddha geboren.
Ihr seid als Buddha geboren.
Ihr habt es nur vergessen.
Wir alle sind Regenbögen.
Wir haben es nur vergessen.

Ach ja und falls Ihr Euch fragt oder falls Sie sich fragen, wie ich auf die Idee komme, die oder der jenige aus einer früheren Zeit gewesen zu sein:

Das ist ganz einfach. Einsicht zu erhalten in seine früheren Inkarnationen ist schlicht eine Nebenwirkung von zu viel Meditation.

Ich sag' ja, ich bekomm' immer die Nebenwirkungen.

Erfüllung: Messias oder das Ende der Sehnsucht

Seit 46 Jahren feiere ich mit meiner Familie Weihnachten. Dieses Ritual bedeutet für uns, dass wir der Wiederkehr des kindlichen Sohnes Gottes, Jesus Christus, auf der Erde jedes Jahr, wenn es draußen lange dunkel ist, immer neu gedenken.

In der Winterzeit fordert uns Jesus auf, unser eigenes inneres Licht in der Dunkelheit zu entzünden in unserem Herzen, um es dann in die Welt zu tragen.

Schon als Kind vertiefte ich mich bereits in der Vorweihnachtszeit sehr intensiv in die Wiederkehr Jesu Christi und wartete auf seine Ankunft auf der Welt, dabei wird mir heute, wo wir kürzlich den zweiten Advent 2020 gefeiert haben, bewusst:

Ich bin ja schon da!

Es ist das Ende meiner Sehnsucht. Ob es auch das Ende Eurer Sehnsucht ist, weiß ich nicht!

Hach, ist das herrlich!

Bis ich nach draußen in die Kälte muss, hab ich noch Zeit. Um zwanzig Minuten nach Sieben verlassen wir die Wohnung. Ich bin mal wieder seit 02:19 Uhr wach und kann seitdem nicht schlafen.

An diesen Zustand habe ich mich schon gewöhnt. Gemütlich lege ich mich noch ein Wenig hin, bis ich um 04:19 Uhr dann endlich dem Impuls folge, aufzustehen.

Was ist mein erster Gang nach dem Entzünden der Kerzen, Zähneputzen – das mach ich immer ausgiebig – und kurz pichln gehn?

Na, ich schlurfe zur Kaffeemaschine, spreche einige Zauberformeln, führe ein paar rituelle Handgriffe durch und fertig ist das Kaffeeritual.

Es ist schon etwas eintönig und einsam, wenn man keine Wohnküche hat, wo die Familie zusammen kommt und man für die ganze Familie Kaffee kocht oder wenn man keine Köchin hat, mit der man morgens ein Schwätzchen halten kann.

Aber es ist gut.

Es ist klar und still. Es ist der Grund, die Grundlage für meinen inneren Frieden, der in der Stille heran reift und stark wird, damit ich ihn dann nach außen tragen kann.

So ist das Leben als Bodhisattva. Man ist sich selbst Genüge. Ich bin mir selbst genüge und nabele mich ab von Eurem Zuspruch. Was ja nicht heißen muss, dass ich den ganzen lieben langen Tag allein verbringe. Ich freue mich, gleich bekommt meine Tochter einen Kuss auf die Stirn, eine Umarmung und ich darf mit meinem Freund zusammen zu meiner Ausbildung gehen, ihn an seiner Wohnungstür abholen, unsere Tochter verabschieden und dann geht's los.

Wir lassen uns zu Coaches ausbilden.

Mein Freund ist auch ein Bodhisattva. Passt doch gut, diese Ausbildung. Hier in Hamm ist um fünf Uhr in der Frühe noch alles ruhig. Ich mag das. Und ich freue mich auf meine Tochter. Und auf meinen Freund. Ein guter Freund ist das ganze spirituelle Leben. Das habe ich damals zu meinem Aufwärter Ananda gesagt. Dazu stehe ich auch heute noch. Die Ehrenwerte Ayya Khema hat mich an diesen, meinen Ausspruch, erinnert. Dankeschön!

Einst erlegte ich mir auf, erst ganz, heil und gesund zu werden, wenn ich mein Werk an Euch vollbracht habe: Euch in die spirituelle Welt zu führen. Aber ich entscheide mich um. Ich will **jetzt** und **hier** gesund sein. Ich will **hier und jetzt** die Schätze des Buddha leben. Gesundheit, Zufriedenheit, Zuversicht und Glück. Ich will **jetzt** heil sein, bevor ich meine Aufgabe erfüllt habe unabhängig davon, *ob* ich sie je erfülle.

Dankbarkeit hilft mir dabei. Ich will jetzt gesund sein und ich bin dankbar dafür. Meine Aufgabe kann ich überhaupt nur erfüllen, wenn ich gesund bin. Ich bin meine eigene Erfüllung!

Es ist überhaupt sehr wichtig, eine Haltung der Dankbarkeit zu entwickeln, denn Dankbarkeit kann uns eine glückliche Lebenseinstellung verleihen. Nach der Ausbildung bin ich mal gespannt, denn ich bin bei Frau Kebekus eingeladen.

Ob ich nervös bin? Na klar!!

Es klingelt.

Schon wieder. Frau Kebekus öffnet die Türe und runzelt erst die Stirn. Sofort lichtet sich ihr Gesichtsausdruck und ein Glanz der Freude huscht über ihr Antlitz, gekrönt von einem Lächeln.

Sie hat in den zwei Herren, die da schüchtern wie Schuljungen vor der Türe stehen, den Detektiv Holmes und seinen Assistenten Watson erkannt.

„Was wollen Sie denn hier?", ruft sie erstaunt und beißt sich auf die Unterlippe.

„Oh, Verzeihung, ja? So war das nicht gemeint, ich meine, also, eh, wie komme ich zu der Ehre Ihres Besuchs?"

Holmes lächelt, er hält Rebecca einen Korb mit einem sauberen, gebügelten Küchentuch darüber hin.

„Zu Weihnachten!", erklärt er mit leuchtenden, fragenden Augen.

Ob der Star den Meisterdetektiv herein bitten wird?

Rebecca ist erst ziemlich überrascht, besonders, als sie hinter ihrem Gesprächspartner noch Herrn Dr. Watson bemerkt.
Zu zweit sind sie her gekommen. Das geht bei Corona so gerade noch. Rebeccas Wohnung ist sehr geräumig.

„Wie komme ich denn zu der Ehre?", erkundigt sich die Frau verdutzt, als hinter ihr Larissas wohlklingende, warmherzige Stimme ertönt. Sie ist nicht immer so freundlich. Aber wenn sie will, kann sie sehr nett sein.

„Ja, das liegt an mir, Rebecca, ich hab Weihnachtsengel gespielt und hab die beiden eingeladen. Sie sind doch sonst alleine, Rebecca, verstehst du? Sie kennen hier doch niemanden!", spricht sie erfreut, während sie sich eben noch ihre wohl gepflegten Hände mit einem Frotteehandtuch abtrocknet.

„Ich ging früher nur in Restaurants, wo nicht so ein Händetrockner drin ist, vor Corona, weißt du?" Larissa nähert sich Herrn Watson bedrohlich, aber der bleibt ganz cool.

„Ah, endlich mal ein Mann, der gut aussieht. Und da ist noch so viel Potential, Herr Doktor!"

Mit diabolischem Grinsen flirtet sich die junge Frau in Richtung ihres neuen Opfers quer durch den Raum bis zur Wohnungstür, nimmt Watson bei der Hand und zieht ihn zu sich heran.

„Kein Grund zur Aufregung, Rebecca, ich hab' die beiden eingeladen. Holmes und du ihr könnt ja kochen gehen. Aber ich sag euch beiden was, Essen wird völlig überbewertet!
Was wirklich zählt, ist ein gutes Selbstwertgefühl!
Und das bekommt man erstmal vom Schminken!", raunt sie in unheimlichen Tonfall und wickelt Watson mit dem Rest des Trassierbandes ein, das sie immer noch um die Hüften trägt.

„Ey, du böse Hexe, räum mal deine Kordel hier auf, ich hab kein' Bock, darüber zu stolpern! Willst du dem Mann ´nen Strick drehen oder was? Hör' auf, den zu strangulier'n!"

Larissa hört jedoch nicht zu. Sie greift zu ihrem Schminkkoffer, funkelt Watson mit gefährlichem Blick an und lacht dabei so herzlich und mitreißend, dass Rebecca und die beiden Herren nun auch lachen müssen.

Und wenn sie nicht gestorben sind, dann lachen sie noch heute!!

Staat der Achtsamkeit

„Columbo kam doch noch mal zurück. Wie immer hatte er etwas vergessen.

Es mag sein, dass wir doch wieder hier sein werden, irgendwann, erkannte er. Nur dann werden die Leute vielleicht andere Sein. Und die Zeit wird eine andere sein. Auch der Strand wird nicht mehr der Selbe sein. Der Strand von Troja. Und das Set.
Was wird nach Corona sein?
Werden wir weiter ins kapitalistische System eintauchen, statt Menschen Maschinen für uns arbeiten lassen, statt Maschinen Computer?
Werden wir mehr und mehr unsere Arbeitsplätze, unsere Städte digitalisieren?
Werden wir das Pflegepersonal in Altenheimen allmählich durch Roboter ersetzen?

Wofür bin ich zu euch auf die Welt gekommen, wenn ihr mich nicht mehr erkennt?

Mich alsbald nur noch mit einer App oder der elektronischen Stimme in der Warteschleife zu unterhalten, darauf habe ich keine Lust.

Wenn Ihr noch einen Rest von Sinn und Ordnung in eurem Leben haben wollt, dann solltet Ihr mich nicht ganz vergessen.
Ich habe Euch eine Aufgabe gegeben.
Mit meinen zehn Geboten habe ich Euch auf den Pfad der Achtsamkeit geführt.
Am Anfang dieses Buches habe ich Euch gefragt:

„Erkennt Ihr mich?"

Nun? Wie lautet Eure Antwort?
Mittlerweile ist es kalt geworden. Und nass. Vom vielen Schreiben ist mein Kaffee mal wieder kalt geworden und ich sitze hier

an meinem Tischlein an meinem alten Kinderzimmerfenster in Düsseldorf-Hamm am letzten Tag des Jahres 2020.

Hi Leute!
Um das mal klarzustellen:

- Burnoutkids,
- Massenartensterben,
- Treibhauseffekt,
- Unzufriedene, unterbezahlte Arbeitskräfte,
- Digitalisierung: Entfremdung: Massenkündigungen,
- Völlig überforderte Lehrer
- Stress zwischen zwei Zigaretten- oder Kaffeepausen,
- Obwohl wir immer mehr Zeit, Geld und Energie in Gesundheit investieren, werden wir immer kranker,

...und jetzt noch Corona!

Ich kenne das von früher. Die Signale werden überhört bis es knallt! Als ich Ramses II. war, habe ich stur Signale überhört, daher verstehe ich Euch gut und kann Eure Gründe nachvollziehen, warum Ihr Euch nicht auf meine spirituelle Lehre konzentriert und lieber den Kapitalismus weiter hoch fahrt. Damals hab ich ja auch erst sehr spät reagiert. Aber muss das bei Euch diesmal auch so sein? Wie fühlt Ihr Euch, Leute?

Diese Gesellschaft hier, unser kapitalistisches System läuft heiß wie ein Auto mit Motorschaden oder mit Bremsenschaden.
Unser Betrieb ist kaputt wie ein Auto.
Wenn der TÜV dein Auto still legt, weil es Totalschaden hat und so defekt ist, dass du dein Leben gefährdest, wenn du damit noch fährst, ignorierst du die Warnung dann auch und fährst trotz des Verbotes weiter?
Unser System so fort zu fahren heißt, mit einem Auto zu fahren, das einen Bremsen- oder einen Motorschaden hat.
Es ist wie Gas geben mit defekten Bremsen.

Ich spreche aus der Sicht eines Europäers, weil ich hier in Europa bin und von hier aus aktiv werde, indem ich schreibe.

Denn am Anfang war das Wort und das Wort war bei Gott und Gott war das Wort.

So steht es zwar in der Bibel, ist aber noch nicht ganz voll gültig übersetzt, denn es heißt nun in der höchsten Stufe seiner Übersetzung, (nach „Wort" kommt „Verstehen" und nach „Verstehen" kommt „Sein" oder „Liebe").

Ich entscheide mich für die Liebe. Wenn ich statt „Wort" oder „Verstehen" oder „Sein" den Begriff „Liebe" einfüge, da heißt es also:

Am Anfang war die Liebe
Und die Liebe war in allem Seienden
Und alles Sein war Liebe.

Ihr könnt es so verstehen:

Ich bin gewissermaßen der TÜV für Gesellschaftsformen und Wertmaßstäbe.

Ich schaue mir an, was ihr zusammen baut.

Wenn für mich ersichtlich ist, dass sich ein System tot läuft, dass es ungerecht ist, sich verschleißt und vom heiligen Licht abwendet, sage ich: Es muss erneuert werden!

In unserem Falle erneuert werden durch **ACHTSAMKEIT!**

Kannst Du Dir vorstellen, könnt Ihr Euch vorstellen, dass in diesem Moment eine Person auf dieser Erde lebt, die von sich selbst behauptet, Jesus Christus gewesen zu sein?

Könnt Ihr Euch außerdem vorstellen, dass dieser gleiche Mensch auch König David der Juden, Siddharta Gautama und Mohammed war?

Wenn Ihr dies versteht, dann könnt Ihr begreifen, dass die fünf großen Weltreligionen EINS sind.

Sie bilden ein Ganzes und eine Einheit.

Nirgendwo auf der Erde ist ein Grund für Krieg und Zwist dargelegt, für Grausamkeit und Zerstörung.
Krieg und Frieden existieren allein in unseren HERZEN!

Es war einmal eine Zeit, da war ich Lehrer. Lehrer im Bereich Erwachsenenbildung.
Ich hatte eine eigene Schule gegründet. Die Sangha. Ich lehrte Männer, Frauen und Kinder.
Zunächst. Bald jedoch, da diskutierten die Frauen mit mir um jeden Brösel und waren so aufgebracht, dass die Lehre, die Eine Wahrheit unter den vielen Diskursen unterzugehen drohte und ich sagte zu den Frauen, dass sie bitte meine Sangha verlassen oder eine eigene Schule gründen sollen, denn ich wusste um einige Frauen, die durchaus in der Lage waren, eine eigene Schule zu gründen.
Ja, so hat sich auch damals alles aufgespalten.
Und Kinder? Die diskutierten noch mehr.

Rumi aber hat Recht. Allein in der Stille ist das Geheimnis zu finden.
Wenn ihr aber noch nicht einmal die Stille aushalten könnt, nicht für drei Minuten, wie wollt ihr dann das Geheimnis finden, das innere Heil, inneren Frieden, inneres Glück?
Vielleicht seid Ihr einfach noch nicht so weit.

Muss ich echt noch mal wieder kommen?

Ich möchte JETZT meine Aufgabe erfüllen, denn ich bin Maitreya und meine Ankunft wird sogar im Theravada vorhergesagt.
Ich selbst habe weder als Siddharta Gautama, noch als Jesus, noch als Karl selbst etwas aufgeschrieben.
Das ist oft gut.
Wir Moslems sehen es.
Es gibt Streit um das Wort.
Wenn es einen Koran gibt ist da in einer friedlosen Welt nur wieder ein Objekt mehr, um das man sich streiten kann.

Solange ihr den Koran nur als Objekt seht, wie wollt ihr den Kern meiner Lehre begreifen?
Tragt alles im Herzen, so wie ich einst mit dem Herzen verstanden habe.
Mit dem Herzen verstehen.
Vollkommenes Verstehen.
Darum geht es.
Findet die Kaaba, den Raum der Stille, den heiligen Ort in Eurem Herzen!
In Eurem spirituellen Herzen!
Nur DORT ist der FRIEDE zu finden!
Findet Frieden mit Euch selbst und der Welt!"

Luke Arlington legte seinen Stift beiseite und reckte sich. Es war wieder Morgen und er schrieb schon lange.
Düsseldorf-Hamm erwachte leise aus der Stille der Nacht.
Nachdem er ein Wenig in seinem alten Kinderzimmer herum gegangen war, nehm er seinen Stift wieder auf und formulierte weiter.

„Warum eigentlich bin ich in die Wohnung meiner Kindheit gezogen?
Wenn wir nicht werden wie die Kinder, so werden wir nicht ins Himmelreich kommen.
Wie jedoch sind die Kinder, welche Eigenschaften meine ich?
Ich meine die Einheit, die Ungetrenntheit, Kontemplation und Konzentration, die Reinheit und Klarheit, die bedingungslose Liebe, bedingungslose Hingabe, das Nicht – Fragen.
Das HEIL.
„Ich habe eine große Sturmkatastrophe über euch gebracht und ihr wart voller Innbrunst, ihr bebtet vor Ergriffenheit, ihr branntet wie Holzscheite, die man aus dem Feuer zieht.
Doch wer von euch ist zu mir zurück gekommen?"

Als mein Name Gautama Siddharta war, habe ich einen ersten Anlauf unternommen, der Menschheit eine Lehre der Achtsamkeit zu geben.

Dann kam ich als Jesus zu Euch.

Anschließend als Mohammed.

Einst, zu Anfang, als Jakob, der Vater der zwölf Stämme und bald darauf als König David.

Naja. Bald darauf. 800 Jahre sind zwischen diesen beiden Inkarnationen schon vergangen.

Da habe ich dann und wann die Gelegenheit genutzt, als Wesen in den verschiedensten Formen bei euch zu sein in mehreren Leben.

Alle Jahre wieder.

Letztlich galt meine Sorgfalt Europa und auch Japan und dann aber vor allem diesem Land, Deutschland, denn hier komme ich nun zu Euch als Maitreya, der Bodhisattva des Theravada-Buddhismus.

Ich will, dass wir unserem Staat eine neue Verfassung geben.

Erstmal in Deutschland. Das liegt in Europa so schön zentral.

Von dort darf sich meine Achtsamkeitslehre, meine Herzensbildung und Achtsamkeitspraxis als Staatsform dann gern friedlich weiter ausbreiten.

Durch die Verbreitung meiner Schriften.

Durch Gründungen von Schulen für Achtsamkeit und Herzensbildung in Deutschland, Europa und der Welt.

Durch Universitäten für Frieden, Achtsamkeit, Natürliche Gesundheitslehre, Chakrenlehre, Lichtarbeit und Nachhaltiges Leben.

Die politische Struktur kann dabei bestehen bleiben, die Demokratie, an der ihr so sehr hängt, meinetwegen.

Auch wenn dem König von Gottes Gnaden die alleinige Gabe gegeben ist, über das Volk zu herrschen und es zum Heil zu führen.

Das ist meine ganz private Meinung.

Aber ich will lernfähig sein. Will kein Sturkopf sein.

Eure Kinder kommen durch euch und nicht von euch, schreibt Khalil Gibran und auch ich bin bereit, zu lernen, dass ihr nicht von mir sondern durch mich kommt.

Ein Vater, der seinen Kindern hinterher rennt, wenn sie ihre Wege selbst beschreiten und fort gehen wollen, ist kein sehr guter Vater. Doch ich will Vertrauen haben.

Ich glaube an Euch!

Und ich will mich anstrengen und ein guter Vater sein. Und eine gute Mutter. Immerhin bin ich ja transsexuell, das heißt, ich vereine Männliches und Weibliches, Aktives und Passives, Gut und Böse, wie ihr es in eurer dualistischen Denkweise nennt, in gleichem Maße.

Es ist wie bei Yin und Yang.

Und ich bin hier.

Für mein Deutsches Volk und für alle, für mein Menschenvolk.

Ich möchte, dass Ihr selbstständig in Frieden und Achtsamkeit, in Nachhaltigkeit und Harmonie mit der Ganzheit des Lebens hier auf der Erde lebt.

Ich gebe euch nur einen guten Rat:

Yuval Noah Harari, der sein beeindruckendes Werk „Eine kurze Geschichte der Menschheit" mit der Frage beendet, wo wir, die wir mittlerweile technische Fähigkeiten wie Götter entwickelt hätten, denn mit unserem Können überhaupt hin wollen, hat also eine gute Frage gestellt.

Darauf kommt es an: Die richtigen Fragen zu stellen.

Wer fragt, erhält Antworten, sagte ich euch.

Klopfet an und euch wird aufgetan.

Seine Frage lautet also:

Wo wollen wir hin?

Amen, Ich sage euch, wo ich euch hin haben will.

Das war von Beginn an mein Plan.

Mit jeder Katastrophe, jedem jüngsten Gericht – und davon gab es schon viele – mit jedem neuen Messias, jedem Bodhisattva, jedem Zadiq, mit jeder Heiligen, die ich euch schickte, jedem Reichseiniger, Dämon, König, Bettler, jedem Bedürftigen, der

an euer Herz klopft und um euer Mitgefühl bittet, hatte ich von vornherein nur eines im Sinn:
Ich will, dass ihr alle die Achtsamkeit lernt.
So, wie der Buddha sie gelehrt hat.

Jaja, ich weiß, Eigenlob stinkt. Dann haltet euch eben die Nase zu, wenn ihr jetzt weiter lest.

Die Erläuterung findet Ihr hier im Kapitel „Glück in vier Schritten". Mit den vier Schritten sind die vier Verweilungsstätten gemeint.
Sie werden auch „Vier Göttliche Wohnstätten" genannt.
Lasst Euch von diesen Begrifflichkeiten bitte nicht abschrecken.
Nehmt diese Worte einfach mal so an und lasst Euch auf die Übung ein, wie es ist, mal einen ganzen Moment lang, dann vielleicht mal eine ganze Stunde lang zu beobachten, wie viele beziehungsweise welcher Art verschiedene Reaktionen und unterschiedliche Gefühle wir zeigen auf Dinge, Ereignisse, die uns begegnen.

Wie reagieren wir, wenn uns der Kaffeelöffel zu Boden fällt, wenn wir Wein oder Saft auf unserer Kleidung verschütten, wenn wir ein Vorfahrtsschild missachten oder eine rote Ampel übersehen?
Versuchen wir mal die selbe Zeitspanne lang, einen Moment, eine Stunde, einen Tag und so weiter nur mit den vier beschriebenen Gefühlen, den Verweilungsstätten auszukommen.

Wie geht es uns damit? Ist es einfach? Nicht so einfach? Was ist anders? Auf welcher Ebene, in welchen Bereichen verändert sich etwas?
Macht es glücklich?
Und nun die wichtigste Frage:
WOLLT IHR AUCH DA HIN?

Natürlich sollten die neuen Reaktionen zu den Situationen passen. Wir müssen bei aller „Erleuchtung" alltagstauglich bleiben.

Gleichmut zum Bleistift passt nicht, wenn wir eine rote Ampel übersehen haben.

Klar, wir sollen uns dafür nicht fertig machen, aber die Aufmerksamkeit und Konzentration besitzen, in der nächsten vergleichbaren Situation angemessen zu reagieren.

So viel zunächst zu den Übungen bezüglich der Verweilungsstätten. Spielt ruhig mal damit in einem Rahmen, der diese Experimente zulässt.

Die Erklärung für den Achtsamen Staat werdet ihr in meinem neuen Buch finden:

Achtsamkeit für Deutschland.

Achtsamkeit und Nachhaltigkeit als Prinzipien der Staatsführung im Zeitalter der Globalisierung.

So oder so ähnlich werde ich es nennen.

Gleich bleibt natürlich der Autor:

Baldur Airinger. Tja. So ist das: Baldurs Return! Baldur, der God of War, der Lichtbringer, Sonnengott, der hellste und heilste der Asen ist wieder da! Baldur von Asgard ist wieder da. Baldur von Breidablick. Und God of War zu sein bedeutet für mich heute: Mars im 12. Haus zu haben: Es heißt, die Dinge zu hinterfragen. Es bedeutet, den Wahrheitsgehalt im Seienden zu erkennen und Wahres von Unwahrem zu unterscheiden.

Wie es in der Feuerzangenbowle schon erwähnt wird:

Wahr sind nur unsere Träume.

Ihr habt den Donnerstag beziehungsweise Thursday nach meinem Bruder Thor benannt, Dienstag, Odinstag nach meinem Vater, Freytag nach Freya, meiner Mutter und ich wünsche mir von euch, dass ihr den Sonntag nach Baldur benennt und ihm endlich den Namen gebt, den Namen Baldur, der ihm zusteht.

Baldurtag lässt sich auch leichter aussprechen als Maitreyatag.

Maitreya ist auch ein Name von mir.

Ich habe eben viele Namen. Sabine oder wie ich es geschrieben habe: Sabrina. Siddharta. Mohammed. Jesus. David. Jakob. Cäsar. Karl. Maitreya.

Dies sind einige meiner Namen.

Auch wenn mein offizieller Name Luke Arlington lautet.

So steht es halt in meinem Nersopalausweis.

Eine lange Reise habe ich hinter mir und nun kann ich euch diese Schriftrollen endlich glücklich überreichen.
Nehmt es meinetwegen als ganz neues Testament.
Dann gibt es ein Drittes Testament.
Die Zahl Drei begegnet uns hier wieder.
Drei Größen hat die berühmte einsteinsche Formel: Energie, Masse und Lichtgeschwindigkeit.
Joseph Beuys und Rudolf Steiner sprechen von der Dreigliedrigkeit des Sozialen Organismus. Wir können die menschliche Atmung in drei Phasen unterteilen.
Des Papstes Kopfschmuck sind drei Kronen.
Diese drei Kronen sind Symbol göttlicher Eigenschaft.
Drei Hauptströme haben die Nadis des Yoga.
Das Wesen des Menschen kann dreifach benannt werden: Körper-Seele-Geist.

So weit zu der Drei.
Und damit schließt sich der Kreis.
Ich will, dass ihr überall auf der Erde Staaten neu beseelt mit den Prinzipien von Achtsamkeit und Nachhaltigkeit.
Bhutan macht es vor. Nur ernährt euch selbst nachhaltig und ökologisch – dynamisch.
Gestaltet gemeinnützige Streuobstwiesen in biologisch - dynamischem Landbau ohne Gift und Überdüngung wie in der alten DDR. Macht es wie Hallervorden beim Fußballspiel: Nehmt Schafe, um sie zu mähen!
Blickt in euch und erkennt, dass überall auf der Welt die Herzen der Menschen die gleiche Achsneigung haben: Die Achsneigung der Erde.
Schützt eure Erde. Den Planeten und die Erde, in der die Pflanzen gedeihen.
Erde sind organische und anorganische Bestandteile toter Pflanzen, richtig?
Aus diesen toten Pflanzenteilen wächst neues Leben!
Wie schon in der Bibel zu lesen ist:

„Geheimnis des Glaubens – im Tod ist das Leben!"

Diese Erkenntnis ist Teil der drei Konfessionsreligionen und die Buddhisten und Hinduisten, welche meines Erachtens an die Wiedergeburt glauben oder davon wissen, kennen dies Geheimnis schon lange. Das heißt nicht, dass ihr euch töten sollt, es bedeutet, dass ihr vor dem Tod nicht so viel Furcht haben sollt. Eher Ehrfurcht. Achtsamkeit. Respekt.
Behaltet eure Nationen bei.
Sie sind schön. Wie Häuser. Seid einander gute, gütige Nachbarn und kümmert euch genauso um euch selbst.
Liebt einander in Frieden.
Haltet eure Erde behutsam und verantwortungsbewusst, achtsam und nachhaltig in euer aller Händen.

So. Jetzt habe ich euch meine Geschichte erzählt.
Einen Teil davon.
Denkt darüber, was ihr wollt.
Denkt darüber, was ihr wollt, so oder so ähnlich endet auch die Geschichte von den 1000 Kriegern, die „Rebellen vom Liang Shan Po".
Das ist die Erzählung von einem Mann, der eine ganze Welle des Friedens und der Freiheit hervorruft.
Wir können heute heilen mit dem Geist und durch das Wort.
Die Geschichte von den „Rebellen vom Liang Shan Po" ist eine Erzählung aus dem Alten China.
Übrigens gäbe es auch dies nicht ohne mich.
Es war oft hart aber es war mir eine Freude, dieses herrliche Reich zur Einheit zu führen.
Mögen auch die Chinesen in Achtsamkeit leben und mein Staatskonzept eines Achtsamen Staates, dessen System auf den Säulen von Achtsamkeit, Nachhaltigkeit und individuellem Glück gegründet ist für sich übernehmen und damit meine ich nicht den irdischen Weg des Glücks, das materielle, vergängliche vermeintliche, kurzlebige Glück des Luxus und der ungesunden Nahrung, die Freiheit, Schusswaffen zu tragen, welche auf Angst und Feigheit gegründet ist.

211

Bekämpfen müssen sich nur Menschen, welche nicht den Mut haben, sich gegenseitig Vertrauen zu schenken.

Bekämpfen müssen sich nur Menschen, die nicht den Mut haben, sich wirklich zu begegnen.

Wer sich wahrhaft begegnet, lebt im Glück.
Ich meine ein Glück, das von innen kommt: Von geistiger, seelischer und körperlicher Gesundheit, von Selbstbeherrschung, einer gesunden Natur, gegenseitiger Achtung, Achtung der Natur und vor Allem Bäumen gegenüber, ich meine ein Glück, das gegründet ist auf Zuversicht, Zufriedenheit, Aufrichtigkeit, Freundschaft, Offenheit und Liebe.
We all are Rainbows.
Wir sind Regenbögen. So ist das eben.
Merkt euch das!

Ich liebe Euch! Und zwar diesmal alle Menschen und nicht nur meine französischen Soldaten!
Ja, ich war Nappi und Otto von. Könnt ihr Euch das vorstellen?
Und danke für die Bismarcktürme!

Nun, als ich Otto von Bismarck war, das war noch eine andere Zeit. Auch wenn da mehr Trubel war, da gingen die Uhren noch langsamer, wenn ihr versteht, was ich meine.
Ich wünsche mir, dass der Zug, der vor dem Bahnhofs – Haus in Friedrichsruh durchbraust, auf einem Kilometer Strecke vor dem Gebäude die Fahrt verlangsamt und mit Schritttempo (für einen Zug sind das 20 km/h) vor dem Bahnhofsgebäude Ehrenbezeugung fährt.
Erinnert Euch in Güte und Dankbarkeit an mich! Ich gab Euch Einheit, eine solide Struktur und einen stabilen, inneren Frieden! Der soll bleiben!
Keine Sorge. Ich kaue nicht auf alten Werten herum wie auf einem fies gewordenen Kaugummi.

Denn die alten Werte sind nicht verloren gegangen.

Verborgen leben sie in neuen Geschichten weiter. Geschichten wie dieser hier.

Früher habe ich aktiv Geschichte geschrieben, heute spreche ich von Karma und auf ein mal geht das Wort um die ganze Welt.

Ich zeichne Kronen, die Welt fürchtet sich vor Corona.

Die Leute schaun nach außen, blicken ständig in ihr Handy, gucken Fernsehen, ich betrachte mich im Inneren, nicht wie bei Körperwelten, sondern in der Meditation.

Und der Kontemplation.

Und ich erkenne endlich, was ich früher nie für möglich gehalten hätte, die Wahrheit in allen Märchen!

Danke, Julien Bam und John, ihr habt mich dort hin geführt!
Hier meine Märchenstunde:

Hänsel und Gretel:
Die Brotkrumen: Sie sind die Taten, durch die wir unseren Weg finden in das Schicksal, das wir uns selbst vorbestimmen!

Das Märchen will uns lehren, durch unsere Absichten und Wünsche nicht irgendwann im Ofen, in der Hölle, im Fegefeuer zu landen, der Zeit des Brennens, der Kamalokazeit, die Strafe, die Strenge, kann bereits in diesem, in der Zwischenzeit oder im nächsten Leben erfolgen!

Das will uns das Märchen sagen!

Achte auf deine Wünsche, deine Absichten und Taten!

Aschenputtel zeigt uns die Folgen unseres Umgangs mit der Macht: Sind wir hochmütig, stolz und arrogant oder lieben wir, vertrauen, entwickeln ein gutes Unterscheidungsvermögen, erkennen, was schädlich für uns ist und was förderlich ist und sind voller Mitgefühl und Liebe?

Wenn wir voller Liebe sind und Verantwortung tragen, werden wir auch belohnt und gelangen ans Ziel, werden glücklich. Sie folgt ihrem Herzen, nicht dem Geld und findet ihren Frieden!

Früher dachte ich immer, wenn Aschenputtel sich in ihr Schicksal fügt, am Hof ihrer Stiefmutter Magd zu sein, mit den Knechten auf Augenhöhe zu sein, Arbeit einer Dienstmagd, einer Dienerin gern zu übernehmen, und nicht zu widersprechen, sei feige oder dumm.

Nun aber habe ich erkannt, dass ihr Weg nichts anderes als die Lehre des Buddha ist: Sie besitzt die vier Schätze des Buddha: Gesundheit, Zufriedenheit, Zuversicht und die Gabe, intuitiv den richtigen Weg zu wählen: Die Tugendliebe.

Da sie auf ihr Herz hört und ihrem Schicksal vertraut, findet sie den Weg.

Sie ist eine Sotapanna: Eine in den Strom Eingetretene.

Sie fügt sich und beklagt sich nicht.

Mutig nimmt sie ihr Schicksal an.

Intuitiv oder bewusst erkennt sie, dass ihr Schicksal ihr Karma ist, der Weg, den sie sich selbst mit ihren Wünschen, Absichten, Träumen, ihrem Willen und ihren Taten, ihrer Art der Wahrnehmung in ihren Schoß, in ihre Wiege gelegt hat.

Karma. Es sind die Brotkrumen von Hänsel und Gretel. Auf symbolischer Ebene, versteht sich.

Wie Maria von Bismarck sehr schön sagt: Wer herrschen will, muss dienen können!

Auch Rotkäppchen, welche vom Schicksal geprüft wird, von der Verlockung herausgefordert wird, begegnet Gier, Hass und Verblendung. Sie besiegt die Versuchung und bleibt heil.

Alle diese Märchen weisen hin auf die alte westliche Mystik der Kabbalah. Die kabbalistische Mythologie ist in den Märchen verschlüsselt und verborgen.

Die Kabbalah ist sehr alt. Daher sind alle Konfessionsreligionen gleichwertig, denn sie haben alle eine Botschaft:

Kontemplation!

Auch der Große Jihad des Islam bedeutet Kontemplation!

Sein Weg ist Kontemplation. Sein Ziel ist Selbsterkenntnis. Innerer Friede. Darum geht's in allen drei Konfessionsreligionen.

Kleiner Scherz:

Selbst Schneekristalle weisen in ihrer Form auf die Kabbalah hin! Es ist die verborgene Botschaft, die Struktur des Himmels!
Auch die Irminsul ist ein Symbol der Kabbalah, doch ich, Karl, erkannte es nicht.
Jessie J. singt einen Song namens „Nobody's perfect".
Vielleicht mag es vermessen klingen, wenn ich behaupte, dass der Text dieses Liedes jeden betrifft, sogar solche Typen wie Karl den Großen.
Auch er hat aus Liebe gehandelt. Aus Liebe zu sich selbst und zu seiner Vision.
Und er hat noch ausprobiert.
Meine Zeit des Ausprobierens ist vorbei.
Denn ich **weiß** jetzt. Ich habe Gewissheit erlangt!
Ich bin ein Wissender geworden und ein Weiser.
Sagen wir, ein Zadiq.
Die Menschen heute schätzen das Wissen höher, als den Glauben.
Ich jedoch bin im Erkennen, im Wissen *und* im Glauben, und wenn ihr sagt, Glaube kann Berge versetzen, dann wird das völlig überbewertet!
Wer will denn schon Berge versetzen!
Was wäre das für'n Chaos, wenn wir alle Berge hin und her schieben würden, wie Schachfiguren auf'm Schachbrett, nur nicht so geordnet?
Klar, mein Bus kommt gleich, ich bin spät dran, die Haltestelle ist hinter'm Berg um die Ecke, aber da rum zu gehen, schaffe ich nicht mehr, also kurz mal weg mit dem Berg und schwupps bin ich an der Haltestelle, der Bus kommt und ich bin dann mal weg!
Normaaal! Oder wie bei Brösel, Werner, Eckhart und Andi auf'm Weg nach Korsika kurz vor der Schweizer Grenze, am Zoll, wo die alle Berge knautschen?
Nöö, das' viel zu anstrengend.
Und auch völlig sinnlos.
Ich bin nicht wegen der Berge zu euch gekommen.
Ich bin auch nicht um der Rinder Willen zu euch gekommen, wie schon in der Bibel steht.
Um euretwegen bin ich hier.

Es ist Zeit. Auch Deutschland hat sein Schicksal: Den Weg der Achtsamkeit! Lange habe ich an meinem Kunstwerk gehauen und gefeilt.

Ich will mein Werk nun vollenden und benötige eure Hilfe.

Ich will eine Gesellschaft gründen für Achtsamkeit und Nachhaltiges Leben und eine Schule für Achtsamkeit und Herzensbildung. Einen Entwurf für die neue Gesellschaft habe ich bereits geschrieben. Für den Staat der Achtsamkeit. Das Buch heißt „Corona als Karma".

An dem Schulkonzept arbeite ich noch.

Aber was ist ein Lehrer ohne seine Schüler.

Es ist an der Zeit, jedem Menschen die Möglichkeit zu geben, meine Lehre, das Dhamma, die Lehre des Buddha, von Beginn auf in Theorie und Praxis zu lernen.

Dabei sage ich deutlich, dass diese Lehre eine Begleitfunktion zu religiösen Systemen haben kann, denn sie ist keine Religion. Sie ist eine Erkenntnislehre.

Auch Jesu wollte das Judentum reformieren und verstand sich nicht als Religionsgründer, ebenso wenig wie Martin Luther. Der wollte die katholische Lehre von ihren Verfehlungen wie Ablass reinigen, jedoch keine neue Lehre gründen.

Nun ist alles, wie es ist. Lasst eure Religionen ruhig so, wie sie sind, aber vertragt Euch endlich! Natürlich kann ich ein Moslem mit Herz und Seele sein, mein Herz kann dem Islam gehören, ich kann die fünf Säulen des Islam leben und aufrichtig mit ganzem Herzen praktizieren und dabei Achtsamkeit auf meinen Körper, Achtsamkeit auf meine Gefühle, Achtsamkeit auf meine Gedanken und Achtsamkeit auf meine Geistesobjekte haben, ich kann dabei in den vier göttlichen Verweilungsstätten zu Hause sein mit meinem Herzen, meinem Geist und meiner Seele und dem Edlen Achtfachen Pfad und der Tugendlehre Buddhas folgen, denn sie widersprechen sich nicht!

Ich kann gen Mekka beten UND meditieren!

Ähnliches gilt für Juden, Christen und all unsere Religionen, für alle Glaubenssplitter!

Wir gehören alle zusammen!

Wir sind alle gleich!

Wir alle sind Regenbögen!

Wir kommen aus dem ewigen Licht!

Aber für wen spielt das heute eine Rolle?
Ihr glaubt doch, Smartphones, Onlineshopping, Billigkleidung, genmanipulierte Nahrung, Ohrmuscheln gezüchtet auf Mäuse-rücken, Massentierhaltung, Fastfood, Plastikgeld das wär der Trend!
Doch ich wehre mich dagegen!
Ich wehre mich dagegen, dass sie uns die Digitalisierung auf-zwingen wollen!
Ich lasse mir nichts aufzwingen. Ich brauche kein Smartphone, um glücklich zu sein!
Doch ihr braucht es, ihr seid schon abhängig davon!
Letztens in der Zeitschrift Erziehungskunst war ein guter Artikel darüber, wie eine junge Frau von den Schwierigkeiten berichtet, heutzutage mal eine Zeit lang ohne Smartphone auszukom-men!
Die globale Sucht ist das! Echt! Und alle, die so was nicht ha-ben, können auf eine gewisse Weise glücklich sein!!
Ihr seid süchtig nach Smartphones und ständigem Erreichbar-sein und ihr lebt dies euren Kindern vor und übertragt eure Sucht, euer krankes, abnormes Verhalten so automatisch auf eure Kinder!
Ihr seid selbst schon so verstrickt in dem Verhalten, ihr nehmt es selbst kaum wahr!
Legt euer Smartphone mal ´nen Tag beiseite, nicht nur für euch Kinder gilt das, auch für Mama und Papa!
Auch Oma und Opa fordere ich auf!
Testet euch mal selbst!
Wie lange und wie gut kommt ihr ohne Smartphone aus?
Wie süchtig seid ihr nach Konsum?

Ich bin auf diese Welt gekommen, um euch daran zu erinnern, dass ihr frei und dass ihr Lichtwesen seid. Statt dessen baut ihr Telefonsysteme, die auf Licht basieren und macht euch selbst abhängig davon!

Wenn wir gemeinsam „Mensch ärgere dich nicht" spielen würden, und zwar nicht digital, sondern mit richtigen Figürchen aus Holz oder meinetwegen aus Plastik, dann würdet ihr fragen, welche Farbe ich wähle.

Das ist aber die falsche Frage.

Erstens: Ich wähle alle Farben, denn ich besitze alle Farben.

Zweitens: Nehmen wir mal an, eure Persönlichkeiten entsprechen der Größe der Holzfigürchen, dann wäre meine Persönlichkeit, mein Bewusstsein, so groß, wie das halbe Spielfeld. Nein.

Wie das ganze Spielfeld!

Und nun kommen wir zu den Mohnblumen!"

Luke Arlington legte für eine Weile seinen Füller bei Seite und atmete tief durch. Dann ergriff er erneut sein Schreibgerät und schrieb:

„Jetzt komme ich also endlich zu den Mohnblumen! Sie sind wie Farbtupfer im Kornfeld. Sie sind die Regenbögen am grauen Winterhimmel. Sie sind die Menschen, die aus ihrem Herzen sprechen und nicht mit dem Verstand.

Ich bin wie Frederick, der kleine Mäuserich, der im Sommer Bilder für den Winter sammelt.

Ich bin eine Mohnblume unter euch Roggenähren und zwar eine mächtige, große!

Nachiketa, der Junge aus der Kata Upanischad, ist als Mensch zum Zwecke des Lernens zu Euch auf die Erde gekommen.

Jakob, der Sohn des Isaak ist als Mensch, als Visionär zu Euch auf die Erde gekommen und als Stammesgründer, als der, der Gott von Angesicht zu Angesicht erblickt.

Siddharta ist als Mensch, als Suchender zu Euch auf die Erde gekommen, und als Lehrer.

Jesus ist als Mensch, als Lehrer zu Euch auf die Erde gekommen und als Sprecher der Engel, er ist wie ein Klassensprecher in der Klasse der Heiligen, und er spricht zu euch, wie ein Klassensprecher das Anliegen seiner Klasse vorträgt.

Es ist ganz einfach.

Mohammed ist als Mensch, als Visionär und Sprecher der Engel hier auf die Erde gekommen. Ich wollte euch die Botschaft der Engel lehren, meine Botschaft und ich verschlüsselte sie, indem ich vorgab, ein Engel, der Erzengel Gabriel, habe mir die heiligen Verse übertragen.

Dabei sind es *meine* Verse. Sie kommen aus mir und durch mich. Ich öffnete euch die Pforten zum Himmelreich, doch ich schloss sie wieder, als ihr mich nicht verstandet. Da vergaß ich vor Enttäuschung meine himmlische Gestalt und wurde so sehr einer von euch Erdenwesen, dass ich begann, Krieg zu führen.

Nun, wie singt eine Band in eurer schönen deutschen Sprache:

„Engel weinen,
Engel leiden,
Engel fühl'n sich mal alleine!"

Das stimmt. Es passiert immer dann, wenn wir aus der Allverbundenheit heraus treten und uns separieren, um als Mensch auf die Welt zu kommen oder wie es in der Serie Luzifer heißen würde: Wenn wir uns unsere Flügel abschneiden.

Und zwar leben wir weder in Raumschiffen, noch benötigen oder bereisen wir andere Planeten, denn die Erde ist in Wahrheit unser „Raumschiff" und unser Körper ist unser Raumanzug, der unseren Lichtkörper in sich trägt und verbirgt.

Alle Aliengeschichten entspringen eurer Phantasie. Alle Teufelgeschichten entspringen eurer Phantasie.

Als ich zu Buddha wurde, begab ich mich freiwillig aus der Einheit und wurde bewusst auch zu Mara.

Als ich zu Jesus wurde, musste ich mich von Gott separieren und meine Allmacht ablegen, denn vollkommenes Heil hat nur der, der Achtsamkeit hat und wie ich den Teufel und Allgüte in sich vereint. Ich wurde zu Jesus und dem Teufel. In der Lehre des Daoismus ist dies alles noch Eins in der Ungetrenntheit.

Mein Bewusstsein ist das der Ungetrenntheit.

Es ist das Unnennbare.

Deshalb ist mein „Mensch ärgere dich nicht" Figürchen um so vieles größer, als das Eure, weil mein Bewusstsein einfach viel größer und weiter ist.

219

Ich bin ein großer Geist und schon in der Bibel steht:
„Wie wollt ihr diesen großen Geist mit eurem kleinen Geist begreifen?"
Es ist im Grunde simpel, wie in der Schule halt. Wir können mein Bewusstsein mit dem eines Doktors oder Professors vergleichen und ihr seid Grundschüler.
Ich darf das nur nicht immer vergessen.
Manchmal bin ich mit dem Vorsatz zur Welt gekommen, mein göttliches Wesen ganz zu vergessen. Ich habe mir vorgenommen, meine Lehre, die ich euch einst als Jesus gab, euch mit Gewalt einzuprügeln. Da war mein Name Karl der Große. Ich war so tief gesunken, dass ich weder Mitgefühl, noch Mitfreude, noch Gleichmut, noch bedingungslose Liebe in meinem Herzen trug und unterschied mich somit kaum von euch. Wenigstens gab ich dem Christentum, der Lehre von der Liebe, Raum, ohne mit meinen anderen Gefolgsleuten, den Moslems, Shiiten, Sunniten und wie sie alle mittlerweile heißen, weder mit diesem meinem Volk, noch mit meinem jüdischen Volk in Streit zu geraten. Das war genial.
Dabei kam ich jedes Mal als ein Lehrer, um euch ein Stück weit zu unterrichten, um euch Kunde zu geben von der heiligen Welt der Engel und Bodhisattvas und ihr machtet jedes mal eine neue Religion daraus. Das ist einfach Schubladendenken.
Sagte ich ja bereits.
Ärgert euch nicht, wenn ich manches wiederhole, denn als euer Lehrer darf ich das.
Heute weiß ich um euer Schubladendenken und bin mit meinem Auftreten vorsichtig geworden. Ja. Jedes meiner Leben kann man vergleichen mit einem Auftritt auf der irdischen Bühne.
Im Grunde geht es euch allen so. Merkt ihr das?
Oder seid ihr so sehr verstrickt in eure irdischen Ziele, hetzt von Termin zu Termin und schafft es nicht, auch nur einen Moment mal von euren Zielen los zu lassen, nur einen Schritt von euch selbst zurück zu treten, wie ich, als ich Otto von Bismarck war?
Tja, gut, dass ich, als ich mir mein Reich, das Karls des Großen, als Napoleon wieder holen wollte und dann als Otto von Bismarck, auch so gelebt habe, wie ihr.

Im Dauerstress. Immer unter Zeitdruck und Erfolgsdruck.
Ich meine jetzt nicht den „Otto von", den Bruder von „Friedrich Wilhelm", den ich öfter bei Herta in der Kneipe in Berlin treffe.
Ich meine mich. Otto von Bismarck.
Damals habe ich auch viele Fehler gemacht.
Naja, wie Jessie J. schon sagt:

„Nobody is perfect".

Auch nich Jesus! Ha Ha Ha!

Aber das Witzige ist, dass wir im Coach – Training solche Tests machen, so Fragen, da sind manchmal einige Fragen anzukreuzen aus einer Auswahl und manchmal, bei einer anderen Frage, sind alle Fragen richtig. Und wisst ihr was? Wenn ihr mich fragt, für welche Religionen ich den Grundstein legte, ob es das Judentum, der Buddhismus (den ich nicht als Religion, sondern als Lehre gründete), das Christentum (das ich nicht als Religion, sondern nur als einige Verbesserungen des Judentums ansah), oder der Islam (was Hingabe an den inneren Frieden bedeutet) war, dann sind einfach alle Fragen richtig!
Es ist so einfach!
Dennoch bin ich nicht perfekt!
Auch in diesem meinem Leben erhebe ich diesen Anspruch für mich nicht. Gut so. Denn nun habe ich Gelassenheit. Gleichmut. Das ist ja, wie bereits erwähnt, eine der vier göttlichen Wohnstätten.
Das ist, wo wir wohnen. In einem anderen, weiteren Bewusstsein. Es ist kein spezieller Ort. Es kann wie gesagt auch Köln oder Düsseldorf sein. Ich hab auch kein Köln-Kalk-Verbot!!

Ich geh abends schlafen, frühstücke, ess' zu Mittag, werd' auch mal krank, bekomm' Harz IV, so wie ihr, und ich bin „etwas dicklich"!
Mann, echt, ey, letztens guck ich'n Film über Jesus.
Is ne Doku. Wer war Jesus Christus?

So heißt die Doku.

Also was Prof. Dr. Markschies sagt, find ich alles gut aber irgendjemand meinte, er könne sich Jesus Christus nicht „etwas dicklich" vorstellen!

Mann, wie oberflächlich seid ihr geworden! Hat meine Erziehung euch nicht erreicht?

Ich bin jetzt als Halbgötter, Götter, Bodhisattvas, Reichseiniger, Gewaltherrscher, Heilige, Mutter, Vater, Kinder auf die Erde gekommen und immer habe ich euch gesagt, dass die wahre Realität mit dem Herzen gefunden werden muss, wie oft soll ich das denn noch sagen?
Also ihr könnt euch keinen „dicklichen" Jesus vorstellen?
Und was ist mit einem Jesus mit 30 Kilo Übergewicht?
2012 hatte ich das nicht, aber vorher schon. Und jetzt wieder.
Ich habe gebraucht, um zu erkennen, dass ich vierzig Jahre Selbsthass hatte. Vierzig Jahre! Ihr habt richtig gehört!
Bevor ich diesmal auf die Erde kam, habe ich mir geschworen, erst dann gesund zu werden, wenn ich mein Ziel, euch „über die Brücke zu führen" erfolgreich erreicht habe!
Jaa! Es gibt doch das Märchen vom Rattenfänger von Hameln!
Ich deute das auf meine Weise. Und die geht so:
Es gibt in der Kabbalah einen Uriel, den Erzengel der Sefirah Daat. Daat ist die Brücke von der materiellen Sichtweise zur spirituellen Sichtweise unserer Welt, in der nach den Gründen für die Dinge und Sachzusammenhänge gefragt wird.
Ich bin einer, den man im Buddhismus „Sotapanna" nennt, ein „in den Strom Eingetretener" – wie gesagt – kein ACDC – sondern einer, dar sein Karma als selbst gemacht erkannt hat.
Also bevor ich mich reinkarniert habe, habe ich mir geschworen, dass ich erst gesund sein will, wenn ich euch alle über die Brücke geführt habe, wie der Rattenfänger von Hameln, der Kinder über die Brücke in den Tunnel oder den Strom führt, in die Unterwelt, Hades, es ist Herne, der Jäger, der die Menschen in sein Reich führt. Cäsar, der Pontifex Maximus.
Dieses Reich ist das Himmelreich.

Ihr könnt noch so viele Filme drehen über „The Man in the High Castle" und das Lied über das Himmelreich falsch singen, denn es heißt nicht Himmelreich, sondern Edelweiß.

Aber ihr müsst das nicht verstehen. Das habe ich nun endlich erkannt.

Ich muss loslassen.

Von euch, meinen Zielen und eurem Lernerfolg. Ich darf mich davon nicht mehr abhängig machen und lebe nun einfach mein Leben.

Ihr seid wie Kinder. Und auch Kinder soll man sich nicht ähnlich machen, sagt Khalil Gibran und er hat Recht!

Weil, das wär nämlich auch viel, viel zu anstrengend für mich, euch mir ähnlich zu machen. All die Plackerei, und hinterher beschwert ihr euch noch glatt darüber!

Jetzt hab' ich's gecheckt!

Denn auch was mich anbelangt, selbst wenn ich euch erschaffen habe, kommt ihr durch mich und nicht von mir. Denn ihr seid erschaffen, um von mir frei zu werden wie die Mutter ihre Kinder liebt und doch los lässt und der Vater seine Kinder liebt und doch frei lässt.

Alles habe ich euch gezeigt. Das Feuer brachte ich euch, lehrte euch Lesen, Schreiben, Rechnen als Karl der Große, gab euch Glauben, Hoffnung, Liebe. Und erinnert Euch:

Die Liebe ist die Größte unter ihnen!

Und ich lehrte euch, Einkehr zu finden, in die Stille zu gehen und zu meditieren. Kontemplation. Das ist der Große Jihad.

Leute, geht den großen Jihad.

Was ist?

Wollt ihr euch nur rausreden, weil ihr meint, dass ich 30 Kilo zu viel hab?

Gibt es etwa jetzt schon DIN- oder EN – Normen für das Körpergewicht eines Bodhisattvas?

Deshalb bin ich übrigens kein Lehrer geworden: Ich passte nicht in eure Schubladen.

Wieder Schubladendenken, he?

Ja!

Ich war kränklich, übergewichtig und auch noch transsexuell.
Aber mein größtes Problem war, dass ich keine Durchfallklassen unterrichten wollte.
Ja. Ihr habt richtig gehört.
Durchfallklassen.
Ich rede von dem Fließbandunterricht, den ihr macht. Es rauscht alles einfach durch wie am Fließband.
Lehrer heute labern einfach ihren Text, ziehen ihren Stoff durch und wer nix kapiert, hat Pech gehabt.
Das gab's bei mir am Hof damals nicht und auch die Mädels in meinem Harem haben Lehrer gehabt, Eunuchen und Lehrerinnen, die sich um ihre Kids gekümmert haben, wenn eine der jungen Frauen mal nicht verstanden hat.
Die Hofschule Karls des Großen war schon klasse. War ja auch meine Hofschule.
Genau wie Napoleon, der mit der Untreue Alexanders des Ersten klar kommen musste und mit der Tatsache, dass er sich das Reich Karls, sein einstiges Reich nicht wieder zusammenklauben konnte, muss ich auch erkennen, dass keine Schule heute meinen gehobenen Ansprüchen entspricht, es sei denn, ich gründe eine eigene.
Da hab ich wohl noch einiges zu tun.
Vor allem muss ich meine Ansprüche an euch offensichtlich erst mal krass runter schrauben!

Etwas dicklich!!

Was denn, ist doch wahr!

Nehmt ihr nur Lehren von maßgeschneiderten Erlösern an, die in eure Schubladen und Klischees passen?

Was ist mit einem transsexuellen, schwer behinderten durchschnittlich großen dicklichen Lehrer?

Eine Beamte hat mir ja schon die frohe Botschaft offenbart, dass keine Ämter transsexuelle Lehrer einstellen, weil die nicht ins Rollenbild passen. Gilt das auch noch bei „divers"?

Was das ist, hab' ich jetzt ja hoffentlich mit Hilfe von Bruder Google eindeutig erläutert.

Nur hoffentlich sehen es Rebecca und Larissa mir nach, dass ich sozusagen Alienkontakt mit ihnen aufgenommen hab. Sie sind ja auch nicht ganz von dieser Welt.
Aber es gibt doch kein Copyright, oder?
Wissen Sie, ich entschuldige mich gern, falls ich Ihnen zu nahe getreten bin aber ich bin einfach ein großer Fan und finde es super, dass Sie mir auf Ihre Art geholfen haben, mit der Außenwelt über meine Transsexualität zu sprechen.
Ist halt mein „Coming Out"!

Jesus hat ein Coming Out!!
Jesus und Jakob! Als ich Jakob war, hieß meine Ma auch Rebecca! Ich liebe diesen Namen!

Bei dem vielen Sprechen wird meine Kehle und vom Schreiben die Feder trocken.
Tja, was denkt ihr denn, was ein Bodhisattva ist, im Grunde auch nur ein ganz normaler Mensch mit Hunger, Durst und so.

Weil ich mich als Mensch reinkarniert habe, bin ich ebenso wie ihr ganz eingefügt in alle diese irdischen Belange.

Klar. Ich lebe, liebe und leide wie ihr, gehe zur Arbeit, geh auch selbst zur Schule, diesem Coaching Institut in Düsseldorf Derendorf, und lebe allerdings immer noch gerne analog. Denn das passt zu meinem Herzschlag.
Mein Herz schlägt analog.
Es hat einen Strom- und Energiefluss. Es ist nicht 010 oder so.
Ich kann gut damit leben, nicht 08/15 zu sein, denn ich glaube fest an die Wahrheit meiner Lehre.

Ich glaube ganz fest an mein menschliches Leben. An mein Leben, das atmet, spürt und fühlt.

Und als Mensch wehre ich mich dagegen, dass sie uns die Digitalisierung aufzwingen wollen.

Ich wurde nicht gefragt!

Schnelle Bahnen, AKW-Laufzeitverlängerung, wollen wir das? Als Luke Arlington, als der Bodhisattva Maitreya bin ich zu euch auf die Erde gekommen um euch zu zeigen, wie man AKW in einem Land wie Deutschland abschalten kann, ohne das Stromnetz und die gesicherte Stromversorgung zu gefährden oder zu schädigen. Die Lösung liegt in nur einem Wort:
Achtsamkeit. (Und Desertec. Politisch ungefährlich ist ein System, wenn es alle haben.)
Und weitere Infos gibt's, wenn ihr mich fragt.
Stuttgart 21, Asphaltierung von Grünflächen, Schneller Brüter in altem Gewand oder unter neuem Namen, Handy-Sendemaststationen, alles digitalisiert, Onlinebestellung, digitales Fernsehen, Plastikwährung, Plastikgeld, Onlinebanking, ich zeig euch mal, das ist nicht nur Freude, das wird zur Qual, wenn alles nur noch online geht.

Wir chatten nur noch.
Wir sprechen nicht mehr miteinander.

Wenn ich mit einem Menschen spreche, dann möchte ich ihm dabei ins Gesicht sehen. Früher telefonierte ich, um kurz Termine abzusprechen.
Dafür reicht ein analoges Netz, denn das muss nicht schnell sein. Wir überhetzen uns. Wir überhitzen uns.
Wir bekommen Burnout und brennen durch.

Ist es das, was ihr wollt?
Immer mehr Speicherplatz, Watt, Ohm und Volt, alles höher, alles schneller, alles größer, länger heller?

Macht die Nacht mal zum Tag, warum geht ihr überhaupt noch schlafen? Arbeitet durch bis morgen früh und seid dann noch wach auf der Straße!
Wie lange soll das gehen?
Wann werdet ihr sehen, dass wir uns besser von Mensch zu Mensch, von Angesicht zu Angesicht verstehen?
Wir werden verwaltet und umstrukturiert in ein System aus Bits und Bytes.
Dabei bestehn wir Menschen nicht nur aus 0 und 1!
Auch Richard David Precht wird schlecht,
wenn Sonntags morgens am Frühstückstisch
die Kinder nur aufs Smartphone starren
und sich beklagen, wenn man mit ihnen spricht.
Das ist der Zeitpunkt, wenn er sagt:

Ich wurde nicht gefragt!

Genmanipuliertes Essen, Auszugsmehl, Industriezucker, Milch-produkte, denn Kuhmilch ist ja so gesund, sagt der Lobbyisten größte deutsche Ernährungsverbund.
Kleidung aus Plastik, ständig „online" sein und auf Empfang?
Was wird aus unseren Kindern?
Da wird mir Angst und bang!

Ja, mir wird Angst und bang, wenn ich sie spielen seh!

Was ist heute Kinderspiel?

Ist das noch Leben?
Ihr Firmenchefs, Konzernchefs, Politiker und Manager, ihr Men-schen auf der Straße und zu Haus:
Was ist mit euch los?
Warum lasst ihr euch das gefallen?
Findet ihr dieses System toll?
Fühlt es sich wirklich gut an, darin zu leben?
Oder ist es eher ein Vegetier'n, bloßes Existier'n, Manipulier'n, und vor lauter Gier und Schnellwahn die Lust am Leben und den Sinn in allem aus dem Auge verlier'n?!

Wie lange haltet ihr das aus?
Ist das eure Vorstellung von Demokratie?
Mir ist das Korsett zu eng! Ich brech' jetzt aus!
Ich will hier raus!
Jetzt zeig' ich euch MEINEN Weg!
Ich gehe meinen Weg mit oder ohne Applaus!
Ich werde langsam gehen, dann könnt ihr mir folgen.
Ihr solltet mich verstehen, denn meine Sprache ist golden.
Doch es ist nicht Schmuck und Prunk, es ist ECHT.
Ihr werdet es erkennen,

die

Realität

gibt

mir

Recht!

Post Scriptum:

Larissa: „Sag mal, Baldur, warum hast du hiervon kein Video gemacht?"

Baldur: „Diese Worte kommen intuitiv und meistens in der Nacht gegen zwei Uhr oder so. Ich glaub, da bist du noch nicht wach."

Larissa: „Warum? Ich kann doch nach Birma fliegen oder Timbuktu oder so, dann ist bei mir neun Uhr morgens wenn bei dir zwei Uhr ist, dann können wir uns sehen und sind beide ausgeschlafen."

Baldur: „Au ja. Das ist lieb von Dir. Aber ich war auch noch nie in Timbuktu. Nimmst du mich dann mit?"

Danke, Martina Hill und Carolin Kebekus für die tollen Vorbilder in Authentischsein, ich liebe Rebecca und Larissa, ich bin ein Rieeeeeesenfan!
Danke, Marvyn Macnificent, Joey, Julia Beautx, Rezo, Dillan, Emy und alle, dass es Euch gibt!
Danke besonders, dass es auch die ganze LGTBIQ+ Community gibt!

Danke vor ALLEM meinem Freund für die digitale Bearbeitung und künstlerische Umsetzung meiner Videos!
Dank an meine Tochter für die Inspiration!
Lasst euch inspirieren auch von meinen Ideen.
Und für Leute wie mich, welche die alte Anrede bevorzugen:
Lassen **Sie** sich inspirieren!

Watch my Video: Für LGTBIQ+ on Youtube!!

Übrigens, Kaffee wird völlig unterbewertet.

LG Luke!"

Der Autor schob den Labtop beiseite und nahm einen Schluck Kaffee.

Kalter Kaffee!
Brrrr! Fies! Ekelhaft!

Naja, wenigstens hatte er jetzt den gesamten Text seines neuen Romans endlich vom Schreibheft in den Computer übertragen. Nun war eben doch nicht alles bei Luke Arlington analog aber fast alles.
Seit zwei Uhr war er wieder wach. Ja, ich weiß. Krasser Schlafrhythmus, dachte er. Aber er wollte wach bleiben, denn wenn er sich jetzt hin legte, würde er so tief einschlafen, dass er den Tag verpennen und die Nacht durch machen müsste. Das wäre noch schlimmer.
Also schaltete er alles aus, NAHM SEINEN SCHLÜSSEL und ging zur Tür.
Das Schild hatte gewirkt.
Die Aufschrift:

„Gott macht Urlaub. Wegen Corona bleibt mein Büro vorübergehend geschlossen!",

hatte die Leute, die es bis zu seiner Wohnung geschafft hatten, davon abgehalten, auch wirklich zu klingeln.
Durch den Türspion konnte er beobachten, wie sie erst am Eingang zu seinem neuen Reich Halt machten, auf die Botschaft, dass geschlossen ist, verärgert oder enttäuscht reagierten und dann unzufrieden wieder abzogen.
Warum war er überhaupt hier eingezogen?
Er war ein schlechter Gott. Für niemanden war er da, keine Hoffnungen erfüllte er, weder heilte er noch half er jemandem, er enttäuschte die Menschen nur und alle konnten ihm gestohlen bleiben. Sein Leben hatte er geopfert. Seine Seele. Seinen INNEREN FRIEDEN!

Mich macht es traurig, was heute aus dem Christentum geworden ist: Konsum-Wahnsinn, gestand er sich ein.
Leute, Jesus und Buddha waren gleich! Nur zeitversetzt!
Jesus wollte keinen Personenkult gründen!

Ich wollte eine *Philosophie* gründen! Das Reich Gottes auf Erden! Die vier göttlichen Wohnstätten! In der Kabbalah tragen sie den Thron des Metatron und heißen Chayot Ha Qodesh und werden symbolisiert durch vier geflügelte Wesen. Ihr habt daraus die vier Evangelisten gemacht. Es gibt erstens viel mehr Menschen, die das Eu Angelion, die frohe Botschaft verkünden und zweitens sind es Götterfiguren. Heilige Zustände.

Die geflügelte Kuh (auch weibliche Rinder tragen Hörner) steht für Allgüte oder bedingungslose Liebe, denn sie säugt alle und verschenkt sich ganz.

Das geflügelte Pferd steht für das Mitgefühl.

Der geflügelte Vogel, der so für uns nichts Besonderes zu sein scheint, bedeutet Mitfreude.

Der geflügelte Mensch ist jener, welcher auf der Erde lebt wie jeder Mensch, aber ein Zadiq gleichzeitig ist, ein Arahat, ein Bodhisattva, ein Heiliger, ein Suffimeister, da er mit nichts mehr in Widerstand geht und sich nicht um seiner Meinung und Ansicht Willen in einen Streit verfängt: Gleichmut ist gemeint!

Als ich Jesus war, erinnerte sich Luke Arlington, wollte ich, dass ihr mir nachfolgt. Ich sagte euch, ich sei der Weg, die Wahrheit und das Leben! Ja, Leute, aber mein **Weg** ist es, den ihr gehen sollt, ihr sollt das Irdische überwinden! Das heißt nicht, dass ihr euch töten sollt! Ihr sollt Euch nur öffnen für die heiligen, feinstofflichen Welten!

Statt dessen sagt ihr immer wieder: *Das* ist ja heilig! Das ist ja so weit weg! Nein! Ist es nicht! Es ist nur einen Fingerschnipp weit weg! Es ist die ganze Zeit da! Es ist vor Euren Augen und ihr habt es nicht gesehen! Es ist **in** euch! Die ganze Zeit! Grrrrrrrrrrrrrrrrr! Boh, Leute, Checkt das doch mal!

Mann ey!

Es ist wie bei der alten Serie Black Beauty in der einen Folge, wo der Schlüssel zum Schatz auf einem Dach an einem Windrichtungsanzeiger ist und die Hauptdarstellerin entdeckt ihn irgendwann und findet so den Schatz!

Dabei ist dieser Schlüssel die ganze Zeit über da gewesen!

Zumindest den ganzen Film lang!

Er ist die ganze Zeit am Set gewesen!

Es ist wie bei Catweazle!

Und sagt mir jetzt bloß nicht, ihr kennt Catweazle nicht!

War nur'n Scherz, ich kannte Catweazle bis ich 38 Jahre alt war auch nicht. Aber als ich es sah, erkannte ich sofort, dass es eine Botschaft der Kabbalah ist! Alles ist nur verschlüsselt!

Und die 13 an der Uhr des Schlosses der Collingfords ist die ganze Zeit über da gewesen! Zumindest soll es im Film so sein. Am Set. Bei den Kulissen.

Alles, was wir auf der Erde erschaffen, sind auch nur die Kulissen!

Dahinter steht unser Wunsch, steht unser Wille, stehen unsere Absichten.

Und am Ende, bevor der Magier dann endlich den Ballon entdeckt und fliegen kann, sitzen Cedric und Catweazle nebeneinander in Duck Halt und sagen gemeinsam:

„Schön wär's!"

Das sage ich jetzt auch! Schon sehr lange!

Was habe ich gekämpft als Konstantin und Geiserich!

Was habe ich mühsam und leidvoll hingeschlachtet die armen Sachsen als ich Karl, König der Franken war!

All diese armen Leute! Sie sind so grausam gestorben!

Alle Kelten, die ich in meiner Zeit als Cäsar tötete, sollen die alle umsonst gestorben sein und qualvoll gelitten haben?

Nein.

Sie sind nicht umsonst gestorben.

Denn ich habe davon Erkenntnis gewonnen.

Mein Leben als Cäsar musste ich leben. Mein Leben als Jesus musste ich leben. Mein Leben als Mohammed musste ich leben. Mein Leben als Karl musste ich leben.

All diese Erfahrungen habe ich gesammelt, um heute zu erkennen, dass weder Krieg noch Sieg, weder Hass noch Hab und Gut im Übermaß, weder tiefste Armut noch größter Reichtum mir und Euch das Heil vermitteln kann.

Mein Volk zum Heile führen. Das war immer meine Aufgabe.

Es war immer meine mir selbst gestellte Aufgabe.

Auch das Erstgeborenenrecht stahl ich einst meinem Bruder um des Heiles Willen. Und er verzieh mir. Esau. Der war klug. Er hat es von Anfang an gewusst! Es war wohl ein Test meines mir selbst auferlegten Karmas, wie weit ich für mein Ziel gehen würde. Und ich bin schon sehr weit gegangen.

Wir sind weit gegangen, wir zwei, sagt der Häuptling zu „Der mit dem Wolf tanzt".

Wir sind weit gegangen, wir alle. Das erkenne ich jetzt.

Wisst Ihr, als ich Cäsar war, habe ich mein Amt als Pontifex Maximus begonnen. Ich habe es begonnen aber nicht zu Ende geführt. Als Jesus und der Prophet Mohammed und dann als Karl, König der Franken habe ich es fortgeführt.

Wisst Ihr, das ist keine leichte Aufgabe, mal eben die Menschheit zum Heil zu führen, über die Brücke, über den Abyss, Daat, die Sefirah des Übergangs in die spirituelle Welt.

Im Grunde bin ich da dran, seit ich als Gautama Siddharta zu Euch kam, als David und als Jakob, der Sohn Isaacs, als Jakob, der Vater der Zwölf Stämme!

Und nun wünsche ich mir von Euch – quasi zu Weihnachten und wenn nicht an Weihnachten, dann aber zu Ostern, dass auch ihr erkennt. Dass Ihr mich erkennt, das wünsche ich mir.

Schön wär's!

Ist das nicht lustig?
Ist doch mal was Anderes! Jetzt wünsche ich, Jesus, mir mal von **Euch** etwas zu Weihnachten. Oder zu Ostern!"

Still blickte der Schriftsteller auf die Türklinke seiner Wohnungstür.

„Ich vergesse immer meinen Schlüssel", erkannte er.

„Warum?

Weil ich weder als Siddharta, noch als Jesus, weder als Mohammed oder Karl der Große und auch nicht als Gaius Julius Caesar einen Wohnungstürschlüssel benötigte, um in meine eigenen vier Wände hinein zu kommen.
Außerdem lebte ich als Cäsar, als Karl und als Napoleon jeweils eine sehr lange Zeit im Zelt in meinem Feldlager. Da gibt es Wachen und Soldaten und da sind meine Offiziere aber nirgendwo benötige ich einen Schlüssel, um zu meiner Schlafstatt und einem Tisch mit Karten darauf, zu einer Schale Getreidebrei, zu einem Kanten Brot und einem Umtrunk mit meinen Offizieren, zu einem Becher Kaffee in der Nacht am Lagerfeuer zu gelangen.
Tja. Und selbst noch in meinem Leben als Otto von Bismarck war meine Dienerschaft, war mein lieber Bucher da, na sicher hatte ich auch damals einen Schlüssel.
Aber ich hab nach Haus gekabelt und dann wurde ich empfangen. Auch als Johanna schon lange tot war.
Johanna.
In diesem meinem Leben als Luke Arlington war sie meine Liebe Großmutter. Sie starb, als ich 19 Jahre alt war.
Ich habe sie sehr geliebt. Mit meinem Kinderherzen.
Ich habe überhaupt mein Kinderherz behalten, denn ihr wisst ja, wenn ihr nicht werdet, wie die Kinder, werdet ihr nicht ins Himmelreich kommen.
Und ich meine jetzt nicht die Kinder, die mit Handys spielen.
Irgendwann um die vorletzte Jahrtausendwende habe ich das gesagt. Nicht heute. Aber es stimmt noch.

Wenn man sich ein reines, freies, heiles Kinderherz, ein Kinderwesen vorstellt, und bewahrt, wie, wenn es noch ganz klein ist.
Ich war schon in meiner sechsten Lebenswoche nicht mehr ganz klein, denn da wurde ich abgestillt und bekam Neurodermitis. Aber heute. Heute bin ich im Heil.
Heute besitze ich ein Kinderherz. Ein reines, vollkommenes Herzchakra. Das ist sonnengoldhell aus reinem Licht und es scheint ganz weißgolden, in herrlich feinem Licht, strahlendem Glanz im Lichterkranz."

Luke Arlington blickte aus dem Fenster in die Ferne. Schön hatte es in der Nacht geschneit. Weiß war es geworden.
Auf den Schnee von Gestern hatte Petrus noch 'ne Schüppe draufgelegt.

„So wie ich es gewünscht habe. Super. Ich liebe es", dachte der Autor und ging noch mal zurück zu seinem Küchenschrank.
Die Küche war mittlerweile eingerichtet, wie vor vierzig Jahren, als er hier mit seinen Eltern wohnte und gerade in die Grundschule gekommen war: Rote Klappstühle, hell gelblich-beige Küchenzeile und die Klebe-Blumen von Priel auf den Schränken und Fliesen. In der Ecke hinten rechts stand die Waschmaschine. Ein Toplader.
Luke holte die Dose Cappuccino aus dem Schrank, in dem seine Mutter damals die Kohlekompretten stehen hatte, an die er sich erinnerte, weil er Bauchweh gehabt hatte. Da war er fünf Jahre und besuchte die sogenannte Vorschule. Damals hatte er schon ziemlich lange Zöpfe und freute sich auf die Schule, weil dort alle an Tischen saßen, mehr Ordnung herrschte und sie ihn nicht so leicht mobben konnten. Glaubte er.

„Ich bin schon so oft getötet worden. Und meine Wunden schmerzen manchmal immer noch. An einigen Tagen mehr, an anderen weniger. Es ist wie bei Wetterwechsel.
Gemeint ist nicht die Witterung da draußen, gemeint ist meine innere Witterung, mein persönliches Wetter, meine innere Stimmung und Gemütsverfassung.

Seltsam. Offenbar erinnere ich mich an die schrecklichen Dinge leichter, als an die guten."

Gefühlsverloren ging er langsam durch die Räume, aufmerksam betrachtete er die Türrahmen, an denen noch die Katschen und Macken seiner Wutausbrüche aus seiner Kleinkindzeit existierten und vertiefte sich dabei in seinen Erinnerungen.
Er hatte für Euch seinen INNEREN FRIEDEN geopfert!
Das war das Schlimmste von allem! Sein größtes Opfer!
Cäsars, Jesu, Karls größtes Geschenk!
Seinen inneren Frieden wollte er nun nie mehr wieder opfern, sondern lieber teilen und lehren, das hatte er aus seinem Leben als Mohammed gelernt. Alles war gut, ich war zufrieden und zuversichtlich, dachte er und dann fangen die Meckerer in Mekka an zu meckern. Die Gegend hieß früher ganz anders. Wir nannten sie Mekka, weil die Leute nur gemeckert haben und dann zogen wir um.
Nach Medina.
Irgendwie bin ich weg gelaufen, erkannte Luke Arlington und beobachtete sich dabei, wie er den Packen Cappuccino auf die Arbeitsplatte der Küche stellte, um sich gleich, wenn er heimgekommen war, ein köstliches heißes Getränk zuzubereiten.
Er bemerkte aufmerksam, wie er über seinen Mantel den Schal legte, seine Mütze anzog und mit einem letzten Blick auf sein Türschild, mit dem er so erfolgreich bereits viele Menschen abgeschreckt hatte, abschloss, den Schlüssel in die Innentasche des Mantels steckte, den Mantel zuknöpft, seine Handschuhe anzog und mit dem Blick auf die schwarz-weißen Marmorstufen im Treppenhaus nachdenklich nach unten gerichtet seinen Weg zum Hauseingang in einem leichten Trab zurück legte.
Gedankenverloren und verbittert schlug er den Pfad in Richtung Kinderspielplatz ein.
Es war fünf Uhr morgens und Corona. Zu den Bänken beim Spielplatz wollte er.
In sich gehen. Nachdenken. In sein Herz fühlen. In sein Herz hinein schauen.
Kontemplation. Meditation. Das ist der Große Jihad.

Froh blickte sich Luke um in Düsseldorf Hamm am frühen Morgen. Frau Merkel hat Recht, wenn sie um die Jahreswende zu Respekt vor dem Leid der von Corona Betroffenen aufruft.

Corona ist das, was wir daraus machen, das ist meine Meinung. Viele finden zu sich selbst, zu Ruhe, zu Einkehr und gehen in die Stille, kommen mit weniger zurecht und finden inneren Frieden.

Viele bekommen Panik. Sehr viele fliehen, weil in ihrem Land kein Frieden, keine Organisation und Strategie bei Notsituationen, kein Friede herrscht.

Und hier in Düsseldorf-Hamm?

In gewisser Weise sind auch wir davon betroffen, von Corona. Alle. Erwachsene und Kinder.

Die Spielplätze sind momentan alle gesperrt. Wenn ich irgendwo meine Ruhe haben will da draußen, dann auf einem Kinderspielplatz morgens um fünf Uhr bei Corona.

Auf dem Weg in Richtung Rhein, den er gehen musste, erkannte er, dass er wieder fort lief. Vor den Menschen. Vor der Konfrontation und vor seiner eigenen Verantwortung.

Jedes Nein zur Welt ist ein Ja zu mir, hatte er in einem Film einmal eine Frau sagen hören. Und dann sagte es eine Frau in einer Therapie.

Komme bei dir selbst an, sagte er zu sich, denn das ist der eigentliche Sinn von Corona.

Jedenfalls für mich, gestand sich Luke Arlington ein, während er seine Blicke durch die Straßen des weiß verschneiten, noch kaum erwachten kleinen ruhigen Ortes gleiten ließ.

Er hatte sich bisher viel zu intensiv um die Belange der Menschen gekümmert. Jetzt war er selbst an der Reihe.

Jetzt kümmert er sich nur noch um sich selbst!

In Wahrheit fliehe ich nicht vor der Welt und den Menschen.

Ich komme zu mir. Ich finde zu mir selbst. ENDLICH!!!

Vor Erleichterung und Ergriffenheit begann er zu weinen.

Jetzt bin ich angekommen.

Ich bleibe hier stehen und schaue in den Himmel.

Ich blicke mich um, breite meine Arme aus und drehe mich ganz langsam im Kreis, dachte Luke Arlington, während er auf dem Weg zum Rhein an einem Wegekreuz in der Nähe des Rheins angekommen war. Und er blickte sich um, breitete seine Arme aus und drehte sich ganz langsam im Kreis.
Er betrachtete die Jesusfigur an dem Kreuz und blickte in sein eigenes Gesicht.

Hoffentlich ist die Bank frei und auf dem Spielplatz ist niemand. Alles soll frei sein!, befahl er.
Und richtig. Als er auf dem Kinderspielplatz in der Nähe des Rheins angekommen war, war niemand da, und etwas Morgennebel hüllte die verlassenen Turngeräte in eine seltsam melancholische Stimmung. Wir sind weit gegangen, wir alle.

In dieser Situation erinnerte sich Luke Arlington an seinen seltsamen Traum, den er so in der Zeit um kurz vor Zwei heute in der Frühe gehabt hatte.
Es war so: Von einem Asthmaanfall, von dem Schleim, den er hoch gehustet hatte, im Schlaf, war er beinahe erstickt, weil er die Flüssigkeit nicht richtig schlucken konnte. Er war davon erwacht, dass er röchelte, würgte und keuchte, weil er Spucke und Schleim geschluckt und eingeatmet hatte und den Eindruck hatte, er würde keine Luft kriegen.
In dem Traum war er ein Wasserlebewesen im Erdzeitalter des Ordoviziums gewesen.
Dieses lebte in einem flachen Gewässer, in dem einige gefährliche Raubtiere hungrig ihre Bahnen zogen und ihm nach dem Leben trachteten. Sie wollten ihn fressen.
Er konnte sich nicht verteidigen und bekam Angst und so kletterte er immer auf einen kleinen Hügel, denn er war neugierig, weil die Sonne an dieser Stelle immer besonders hell schien.
Da wollte er hin.
Es gab nur ein Problem: Dieser Hügel aus Sand schaute aus dem Wasser hervor. Und oberhalb der Wasseroberfläche gab es kein Leben. Nicht einmal ein paar Pflanzen.
Alles war öd und leer. Total tot. Die totale Einöde in der Wildbahn, wie Joey sagen würde.

239

Aber er – oder sie – ist eh egal, denn das Wesen war ein Zwitter, hatte solche Angst vor den Raubtieren im Wasser, dass es tatsächlich eines Tages auf den Hügel kletterte, er schob sich einfach mit seinen kurzen Flossen immer höher auf den Sandhügel, auch, wenn dies sehr anstrengend war.
Zu Anfang. Dann aber war er sicher, als die Raubfische kamen. Und gerettet! Wenigstens für einige Sekunden!

Naja, Sekunden gab es damals noch nicht. Und Lungen, mit denen man die Luft der Atmosphäre atmen konnte, gab es auch nicht.
Aber er – oder sie, jetzt geben wir dieser Lebensform mal einen Namen und nennen sie Ron. Ron schaffte es immer ein bisschen länger, auf dem Hügel zu bleiben. Der kleine Haufen Sand in dem Tümpel war zumindest so groß, dass der ganze Ron mit seinem kleinen Maul und seinem kurzen Schwanz darauf locker Platz fand. Die Raubfische da unten konnten ihn nun auf einmal nicht mehr sehen. Er war einfach weg. In ihren Augen. Wie vom Erdboden verschluckt – pardon – wie vom Tümpel verschluckt.
Ron hätte sich jetzt mit der Hand an seine Nase fassen und „Ätschibätsch!!!" rufen können.
Aber das ging nicht.
Denn damals im Ordovizium gab es noch keine Hände, so wie wir sie heute kennen. Und keine Nasen, wie Menschen sie haben. Denn Menschen gab es noch nicht.
Laaaange noch nicht.
Und „Ätschibätsch" sagen konnte man natürlich damals auch nicht.
Was er aber konnte, war, aus dem Wasser zu klettern!
Und das war phänomenal, denn er war der Erste, der je aus dem Wasser geklettert ist, in diese unbekannte, trostlos scheinende, tote Welt. Eigentlich hätte sie Ron langweilig erscheinen müssen.
Aber Ron war genial, den er erkannte, dass er sich das Leben gerettet hatte und dass er immer, wenn er oben auf dem Sandhügelchen stand, jedes Mal besser und länger dort atmen konnte.
War er jetzt geflohen?

War er feige?

Oder war er einfach nur genial? Er hatte sich selbst immerhin einen neuen Platz zum Leben entdeckt!

Mittlerweile war er im Luftatmen so geübt, dass er auch nicht mehr so heftig husten musste oder sich gar verschluckte.

Er bildete Beinchen aus und Ärmchen auf denen er gehen konnte. Bald konnte er über Wasser ebenso gut atmen wie unter Wasser. Bald brachte er einigen Freunden seine neue Lebensweise bei und überzeugte sie davon, sein Geheimnis kennen lernen zu wollen. Obwohl sie ihn anfangs für dumm hielten. Oder gar für verrückt.

Aber Ron blieb beharrlich und irgendwann glaubten sie ihm. Und vertrauten ihm.

Bald liefen sie weiter über das weite Land. Sie verließen den Hügel, das kleine Fleckchen Sand, dass Ron einst so oft sein Leben gerettet hatte.

Ron hatte erkannt, dass er neuen Lebensraum entdeckt hatte und eine ganz neue Art zu leben.

Sie gingen von vornherein achtsam und gerecht mit ihrem neuen Land um. Aus Dankbarkeit vor der neuen Entdeckung. Und weil Ron es ihnen so beigebracht hatte.

So wurde aus dem Fischlein, dass voller Angst vor seinen Fressfeinden geflohen war, dass dem Konflikt und der Konfrontation ausgewichen war, ein mutiger Entdecker neuer Kräfte, ein Schöpfer einer komplett neuen Lebensart, ein Entdecker neuen Lebensraums auf dieser wunderbaren Erde.

Und Luke erkennte:

Das war ich selbst in meinem Traum!

Ich habe mich mal wieder erinnert!

Ich habe drei Mal geträumt, Jesus Christus gewesen zu sein.

Ich war Karl der Große und Julius Caesar. Ich erinnere mich!

Und ich begreife: Wir haben alles auf der Erde, was wir brauchen. Wir brauchen keine andere Erde!

Wir müssen nur lernen, achtsam mit ihr umzugehen!

Achtsam und nachhaltig, wie ich es in meinen Büchern über Corona beschrieben habe!

Ich bin hier her nach Hamm gezogen, um das zu erkennen!
Um meinen Geist frei zu bekommen. Für neue, klare Ideen!

In Wahrheit laufe ich nicht vor den Menschen davon!
Ich finde zu mir selbst!
Ich nutze die Corona-Zeit, um mir selbst zu begegnen!
Das ist genial! Ich betrete meine spirituelle Innenwelt!!
Und ich erkenne: Achtsamkeit überhaupt, speziell jedoch Achtsamkeit auf mich selbst und meine spirituelle Innenwelt ist wie neuer Lebensraum!

Vor einigen Monaten wünschte ich mir so sehr, zu verstehen, warum Julius Cäsar ermordet wurde.
Denn dieses Ereignis lässt mich heute noch weinen, lässt mich erschauern und steckt mir tief in den Knochen!!
Seit ungefähr 2000 Jahren!
Und nun schaue ich bei Youtube unter „Caesar" und finde einen Film von Mirko Drotschmann, MrWissen2go bei Terra X:
„Warum wurde Cäsar ermordet?"
Genial!! Danke, Herr Drotschmann!! Danke an das Terra X-Team! Der Film war auch noch eingewickelt in rotes Geschenkband und mit einer roten Schleife versehen! Optisch natürlich.
Mein Wille geschieht. Es ist sehr gut.
Dankeschön!!

Jetzt will ich schaffen, die Menschen davon zu überzeugen, dass sie mit der Zeit gehen dürfen, die Coronamaßnahmen nutzen und sich befreien dürfen von Ängsten und Sorgen und los lassen dürfen von Druck, Stress und Konsumwahn, von dem System, dass dir an jeder Ecke Glück verheißt durch Werbung für Sachen, in denen kein Glück drin ist, zumindest kein dauerhaftes.
Die Menschen in Deutschland dürfen sich entspannen, denn sie werden in der Corona-Zeit wenigstens so weit vom Staat aufgefangen, dass das Überleben gesichert ist!
Danke, lieber Staat!

Danke, dass ihr alle während der Corona-Zeit so gut alles regelt und die Leute auffangt. Glück kann nicht von außen in einen Menschen hinein kommen!
Weder durch guten Tee, noch durch Cappuccino (ja, ich weiß!), noch durch edles Parfüm oder Klamotten von der Kö.

Wir sollten lernen, mit dem, was wir haben, zufrieden zu sein!
Leute, schaut endlich auf das WESENTLICHE!
Das ist die Gesundheit. Die innere Ruhe. Der innere Friede. Die Liebe und die Freundschaft. Die Tatsache, sauberes Trinkwasser, Essen und ein Dach über dem Kopf zu haben und das alles heil ist um uns herum. Jetzt dürfen wir auch noch in unserem Inneren heil werden.
Dann werden wir das große Glück, das wir haben, erkennen.
Das Glück, frei zu sein und in Frieden zu leben und wann immer wir bereit sind, in den INNEREN FRIEDEN einzutauchen.
So wie Randy Disher in der Serie „Monk" als Buddy in blue unterwegs ist mit den Kindern und dem Detektiv erklärt, dass er einen Aufkleber auf einem Auto gelesen hat, ich glaube, es war ein Subaru, auf dem geschrieben stand:

„Du entscheidest, ob Du glücklich bist"!

Genau so ist es.

Wir alle haben die Freiheit, zu entscheiden, wann wir glücklich sein wollen.
Wir alle haben die Freiheit, zu entscheiden, ob wir glücklich sein wollen.

Wenn nicht ich, wer denn, wenn nicht jetzt, wann dann?, fragte einst Rabbi Hillel. Das erzählt uns jedenfalls die Ehrenwerte Ayya Khema.
Wer das ist? Forscht doch mal nach!
Als ich Siddharta war, habe ich niemandem meine Lehre aufgezwungen und als ich Jesus war, auch nicht.

Und so halte ich es auch heute.

Erst habe ich mich geärgert, dass ich Euch in einem Augenblick der Unachtsamkeit erschuf. Mann, ich hatte halt Langeweile.

Aber ab heute will ich nie mehr unachtsam sein.

Erst habe ich gesagt, ich hab Euch jetzt am Bein und war wütend auf mich selbst.

Aber dann habe ich erkannt, dass ich für Euch nun mal die Verantwortung habe und so gelobte ich mir selbst, nie mehr Langeweile zu haben.

Das hat auch bis heute geklappt, ich schwöre!!

Letztlich habe ich erkannt, dass ich nicht enttäuscht sein muss von Euch, wenn Ihr mich nicht sucht, nicht nach mir fragt, wenn Ihr Weihnachten meist als Kauffest zwischen zwei Stresszeiten betrachtet: Der Stress vor und der nach Weihnachten.

Ich hingegen habe Weihnachten immer, denn ich bin ja immer da und als Bodhisattva kann man ständig an seinem inneren Gleichmut arbeiten.

Ich muss halt damit leben, dass Ihr mich dazu verdammt, meine Füße hoch zu legen und nichts zu tun.

Naja, was heißt Nichtstun, immerhin schreibe ich Bücher.

Aber wie viele Menschen lesen die und wie viele Leute fragen.

Wie viele Leute klopfen an.

Fraget und Ihr werdet Antworten finden.

Klopfet an und Euch wird aufgetan.

Gibt es Wege zu Gott?

Ich kenne vier Wege zu Gott und diese will ich Euch nennen.

1.) In der Bibel wird gesagt:

"Schmal ist der Weg, der zur Erfüllung führt und nur wenige sind's, die ihn finden."

2.) Rumi, ein berühmter altpersischer Dichter und Philosoph sagt:

"Nur in der Stille findest du Gott. Alles Andere ist schlechte Übersetzung."

3.) Adi Shankara, ein Begründer der Advaita-Lehre, sagt:

„Die Erkenntnis der Einheit von Atman (frei übersetzt als Mensch-Bewusstsein, Ich-Bewusstsein) und Brahman (frei übersetzt als Gott-Bewusstsein) kann nur durch das Studium heiliger Texte erlangt werden."

4.) Ich sage, also Buddha sagt:

„Übe in jedem Moment die Brahma Viharas und lebe sie als ganzer Mensch. Sei mit totaler Hingabe und ganzem Herzen Mitgefühl, Mitfreude, bedingungslose Liebe und Gleichmut. Wenn du dies in jedem Augenblick lebst, dann wirst du, wenn deine Zeit gekommen ist, in den Göttlichen Zustand gelangen.
Von da ab wird es dir leichter fallen, auch in den schwierigsten Situationen mindestens eine dieser vier Zustände zu leben. Ab dieser Stufe deines Bewusstseins sind alle anderen Gefühlsregungen oder Überzeugungen überflüssig."

Wenn ihr mich fragt, was ich von der Aussage Rumis halte, so antworte ich:
Ja, Rumi, Du hast Recht. Nur in der Stille ist Gott wahrhaft zu finden, doch ich sage, er ist auch im Gesang. Er ist im Tanz und in der Natur. In der Kunst ist er, in der Freude, der Trauer.
Weinen ist eine Frage an Gott und im Lachen begegnest du Gottes Antwort.
Gott ist in der Luft, im Wasser, im Licht, in den Blitzen, den Himmelskörpern, dem Planeten Erde, im Holz, im Metall und in Humus, der neu sich bildenden, lebenspendenden Erde, die sich aus Pflanzenresten bildet, welche von Mikroorganismen, kleinen Tieren und etwas Zeit umgewandelt werden. Gott ist in der Zeit. Er zeigt sich, sie zeigt sich in allen Steinen, im Wetter, in Tieren, Pflanzen, in jedem Menschen.
Gott hat keine Hände, nur unsere Hände, um ihr und sein Tagwerk zu tun. Gott hat keine Füße, nur unsere Füße, um aufeinander zuzugehen. Gott ist in unserem Lachen.

Sie ist im Schnee, im Wind und im Regen. Er ist in den Pfützen und den Steinchen am Wegesrand.

Gott ist DANKBARKEIT!! Gott ist in allen Wesen, Formen, Gedanken und Gefühlen. Und vor allem ist Gott Liebe.

Gott ist in jedem geliebten Menschen und in uns selbst.

Gott ist in jedem Menschen, in unseren Freunden, unserem „Nächsten" und unseren „Feinden".

In jedem Augenblick offenbart sich Gott und je nach dem wie weit deine spirituelle Reife entwickelt ist, wirst du den Augenblick entweder als Abwesenheit oder Anwesenheit Gottes erkennen. Ich habe nie etwas aufschreiben lassen außer in der Zeit, als ich Mohammed war. Stille ist richtig, doch Worte sind wichtig, denn nur wenige von Euch können die Stille aushalten!

So. Ihr wollt den Weg der Wahrheit also ohne mich finden.

Ihr sprecht von Apps, digitalen Daten, Corona und Verschwörungstheorien, anstatt MICH in eurem HERZEN zu suchen.

Schön. Ich muss endlich lernen, mit dem Zustand der Rente, der Pension fertig zu werden und mein Alleinsein auszuhalten.

Als ich Otto von Bismarck war, fiel mir das noch schwer aber heute erkenne ich, dass ich Euch Eure Wege selbst gehen lassen muss, dass ich Euch Eure Erfahrungen selbst machen lassen muss, weil Ihr meine Kinder seid.

DANKBARKEIT heilt die HERZEN!

Ihr entscheidet,

wann ihr glücklich sein wollt.

Ihr entscheidet,

ob ihr glücklich sein wollt.

AMEN!

Einige Literatur und Video – Quellen:

Quelle 1: Thomas Hohensee: 10 Dinge, die jeder von Buddha lernen kann. Lotos Verlag. München. 1. Auflage 2016.

Weitere Quellen:

- Wikipedia: Rumi.
- Wikipedia: Advaita vedanta.
- Ayya Khema: youtube: Die Läuterung der Emotionen.
- Ayya Khema: youtube: Dukkha als Lehrer.

Bild der Folgeseite: Beim HKZ im Januar 2019.